CASA VULÍA

Die Rebellen von Salento

DAVIDE MOROSINOTTO

DIE REBELLEN VON SALENTO

Aus dem Italienischen von
Cornelia Panzacchi

THIENEMANN

Questo libro è stato tradotto grazie a un contributo per la traduzione assegnato dal Ministero degli Affari Esteri e della Cooperazione Internazionale italiano.

Die Übersetzung dieses Buches kam dank einer Förderung des Italienischen Ministeriums für Auswärtige Angelegenheiten und Internationale Zusammenarbeit zustande.

Davide Morosinotto wurde 1980 in Norditalien geboren. Bereits mit 17 Jahren veröffentlichte er seine erste Kurzgeschichte, die auf der Auswahlliste des renommierten italienischen Literaturpreises »Premio Campiello« stand. Seitdem hat er über 30 Kinder- und Jugendbücher veröffentlicht, für die er zahlreiche Preise erhalten hat. Davide Morosinotto lebt als Autor, Journalist und Übersetzer in Bologna.
Sein Kinderbuch »Die Mississippi-Bande« wurde für den Deutschen Jugendliteraturpreis nominiert.

Inhaltsverzeichnis

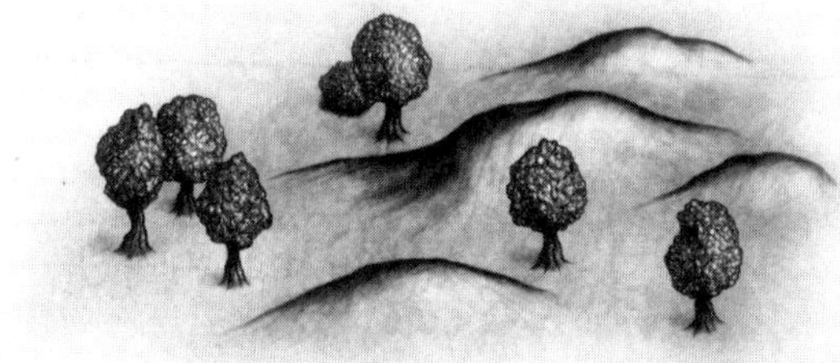

Kurz vor den Ferien ...

Donnerstag, 3. Juni

An diesem Morgen wusste Paolo noch gar nicht, dass er König werden würde.

Woher hätte er das auch wissen sollen? Er war ja nur ein ganz normaler 13-jähriger Junge, nicht besonders groß, mit Haaren, die ständig verstrubbelt waren, und der schlechten Angewohnheit, an seinen Fingernägeln herumzukauen, wenn er angestrengt nachdachte.

Paolo stammte nicht aus einer adeligen Familie und dachte, dass es Könige und Königinnen nur im Märchen gab, oder aber in fernen Ländern wie zum Beispiel in England. Er dagegen lebte nicht in England, sondern in Süditalien: in einer Region ganz unten am Absatz des italienischen Stiefels, die Salento heißt und in der es sehr windig ist und überall nach Meer riecht, weil sie zwischen dem Adriatischen Meer und dem Ionischen Meer liegt.

Eine schöne Gegend, aber auch eine ganz normale Gegend, in der ganz normale Menschen leben. Und auch dieser Tag Anfang Juni schien zunächst ein Tag wie alle anderen zu sein.

In Paolos Zimmer war es so heiß wie in einem Backofen, die Sonnenstrahlen malten leuchtende Streifen auf die Wand. Es war eine Zumutung, an einem so schönen Tag zur Schule gehen zu müssen.

»Reiß dich zusammen«, sagte er zu sich selbst. »Nur noch eine Woche, dann sind Ferien.«

Dieser Gedanke machte ihm sofort gute Laune, und er sprang mit einem Satz aus dem Bett. Paolos Zimmer nahm den gesamten zweiten Stock des Gutshauses ein, in dem er mit seiner Familie wohnte. Es war ein sehr großes und ein sehr leeres Zimmer. Die einzigen Möbel darin waren ein kleiner Schreibtisch, das Bett und ein windschiefer Schrank. Seine besondere Atmosphäre verdankte dieses Zimmer allerdings nicht den Möbeln, sondern Paolos Schätzen: Hunderte von mehr oder weniger gelungenen Experimenten und viele andere Dinge, die in den Augen seiner Mutter nichts anderes als Müll waren.

Auf dem Fußboden lag zum Beispiel ein großer Patchworkteppich, den Paolo zusammen mit seinen Freunden genäht hatte. Irgendwann hatte er aufgehört zu zählen, wie oft er sich dabei mit der Nadel in die Finger gestochen hatte. Eigentlich war dieser Teppich auch gar nicht als Teppich gedacht gewesen, sondern als Prototyp eines Fesselballons. Paolo und seine Freunde Laerte, Antonio, Elena und Bea hatten vorgehabt, damit die Küstenlinie entlangzufliegen, um den großen Leuchtturm von Santa Maria di Leuca von oben zu bewundern.

Etwas weiter hinten lagen lange Latten aus Balsaholz, aus denen sie irgendwann mal ein Ultraleichtflugzeug hatten basteln wollen. Außerdem gab es ein Teleskop mit Flaschenböden als Linsen, verschiedene chemische Substanzen in verstaubten Schraubgläsern, ein Dinosaurierskelett aus Plastik, ein Indianerzelt aus Decken und Bambusstäben und noch ein paar andere Dinge, die Paolo in nächster Zeit vollenden wollte.

Dieses Vollenden war nämlich sein Hauptproblem, denn ständig kam ihm etwas dazwischen. Signora Annunziata mischte sich ein, um zu verhindern, dass ihrem Sohn Laerte bei der Durchführung eines seiner Vorhaben womöglich etwas *ganz Schlimmes* passierte, Bea konnte nicht mehr mitmachen, weil sie dringend nach Hause musste, oder etwas anderes in der Art.

Bald aber würde sich das ändern, denn sie hatten nur noch eine Woche Schule, und irgendwie roch die Luft schon nach Ferien. Vor Paolo lagen herrlich lange Tage, an denen er ins Meer springen, Rad fahren oder zu einem der vielen Feste gehen konnte, die in den Dörfern veranstaltet wurden und bei denen es immer leckere Sachen zu essen gab. Und natürlich würde er sich neue sensationelle Erfindungen ausdenken … und sie vielleicht sogar zu Ende bringen.

Barfuß lief Paolo zu den großen Fenstern, durch die er auf die Gemüsebeete und Olivenbäume rings um das Haus schauen konnte, auf staubige rote Erde und halbhohe Trockenmauern, auf die steinernen Kuppeln der Hirtenhütten und die Straße weiter hinten in der Ferne.

Genau unter den Fenstern arbeitete Paolos Großvater Blasio im Gemüsebeet. In seiner verstaubten Baseballcap und den verschlissenen Jeans mit den löcherigen Knien sah er wie ein in die Jahre gekommener Skater aus.

Als er Paolo über sich am Fenster bemerkte, lächelte der Großvater und winkte. »Bist du immer noch im Bett?«, rief er hinauf. »Du kommst zu spät zur Schule!«

Verflixt, er hatte recht!

Laerte steckte ein Buch nach dem anderen in seinen Schulrucksack. Das Geschichtsbuch und das Geschichtsheft. Das Mathebuch und das Buch mit den Übungen. Zwei karierte Hefte. Drei Bücher für den Englischunterricht (zum Glück waren sie sehr dünn) und das große Collegeheft.

So viel Bildung in einem einzigen Schulrucksack! Die Bücher waren nicht das Problem, dachte Laerte, er kam in der Schule ziemlich gut zurecht. Aber der Anblick des vollgestopften Rucksacks konnte sich negativ auf die Laune seiner Mutter auswirken.

»Schätzchen, bist du so weit?«, rief sie aus dem Flur herüber.

»Augenblick noch!«

Laerte zog sich an: eine lange Hose, ein Wollunterhemd, ein Baumwollhemd, das er sich bis zum Hals zuknöpfte, Sneakers. Dann warf er einen Blick in den Spiegel. Was er darin sah, war ein hoch aufgeschossener, extrem dünner Junge mit blasser Haut und großen Augen. In den warmen Klamotten hatte er sofort zu schwitzen begonnen. Ach, wie er den Sommer hasste!

In einem geblümten Kleid wirbelte seine Mama Annunziata ins Zimmer und schnappte sich den Rucksack. Ohnmächtig musste Laerte zuschauen, wie sie damit auf die Waage stieg.

»Dieser Rucksack wiegt elf Kilo«, stellte seine Mutter fest. »Das kann doch gar nicht sein! Wollen deine Lehrer denn unbedingt, dass du einen Rückenschaden bekommst?«

»Aber, Mama …«

»Ich werde mal ein Wörtchen mit dem Direktor reden. Du nimmst heute wohl am besten den Trolley.« Und schon lief sie hinüber in die Küche, um den grauenhaften Einkaufstrolley zu holen, ein abgrundtief hässliches Ding mit zwei Rädern, einem Griff und einem Schottenkarobezug. Bevor Laerte auch nur protestieren konnte, hatte seine Mutter bereits all seine Bücher und Hefte hineingeschichtet.

Mit dem Trolley zur Schule zu gehen bedeutete, die Blicke aller auf sich zu ziehen und auch ihr mitleidiges Lächeln. Nichts, worauf man sich freuen konnte.

Als Signora Annunziata mit dem Umpacken fertig war, wandte sie sich ihrem Sohn zu. »Wollunterhemd?«

»Ja, habe ich an.«

»Sonnenhut?«

Laerte zeigte auf das Cap, das er sich zusammengefaltet in die hintere Hosentasche gesteckt hatte.

»Schal? Jacke?«

»Mama …«

»Nein, ich will nichts hören. Gerade in der Übergangszeit erkältet man sich schnell. Falls man sich nicht gar eine Allergie oder Rheuma holt. Wenn all deine Freunde mit Fieber im Bett liegen, wirst du mir dankbar sein, dass ich dich gezwungen habe, dich vernünftig anzuziehen.«

Wie eine Zauberkünstlerin zog seine Mutter von irgendwo ein buntes Tuch hervor und band es ihrem Sohn eng um den Hals. Danach zog sie ihm auch noch eine Jacke an.

»Sehr gut, mein Liebling«, meinte sie zufrieden. »Jetzt bist du ausgehfertig. Los, komm.«

Laerte hatte sich bis zu diesem Moment zurückgehalten, aber das ging nun wirklich zu weit. »Ich möchte lieber mit dem Rad zur Schule fahren«, widersprach er.

Er hatte es fest und entschlossen sagen wollen, doch seine Stimme klang in seinen eigenen Ohren viel zu weinerlich.

»Und wie willst du den Trolley mitnehmen? Nein, ich fahre dich schnell hin. Komm schon, sonst bist du zu spät dran.«

Laerte folgte seiner Mutter nach draußen. Ein weiterer Schultag begann.

Paolos Zimmer hatte keine Tür und war auch nicht durch eine Treppe mit dem übrigen Gebäude verbunden. Das Zimmer war isoliert, ein perfekter Zufluchtsort, Paolos eigenes Revier.

Um nach unten zu gelangen, musste er durch die Fenstertür auf den geländerlosen Balkon gehen (den er bereits als Startrampe für das noch fertig zu bauende Ultraleichtflugzeug auserkoren hatte). Vom Balkon führte eine lange Außentreppe in den Garten, doch mithilfe seines Freundes Antonio und des Großvaters hatte Paolo an der Wand ein dickes Seil befestigt, und an diesem sauste er jetzt nach unten, vorbei am ersten Stock, der gerade zu Ferienwohnungen umgebaut wurde. Mit einem eleganten Sprung landete er im Garten. Die Eltern durften das nicht sehen, aber wenn er es eilig hatte, war dies der schnellste Weg.

Im Erdgeschoss befand sich das einzige funktionierende Bad des Gutshauses, ein roh gemauerter Anbau aus Ziegelsteinen mit

Wellblechdach, den seine Mutter schon lange durch ein richtiges Badezimmer ersetzen wollte.

Paolo wusch sich das Gesicht und versuchte mit nassen Händen, sein Haar wenigstens einigermaßen glatt zu frisieren. Ein rebellisches Haarbüschel direkt über der Stirn stand trotz all seiner Bemühungen auch danach noch ab, aber eigentlich fand Paolo, dass ihm dieser Look ganz gut stand. Nun rannte er in die Küche, wo sein Vater Giovanni gerade Kaffee kochte.

»Ist Mama schon arbeiten gegangen?«, fragte Paolo zwischen zwei Keksbissen, die er mit Fruchtsaft hinunterspülte.

Der Vater nickte. »Ja, schon vor einer halben Stunde. Und du solltest dich auch beeilen, sonst kommst du zu spät zur Schule.«

»Könntest du mich nicht hinfahren?« *Du hast ja sowieso nichts anderes zu tun*, hätte Paolo beinahe hinzugefügt, doch er biss sich gerade noch rechtzeitig auf die Lippen. Sein Vater wäre außer sich gewesen, wenn Paolo das ausgesprochen hätte.

»Ich muss auf der Baustelle weitermachen, ich habe keine Zeit. Nimm das Rad.«

Paolo sagte lieber nichts und griff zum nächsten Keks. Zwischen ihm und Pagliarano, wo die Schule war, lagen sechs Kilometer kurvige Küstenstraße. Bei der Hitze, die bereits jetzt am Morgen herrschte, würde er völlig durchgeschwitzt ankommen.

»Wie lange dauert es noch, bis die Ferien anfangen?«

»Hab ich dir schon zehntausendmal gesagt.«

»Ich weiß es aber trotzdem nicht mehr.«

»Noch eine Woche. Wenn die vorbei ist, fängt der Sommer an.«

»Und was machen wir dann?«

Antonio schüttelte den Kopf. Warum war sein kleiner Bruder nur so nervig? Jeden Tag musste er ihn zur Schule bringen, doch in den Ferien würde es noch schlimmer sein: Dann würde der Kleine ständig an ihm kleben. Und wehe, wenn Antonio dann etwas mit seinen Freunden unternehmen wollte und zu Luca sagte, er dürfe nicht mitkommen! Antonio schob sein Rad den Bürgersteig entlang, und Luca hüpfte mit seinem Spiderman-Schulrucksack aufgeregt neben ihm her.

»Was man im Sommer eben so macht. Ich weiß noch nicht, was. Uns wird dann schon was einfallen.« Antonio grinste. Es war immer so: Paolo hatte die Einfälle und er, Antonio, half ihm dabei, sie umzusetzen. So war es zum Beispiel mit dem Seil gewesen, an dem Paolo an der Hauswand hinauf- und hinunterklettern konnte, ohne die Außentreppe benutzen zu müssen. Es war Antonio gewesen, der das geeignete Seil gefunden und ausgerechnet hatte, wie lange es sein musste. Am Ende war Antonio dann auch noch als Testpilot angetreten, weil er schwerer war als Paolo und Laerte zusammen.

Die Grundschule und die Mittelschule standen nebeneinander, zwei niedrige Gebäude mit flachem Dach und vielen, vielen Fenstern. Dazwischen war eine arg strapazierte Rasenfläche mit einem Maschendrahtzaun. Für die Kleinen gab es einen großen Sandkasten und eine Rutsche, für die Großen einen langen Fahrradständer und ein trauriges Durcheinander von platt gedrückten Getränkedosen und leeren Flaschen.

Schon aus der Entfernung sah Antonio, dass vor dem Hoftor

der Mittelschule Mattia Presti und ein paar andere seiner Bande der Bösen Aufstellung genommen hatten. Alle hatten viel Gel im Haar und trugen Marken-T-Shirts und die derzeit angesagtesten Sneakers.

Sie warteten auf ihr heutiges Opfer.

Wie von alleine blieben Antonios Füße stehen, und beinahe wäre er über sein Rad gefallen.

»Was ist denn?«, fragte Luca.

Erstaunt drehte sich der kleine Junge nach ihm um. Er hatte keine Ahnung von der drohenden Gefahr. Antonio war sein großer Bruder und damit so eine Art unbesiegbarer Superheld.

»Wir sind da. Du kannst alleine weitergehen«, antwortete Antonio. »Hundert Meter geradeaus, und du bist da.«

»Aber du begleitest mich doch immer bis vor die Schultür!«

»Ja, aber heute geht das nicht, Luca. Ich muss …« Antonio suchte fieberhaft nach einer Ausrede. »… ich muss noch schnell zum Kiosk.«

Der kleine Bruder grinste. »Kaufst du Fußballsticker?«

»Ja, genau.«

»Dann gibst du mir die, die du doppelt hast, ja? Du hast doch schon so viele, wenn du welche kaufst, sind bestimmt doppelte dabei.«

Antonio nickte erleichtert. Das war einfacher gewesen, als er gedacht hatte.

»Einverstanden«, sagte er.

Voller Vorfreude winkte Luca ihm zu und trottete zum Eingang seiner Schule. Spiderman hinten auf Lucas Rucksack schien Antonio vorwurfsvoll anzuschauen. Tja, Superhelden haben es eben einfacher. Wenn Antonio einer gewesen wäre, hätte er mühelos über den Maschendrahtzaun springen und sich mithilfe seiner Spinnennetze von einer Schule zur anderen hinüberschwingen können, ohne auch nur in die Nähe der Bösen zu geraten.

Ohne Superkräfte aber würde er früher oder später an ihnen vorbeigehen müssen. Mattia würde ihn zwingen, ihm alles Geld zu geben, das er dabeihatte. Die eigentliche Demütigung aber kam erst danach: Sie würden ihm das T-Shirt hochziehen und ihn auf den Bauch schlagen und ins Fleisch kneifen und ihn wegen seiner wabbeligen Speckröllchen auslachen.

Antonio schaute auf die Uhr: Er war früh dran, die Schulglocke würde erst in einer Viertelstunde klingeln. Irgendwann mussten Mattia und seine Bande hineingehen, und dann war der Weg frei. Antonio würde ein wenig zu spät kommen, doch ohne gedemütigt zu werden.

Er überquerte die Straße, versteckte sich hinter dem Zeitungskiosk und beobachtete seine Feinde.

»Guten Morgen!«, sagte der Kioskbesitzer Signor Cridamai. »Möchtest du ein Tütchen Fußballsticker?«

Antonio holte ein paar Münzen aus der Tasche, zahlte und steckte das Tütchen ein. Sein Bruder hatte inzwischen unbehelligt die Grundschule erreicht. Jetzt kamen Bea und Elena an ihm vorbei und unterhielten sich kichernd über Mädchenkram. Die Bösen stellten sich ihnen nicht in den Weg. Normalerweise ließen sie Mädchen in Ruhe. Vielleicht lag es aber auch am scharfen Mundwerk von Bea.

»Antonio?«, sprach Cridamai ihn an. »Solltest du nicht auch allmählich in der Schule sein?«

»Äh, ja … ich … ähm …«

»Es ist wegen der Jungs da drüben, nicht wahr? Der Sohn vom Metzger Presti und seine Bande.«

Antonio ärgerte sich. Warum kümmerte sich der Kioskbesitzer nicht um seinen eigenen Kram? Wegen der Bemerkung des Mannes kam sich Antonio wie ein lächerlicher Schwächling vor.

»Du solltest ihnen mal zeigen, wo es langgeht«, meinte Cridamai, während er einen Stapel druckfrische Zeitungen auspackte. »Du musst lernen, dich zu verteidigen.«

Klar, dachte Antonio. Ist ja auch kinderleicht!

Signora Annunziata war der Überzeugung, dass Klimaanlagen ungesund seien, und deshalb schaltete sie die ihres Autos niemals ein. Die Fenster blieben stets geschlossen, damit es nicht zog. Dank ihrer Vorsichtsmaßnahmen betrug die Temperatur im Inneren ihres Fiat Panda mindestens sechzig Grad, und Laerte kam sich vor wie ein Suppenhuhn, das in seiner Brühe vor sich hin köchelte.

»Bitte, halt hier an!«, sagte er und rutschte auf seinem Sitz unruhig hin und her.

»Warum denn? Wir sind doch noch gar nicht da!«

Seit sie sich ins Auto gesetzt hatten, redete seine Mutter ununterbrochen auf ihn ein. Laerte hörte nicht hin. Er wollte nur so schnell wie möglich aus dem Auto raus und frische Luft atmen …

»Bleib stehen, bitte!«, wiederholte er. Noch ein paar Minuten in dem heißen Auto und ihm wurde schlecht. »Die anderen lachen mich aus, wenn sie sehen, dass du mich bringst. Da drüben steht Antonio. Wenn du mich hier aussteigen lässt, kann ich zusammen mit ihm reingehen.«

Seine Mutter lächelte stolz, so, als dächte sie: Mein Sohn wird allmählich ein richtiger Mann, oder so etwas in der Art. Sie setzte den Blinker, fuhr rechts ran und beugte sich zu Laerte hinüber. »Bekomme ich wenigstens einen Kuss?«

Antonio hatte ihn schon bemerkt, doch außer ihm war keiner zu sehen. Laerte löste den Sicherheitsgurt und gab seiner Mutter rasch einen Kuss, bevor er ausstieg und mit dem Einkaufstrolley zum Zeitungskiosk hinüberging.

Tlok tlok tlok klapperten die Trolleyräder über den Bürgersteig.

»So ein braver Sohn! Der Stolz seiner Mama!«, begrüßte ihn Antonio und lachte.

Grinsend machte Laerte eine Kopfbewegung zum Schultor hin.

»Ich habe *meine* Probleme, und du hast *deine*. Warum bist du noch nicht reingegangen? Hängt das vielleicht mit der Bande der Bösen zusammen?«

In Wirklichkeit hatte auch er große Angst vor Mattia Presti und dessen Kumpanen, obwohl ihn die Bande meistens in Ruhe ließ.

Vor ein paar Monaten war seine Mutter zu Mattias Vater gegangen, dem Metzger Presti, und hatte ihm eine Szene gemacht. Mitten im Laden, vor allen Leuten. Seitdem blieb Laerte in der Schule unbehelligt – und auch außerhalb, solange es ihm gelang, sich von Mattia fernzuhalten, wenn keine Erwachsenen in der Nähe waren.

»Ach was«, versuchte Antonio abzuwiegeln, »ich habe vor niemandem Angst. Es ist nur, weil … weil ich keine Lust habe, ins Klassenzimmer zu gehen.«

»Ja, gut möglich, dass wir heute in Geschichte abgefragt werden.«

»Und dann das schöne Wetter. Es ist eine Sünde, drinnen zu hocken!«

Laerte vergewisserte sich, dass der feuerrote Fiat Panda seiner Mutter bereits um die Kurve gebogen war, bevor er sich Schal und Jacke vom Körper riss und beides in den Trolley stopfte. Er öffnete die obersten Hemdknöpfe und krempelte die Ärmel hoch.

»Also, was machen wir?«, fragte Antonio.

Laerte sah ihn unsicher an. »Wie meinst du das?«

»Wir könnten etwas unternehmen. Elena und Bea sind schon reingegangen, aber Paolo kommt wie immer zu spät. Wir könnten ihm entgegengehen und ihn abfangen, ihm fällt bestimmt was ein.«

Laerte wirkte nicht sehr überzeugt. »Ich habe kein Rad dabei, und wo soll ich mit dem blöden Trolley hin?«

»Du setzt dich auf meinen Gepäckträger, und wir binden das Ding da hinten ans Rad, dann kann es hinterherrollen.«

»Ich weiß nicht …«

»Das merkt doch niemand! Versprochen!«

Und bevor Laerte etwas erwidern konnte, hatte sein Freund den Trolley bereits hinter das Rad gezogen und mit einem Stück Schnur an den Streben des Schutzblechs befestigt.

Die Bande der Bösen lauerte immer noch vor der Schule. Laerte hatte keine Lust, an ihnen vorbeizugehen.

»Okay«, willigte er schließlich ein. »Aber dann nix wie los, bevor uns jemand sieht.«

»Wow! Du kannst einem wirklich Angst einjagen!«

Bea wachte aus ihrem Tagtraum auf.

»Wie meinst du das?«, fragte sie.

Elena kicherte. Heute sah sie glücklich und besonders schön aus. Ihr langes schwarzes, lockiges Haar glänzte in der Sonne.

»Ich meinte Mattia und seine kleinen Gangster. Du hast ihnen einen derart eisigen Blick zugeworfen, dass sogar ich eine Gänsehaut bekommen habe.«

»Ach, du meinst die kleinen Jungs!«

Bea waren sie gar nicht aufgefallen. Wie an jedem anderen Morgen hatte sie bei ihrer besten Freundin geklingelt, und dann waren die beiden gemächlich zur Schule spaziert und hatten sich über alles Mögliche unterhalten. Bea hatte ihrer Freundin allerdings nur mit einem Ohr zugehört. Sie hatte zwar an den richtigen Stellen die richtigen Fragen eingeworfen (»Glaubst du, dass wir heute die Italienischarbeit zurückbekommen?« – »Hast du vorhin im Schaufenster die coolen blauen Sandalen gesehen?«, und so weiter), in Wahrheit aber hatte sie an etwas ganz anderes gedacht.

Natürlich hatte sie Mattia und die anderen Jungen bemerkt. Sie standen an die Wand gelehnt und betrachteten ihre Umgebung mit finsteren Blicken, während sie darauf lauerten, irgendeinen bedauernswerten Schüler quälen zu können. Doch Bea hatte etwas anderes im Kopf, und das Gehabe der Bande hatte sie nicht weiter beeindruckt.

»Mattia wollte gerade den Mund aufmachen«, erklärte Elena, die nichts gemerkt hatte, »und du hast ihn auf eine Weise angeschaut, dass er sofort verstanden hat – noch eine Bemerkung, und du machst ihn mit einem einzigen Wort nieder. Also hat er so getan, als müsste er husten, und hat sich zurückgehalten. Eins zu null für dich!«

Bea nickte nur, aber sie hörte gar nicht richtig hin. Vielleicht hätte sie ehrlich sein und ihrer besten Freundin alles erzählen sollen. Ihr erklären sollen, was sie so sehr beschäftigte. Während die meisten Schüler und Lehrer der Ansicht waren, Elena sei zwar die Beauty Queen der Schule, aber auch nicht mehr, wusste Bea, dass Elena in Ordnung war. Sie hätte Bea zweifellos beruhigt, und ihr Geheimnis wäre bei Elena bestimmt sicher …

Das Geheimnis. Doch eigentlich wollte Bea nicht darüber reden, denn niemand konnte verstehen, wie wichtig es für sie war. Im Augenblick kam es nur darauf an, sich für ein paar Minuten davonzustehlen, bevor der Unterricht begann. Niemand durfte sie dabei beobachten.

Der Schatz von Casa Vulía

Die Straße ins Landesinnere bog von der Küstenstraße ab und schlängelte sich auf die Hügel zu und an Casa Vulía vorbei. Hier, im »Haus am Olivenhain«, wohnte Paolo. Dahinter verlief die Straße etwa fünfhundert Meter lang steil bergauf, ging in Serpentinen über und führte danach schnurgerade bis Pagliarano.

Während Paolo auf seinem feuerroten Fahrrad das Sträßchen entlangstrampelte, das das Gutshaus des Anwesens mit der Straße verband, dachte er an das, was nun vor ihm lag: erst der steile Anstieg, bei dem die Beinmuskeln vor Anstrengung zittern würden, und danach die gerade Strecke, die sich am besten mit viel Schwung bewältigen ließ, wobei man allerdings auf die Schlaglöcher achten musste.

Er leckte am Zeigefinger und hielt ihn hoch: Heute wehte der Scirocco, der feuchte, warme Wind, der vom Meer herüberkam. Rückenwind! Er würde Paolo auf einem guten Stück der Strecke vor sich herschieben.

Dennoch würde Paolo zu spät kommen, doch das machte ihm nicht viel aus: Er dachte nur an die Radfahrt, an die sengende Sonne und an das ohrenbetäubend laute Zirpen der Zikaden.

Am Ende der Zufahrt legte Paolo eine Vollbremsung hin und

wirbelte dicke Wolken aus Staub und Kies auf. Gleich darauf bog er auf die Straße ab und trat mit aller Kraft in die Pedale.

Irgendjemand kam auf ihn zugerast, die steile Straße hinunter, ohne zu bremsen. Jemand auf einem alten Klapprad. Ein dicker Junge, der trotz des Tempos wie wild strampelte. Ein zweiter Junge stand auf dem Gepäckträger und hielt sich mit beiden Händen an den Schultern des Fahrers fest. Das Rad klapperte so laut, als würde es jeden Augenblick auseinanderbrechen.

Es war ein silbergraues Klapprad mit einem Scheinwerfer, der eingeschaltet war und alle zwei Sekunden die Farbe wechselte: von Rot zu Blau und dann zu Gelb. Hinten am Fahrrad war ein Einkaufstrolley befestigt.

Antonio und Laerte, Paolos Freunde.

Er blieb am Straßenrand stehen und sah, wie Antonio mit aller Kraft bremste und zusätzlich die Füße auf den Asphalt stemmte, um die Wirkung der Bremsen zu unterstützen. Der Trolley glitt an dem Fahrrad vorbei und knallte gegen eine halbhohe weiße Mauer. Eines seiner Rädchen brach bei dem Aufprall ab und wurde hoch in die Luft geschleudert, der Schottenkarostoff riss, und die Bücher und Hefte flogen heraus wie befreite Vögel.

»Mist!«, rief Laerte, sprang vom Gepäckträger ab und begann, seine weit herum verstreuten Sachen von der Straße aufzusammeln.

»Was macht ihr denn hier?«, fragte Paolo. »Habt ihr keine Schule?«

»Doch, eigentlich schon. Aber nachdem fest damit zu rechnen ist, dass wir in Geschichte abgefragt werden …«

»Verstehe. Aber vielleicht haben ja auch Mattia Presti und seine Freunde etwas damit zu tun, dass ihr jetzt hier seid.«

Antonio wurde rot wie eine Tomate. »Sie haben vor dem Schultor gelauert …«

»Aber du kannst doch nicht einfach nur deshalb schwänzen, weil die Bande der Bösen am Eingang herumsteht!«

»Na ja, aber so ist es doch viel besser, oder? Sag nicht, dass du gestern gelernt hast und dich gerne abfragen lassen möchtest.«

Nachdenklich knabberte Paolo an seinen Fingernägeln herum. »Ich glaube, du hast recht. Außerdem will ich euch etwas zeigen. Ein Geheimnis von Casa Vulía.«

Laerte, der endlich all seine Schulsachen eingesammelt und in die traurige Ruine des Trolleys zurückgestopft hatte, starrte ihn ungläubig an. »Wir schwänzen, und du willst dich ausgerechnet *zu Hause* verstecken? Wo dein Papa und dein Großvater herumlaufen?«

»Sie werden uns nicht sehen, sie sind mit ihrer Arbeit beschäftigt, und dort wo wir hingehen, kommen sie niemals hin. Es ist super sicher. Also, kommt ihr mit?«

Seine beiden Freunde nickten.

Jetzt, am frühen Morgen war die Turnhalle ein stiller, ja beinahe unheimlicher Ort. Auf dem braunen Linoleumfußboden lagen Medizinbälle, Gymnastikkeulen und ein alter verschrumpelter Lederfußball herum.

Im Sonnenlicht, das durch die großen Fenster hereinfiel, wirbelten Staubkörnchen.

Bea atmete tief durch. In einer Minute würde die Schulglocke klingeln, und bald danach würden ein Sportlehrer und eine ganze Klasse durch die Tür kommen. Sie musste sich beeilen – den Staubkörnchen beim Herumwirbeln zuzuschauen brachte sie nicht weiter.

Das, was sie suchte, hing in einer Ecke der Halle: eine Messlatte aus Holz, die dazu diente, die Körpergröße der Schüler zu messen.

Bea ging auf die Ecke zu, doch je näher sie ihr kam, desto langsamer bewegte sie sich. Schon seit der vergangenen Nacht konnte sie nur noch an dieses Ding denken und an die Sorgen, die sie damit verband.

Eigentlich hatte alles recht harmlos angefangen: Nach dem Abendessen hatte Bea in ihrem Zimmer den Laptop eingeschaltet und war auf die Website ihrer Lieblingsserie gegangen: *CSI Tiger*. In der Serie ging es um eine hoch spezialisierte Polizeieinheit. Ihre Mitglieder nahmen DNS-Proben, analysierten Farbspuren, untersuchten Projektile und fanden unweigerlich den Schuldigen.

Besonders fasziniert war Bea von der weiblichen Hauptfigur, der Kommissarin Dr. Antonella Carli. Bea hatte sie sich zum Vorbild genommen und wollte eines Tages ebenfalls ein Ermittlerteam leiten. Die Aussichten standen gut, sie war immer Klassenbeste. Allerdings hatte ein Polizist in den Fan-Chat der Serie geschrieben, dass man mindestens einen Meter und einundsechzig Zentimeter groß sein musste, um bei der Polizei genommen zu werden. Jedenfalls die Frauen. Männer mussten mindestens einen Meter fünfundsechzig messen.

Bea wusste nicht, wie groß sie war, meinte sich aber zu erinnern, dass sie beim letzten Mal, als sie gemessen wurde, gerade mal einen Meter zweiundfünfzig erreicht hatte. Was sollte sie nur tun? Musste sie auf die Verwirklichung ihres Traums verzichten, nur weil sie zu klein war?

Beruhige dich, sagte sie zu sich selbst und rief sich in Erinnerung, dass sie, bevor sie sich für den Polizeidienst bewerben konnte, erst noch das Gymnasium und ein Studium bewältigen musste. Bis sie mit all dem durch war, würde sie bestimmt noch wachsen. Ganz bestimmt. Oder vielleicht doch nicht?

Zitternd stellte sie sich vor die Messlatte und holte einen kleinen Spiegel aus der Tasche. Sie sah ihr eigenes schmales Gesicht mit der großen, in roten Kunststoff gefassten Brille und dem Zahnspangenlächeln. Über ihrem lockigen strohblonden Haarschopf waren deutlich die Ziffern 1 und 5 und 6 zu erkennen.

Ein Meter sechsundfünfzig. Fünf Zentimeter zu klein, um Polizistin zu werden.

Betrübt ließ sich Bea zu Boden gleiten. Was machte sie sich eigentlich vor? Sie war doch nur die Klassenstreberin und ein hässlicher Zwerg noch dazu.

Sie würde niemals so wie Antonella Carli werden.

Das Wohnhaus des Landguts »Casa Vulía« war von Paolos Urgroßvater auf einem Grundstück erbaut worden, das der Familie seit Generationen gehörte. Von außen gesehen sah der Gebäudekomplex wie ein riesiger Quader aus. Hinter dem langen Säulengang an der Vorderseite sah man die eigentliche Außenmauer des Hofs mit einem großen runden Tor. Als Paolos Vater seine

Arbeit in der Fensterfabrik verloren hatte, hatte er beschlossen, das Gutshaus umzubauen, um Feriengäste aufnehmen zu können. An sich eine gute Idee, aber er hatte zu wenig Geld, um den Umbau zu finanzieren, der sich deshalb schon ewig hinzog. Ein Ende war nicht in Sicht.

Paolo fand ohnehin, Casa Vulía sei perfekt, wie es war, und war froh, wenn keine Touristen da waren. Touristen waren seltsame Leute, die im Sommer mit ihren dicken Autos angefahren kamen und sich darüber beklagten, dass Casa Vulía viel zu weit vom Meer entfernt war, dass es zu heiß war und die Zikaden viel zu viel Krach machten.

Nur sehr wenige von ihnen hatten ein Gespür für die Schönheit des Hauses und dessen Umgebung. Am ehesten noch die Kinder in Paolos Alter, die sich bald ihm und seinen Freunden anschlossen. Um Casa Vulía schätzen zu können, musste man zwischen den Olivenbäumen und den Feigenbäumen herumlaufen und den Geruch der Erde wahrnehmen und auch den aromatischen Duft der Kapernsträucher. Und die großen Kakteen bewundern, an deren langen Trieben saftige rote, aber furchtbar stachelige Früchte hingen.

Paolo ging seinen beiden Freunden durch die Olivenplantage voraus und achtete dabei darauf, dass sie vom Gutshaus aus nicht gesehen werden konnten. Er kletterte über ein Mäuerchen und erschreckte die Eidechsen, die sich darauf gesonnt hatten.

»Langsamer!«, flehte Laerte hinter ihm. »Wenn ich schwitze, werde ich krank.«

»Du schwitzt ganz bestimmt, bei den vielen Sachen, die du anhast«, stellte Antonio trocken fest. »Kannst du dir nicht wenigstens das Wollunterhemd ausziehen?«

»Meine Mutter würde es merken. Sie hat für so etwas einen siebten Sinn.«

Die drei Jungen überquerten eine steinige Brache und erreichten schließlich eine halbkreisförmige Gruppe von Johannisbrotbäumen, hinter deren üppigem Laub die Hirtenhütte hervorschaute. Es handelte sich um ein kleines kegelförmiges Gebäude aus übereinandergeschichteten hellen Steinen mit einem runden, flachen Dach. Die Außentreppe aus Steinplatten führte in einer Spirale hoch zur kleinen Terrasse. Den Eingang bildete ein niedriger Bogen, und links und rechts davon waren Löcher in der Wand, die als Fenster dienten.

Großvater Blasio hatte einmal erzählt, dass die Hirtenhütte mindestens aus der Zeit seines eigenen Urururururgroßvaters stammte. Zunächst war sie wohl eine menschliche Behausung gewesen, später war sie verlassen worden und diente seither nur noch als Geräteschuppen.

»Was haltet ihr davon?«, fragte Paolo.

»Das ist doch nur eine alte Hirtenhütte«, meinte Laerte ohne jegliches Anzeichen von Begeisterung.

»Aber sie hat eine gute Lage«, stellte Antonio fest. »Gut versteckt zwischen den Bäumen und im Schatten, und wir sind so weit von eurem Haus entfernt, dass man uns nicht hören kann.«

Zufrieden klopfte Paolo seinem Freund auf die Schulter. »Genau das habe ich auch gedacht«, sagte er. »Erinnert ihr euch an unseren Plan, ein Baumhaus zu bauen? Ich habe mit meinem

Großvater darüber gesprochen, und er meinte, wir könnten stattdessen diese Hirtenhütte für uns herrichten. Drinnen liegt eine Menge Krempel herum, aber wenn wir alles weggeräumt haben, können wir dort unser Hauptquartier aufschlagen.«

»Fantastisch!«, rief Laerte.

»Super!«, stimmte ihm Antonio zu.

»Kommt rein und schaut sie euch an!«

Der türlose Eingang war so niedrig, dass sich die Jungen beim Eintreten bücken mussten. Innen gab es nur einen einzigen runden Raum, der mit Spaten, Hacken, Rechen, löcherigen Gießkannen und Mörtelsäcken vollgestellt war. Der Fußboden war aus gestampftem Lehm, und unter der Decke hingen dicke Spinnennetze.

»Na ja, viel Platz ist ja nicht …«

»Und dafür jede Menge Staub, bestimmt bekomme ich davon eine Allergie«, sagte Laerte und musste gleich darauf heftig niesen.

Paolo ließ sich nicht beirren und strahlte über das ganze Gesicht. »Stellt euch mal vor, wie es hier aussehen wird, wenn wir aufräumen und uns ein bisschen einrichten. Ein paar Stühle und einen Vorhang vor der Tür … Die Decke müssten wir wohl abdichten, aber das Gebäude ist stabil, und auf dem Dach könnten wir eine Wache postieren. Und unsere Fahne aufhängen!«

Die drei Jungen schauten einander an. Eine Fahne. Ein paar Stühle, vielleicht noch einen Sessel und einen kleinen Tisch. Vorräte. Ein Laptop mit einem Surf-Stick. Diese Hirtenhütte konnte zu einem erstklassigen Klubhaus umfunktioniert werden. Die Casa

Vulía war zwar relativ nah, doch die Bäume schirmten sie hier vor neugierigen Blicken ab, sie konnten unbeobachtet kommen und gehen. Es war wirklich alles perfekt!

Wie immer war es Antonio, der sich als Erster an die Arbeit machte. Aus dem Durcheinander suchte er sich einen Holzhammer und ein paar kaputte Tontöpfe heraus.

Als Paolo ihn fragend ansah, erklärte er: »Ich stampfe die Tontöpfe ein und verknete die Brösel mit Erde. Diese Mischung stopfe ich in die offenen Spalten im Dach und klopfe sie fest, um das Dach abzudichten. Während ich das mache, könnt ihr ja aufräumen.«

Paolo und Laerte ließen sich das nicht zweimal sagen.

»Wir brauchen eine Schubkarre, um das alles zum Gutshaus zu bringen«, sagte Laerte.

Paolo grinste. »Ich kann schlecht zu meinem Großvater gehen und ihn um eine Schubkarre bitten. Wir sollten ja eigentlich in der Schule sein.«

»Hey!«, rief Antonio überrascht aus. »Hier unten ist irgendetwas.« Er war bereits dabei, die kaputten Töpfe zu zerschlagen, doch jetzt hielt er mitten in der Bewegung inne. Paolo sah, dass aus dem Lehmboden ein spitzer Gegenstand ragte.

»Das könnte ein Stein sein …«

»Nein, das ist kein Stein, da bin ich mir sicher. Helft mir mal.«

Paolo und Laerte schnappten sich Spaten und begannen zu graben. Der Lehmboden war steinhart, doch der geheimnisvolle Gegenstand war nicht tief eingegraben. Schon nach wenigen Minuten hoben sie aus dem Loch eine lehmverschmierte, mit zerkratztem

Leder überzogene Kiste, die mit einem großen verrosteten Vorhängeschloss zugesperrt war.

»Bringen wir sie nach draußen, vielleicht können wir sie aufbrechen!«

Trotz ihrer geringen Größe war die Kiste sehr schwer, so als sei sie mit Steinen gefüllt. Die messingverstärkten Ecken glänzten in der Sonne.

»Was meint ihr, was drin ist?«, fragte Laerte. »Ein Schatz?«

Paolo tat den Gedanken mit einem Schulterzucken ab. »Glaube ich nicht. Die Kiste war zwar vergraben, aber nicht besonders tief. Und die Hütte hat nicht einmal eine Tür. Ein Schatz wäre besser versteckt worden.«

»Vielleicht hat nur nie jemand darauf geachtet.« Antonio schaute sich nach einem spitzen Stein um. Als er einen gefunden hatte, bat er Paolo um Erlaubnis (denn schließlich gehörte die Kiste ihm) und schlug dann mit aller Kraft auf das Schloss ein.

Paolo hätte gedacht, dass das Öffnen des Schlosses sehr schwierig sein würde und viel Zeit und Mühe erforderte. Stattdessen zerbrach es schon nach dem dritten Schlag mit einem lauten *Krack*.

»Ich mache sie auf!«, rief Paolo und hob vorsichtig den Deckel an. Vielleicht enthielt die Kiste ja etwas Wertvolles. Paolo stellte sich vor, wie er seinen Eltern stolz eine Kiste voller Goldmünzen zeigte. Mit dem Geld aus dem Verkauf des Schatzes könnte sein Vater endlich die Umbauarbeiten abschließen und die Eltern würden ein schickes Landhotel eröffnen. Vielleicht blieb auch Geld für Paolos Schwester Elisa übrig, die sich ihr Studium in Bologna mit Kellnern finanzieren musste. Und vielleicht … vielleicht konnte der Vater Paolo von dem Geld sogar noch die Vespa kaufen, die sich Paolo sehnlichst wünschte.

Antonios Stimme riss ihn aus dem Traum vom Goldschatz. »Da sind ja nur alte Kleider drin.«

Paolo blinzelte. Sein Freund hatte recht. In der Kiste lagen ein komischer grüner Filzhut mit breiter Krempe, eine Weste aus braunem Tuch, an der die Knöpfe fehlten, und zusammengefaltete cremeweiße Laken.

»Hm …«, meinte Paolo. »Vielleicht sind das Antiquitäten, die etwas wert sind …«

Er wühlte weiter. Unter den Laken kamen mit Spitzen verzierte Babysachen zum Vorschein, zwei löcherige Hemden, eine Tischdecke und eine kleine, mit einer Spange verschlossene Holzschachtel.

Da könnte doch etwas drin sein, dachte Paolo. Eine goldene Uhr oder Schmuck. Mit dem Fingernagel schnippte er das Schloss auf.

»Und, was ist drin?«, fragte Laerte. »Irgendwelche Kostbarkeiten?«

»Vielleicht«, antwortete Paolo.

Doch in der Schachtel lag nur ein dickes vergilbtes, doppelt gefaltetes Stück Papier. Es fühlte sich irgendwie fettig an und schien sehr alt zu sein.

In verschnörkelter Schrift stand auf einer Seite: *Zu Händen des Gouverneurs von Otranto.*

Behutsam faltete Paolo das Blatt auf. Es war ein Brief. Die Tinte, mit der er geschrieben worden war, war stark ausgeblichen, und überhaupt war die verschnörkelte altmodische Schrift schwer zu lesen, doch mit viel Mühe konnte Paolo sie entziffern.

3. Juni 1861

Eure Exzellenz,
mit diesem Schreiben will ich Euch keinesfalls drohen, sondern Euch vielmehr bitten, das Folgende mit höchster Aufmerksamkeit zu lesen.
Unser guter König Franceschiello musste mit seiner Gemahlin ins Exil fliehen und kann deshalb nicht mehr unser König sein. Aus diesem Grund habt Ihr und andere Exzellenzen beschlossen, dass wir nunmehr von den Sabaudi regiert werden sollen.
Meine Männer und ich aber sind damit nicht einverstanden und haben deshalb zu den Waffen gegriffen. Doch Ihr nennt uns nicht Patrioten, sondern Räuber.
Aus diesem Grund erkennen wir Eure Autorität und die des neuen Königs nicht mehr an. Wir haben unseren eigenen Staat gegründet, der bereit ist, alle ehrlichen und treuen Untertanen unseres vormaligen Königs aufzunehmen.
Dieser neue Staat erstreckt sich auf das Territorium des in meinem Besitz befindlichen ehemaligen Olivenbaum-Lehens und ist von diesem Augenblick an unabhängig und frei.
Bedenkt, dass Ihr uns, falls Ihr unser Land betretet, den gebotenen Respekt schuldet. Ansonsten werdet Ihr wie Feinde behandelt, auf die wir ohne Weiteres das Feuer eröffnen können.
Es lebe der Staat der Räuber!

Hochachtungsvoll
Giovanni Rizzo
Räuberhauptmann
Oberhaupt des Olivenbaumstaats
König der Steine
Vernichter der Feinde

Paolo las den seltsamen Brief mehrmals laut vor. Dann sagte er: »Dieser Räuberhauptmann hieß genauso wie mein Vater – Giovanni Rizzo. Er muss ein entfernter Verwandter von mir sein. Und er war ein Räuberhauptmann!«

»Und Oberhaupt des Olivenbaumstaats. Und Vernichter der Feinde!«, rief Antonio. »Was das wohl heißen mag?«

»Keine Ahnung, aber es klingt toll!«

»Ich glaube, das Räuberwesen gehörte fest zu unserer Gegend«, sagte Laerte sachlich. »Ich glaube, das kommt nächstes Jahr in Geschichte dran.«

»Ist euch klar, was hier steht? *Bedenkt … dass Ihr uns den gebotenen Respekt schuldet … Ansonsten werdet Ihr wie Feinde behandelt, auf die wir ohne Weiteres das Feuer eröffnen können.* Der hat sich ganz schön was getraut! Und das hier«, fuhr Paolo fort: *»Dieser neue Staat erstreckt sich auf das Territorium des in meinem Besitz befindlichen alten Olivenbaum-Lehens und ist von diesem Augenblick an unabhängig und frei.«*

Behutsam faltete Paolo den Brief wieder zusammen und legte ihn in die Kiste zurück.

»Wisst ihr, was das meiner Meinung nach bedeutet? Casa Vulía und die Felder und Plantagen ringsherum bilden einen Staat! Das heißt, sie *waren* ein Staat, den ein Vorfahre von mir gegründet hat. Ein Räuberhauptmann, mit dem ich verwandt bin!«

»Langsam, langsam«, versuchte Antonio ihn zu bremsen. »Wenn der ›Vernichter der Feinde‹ diesen Brief an einen Gouverneur geschickt hat, warum liegt er dann jetzt nicht in irgendeinem Archiv?«

Darüber hatte Paolo noch nicht nachgedacht. »Vielleicht hat

er den Brief zweimal geschrieben und das andere Exemplar abgeschickt«, überlegte er.

»Keiner von uns ist in Geschichte so beschlagen, nicht einmal du, Laerte, sei mir nicht böse. In diesem Brief geht es um Räuber, um einen König Franceschiello und um Sabaudi, und keiner von uns kann mit Sicherheit sagen, ob es diese Banden wirklich mal gegeben hat.«

»Wir müssten Bea fragen«, warf Laerte ein. »Die Oberstreberin weiß solche Sachen.«

»Oder wir müssten den Brief Signor Bambino zu lesen geben.«

Paolo, Antonio und Laerte bekamen alle drei gleichzeitig einen Lachanfall. Bambino war der gefürchtetste Lehrer ihrer Schule, ein kleiner, anscheinend völlig haarloser Mann mit glatter Babyhaut, der Paolo überhaupt nicht ausstehen konnte. Dass dieser Lehrer nicht nur wie ein überdimensionales und vor der Zeit gealtertes Baby aussah, sondern auch noch den Nachnamen Bambino, »Kind«, trug, war eine Ironie des Schicksals. Am Anfang des Schuljahrs hatte er in Paolos Hausaufgabenheft eine Karikatur entdeckt, die ihn mit Rassel und Windel zeigte. Er war ausgerastet und hatte Paolos Eltern vorgeladen, die sogar zum Direktor gehen mussten. Paolo bekam einen Verweis und musste noch dazu einen Monat lang täglich den Papierkorb der Klasse leeren.

Von da an hatte zwischen Paolo und dem Lehrer nur noch Krieg geherrscht, und somit war er wirklich nicht der Richtige, dem man solch ein geheimnisvolles historisches Dokument vorlegen sollte.

»Oh nein!«, murmelte Laerte plötzlich.

Die Rache des Lehrers

Bea betrat das Klassenzimmer und setzte sich rasch an ihren Platz in der ersten Reihe.

Sie bemühte sich, äußerlich ruhig zu bleiben, musste aber die ganze Zeit an ihre Körpergröße denken: ein Meter und sechsundfünfzig Zentimeter. Von ihrem Traum, Polizistin zu werden, trennten sie immer noch fünf Zentimeter!

Was hätte ihr großes Vorbild Antonella Carli gemacht? Wahrscheinlich hätte sie sich bemüht, realistisch zu sein und sich auf die Schule zu konzentrieren. Denn um Leiterin eines Ermittlerteams zu werden, musste man in sämtlichen Fächern sehr gute Noten haben. Bea packte ihre Hefte und ihre Stifte aus und überflog schnell noch einmal die letzten Seiten im Geschichtsbuch.

Elena, die draußen geblieben war, um mit ein paar Mitschülerinnen zu quatschen, kam herein und setzte sich neben sie.

»Wohin bist du denn vorhin verschwunden?«

»Ich …«, stotterte Bea, »ich war … auf dem Klo. Ich war nur kurz auf dem Klo.«

Nein, dachte Bea, sie konnte Elena auf keinen Fall in ihr Geheimnis einweihen. Zumindest jetzt noch nicht. Elena hätte sie kindisch gefunden.

»Hast du vielleicht die Jungs gesehen?«, fragte Bea ihre Freundin, um von dem heiklen Thema abzulenken. »Paolo kommt sicher wie immer zu spät, aber Laerte und Antonio sind sonst doch pünktlich.«

»Weißt du, was ich glaube?«, meinte Elena mit einem spitzbübischen Grinsen. »Ich glaube, die drei haben beschlossen, heute nicht zur Schule zu kommen.«

»Aber Paolo muss sich doch vor dem Zeugnis noch einmal in Geschichte abfragen lassen …«

»Und draußen ist herrlichstes Wetter. Ich wette, sie unternehmen irgendetwas.« Elena seufzte. »Aber sie hätten uns Bescheid geben können. Ich hätte gerne mitgemacht.«

»Tja …«

Bea hatte ihr ganzes Leben lang noch nie die Schule geschwänzt. Gerade weil sie später eine Hüterin von Recht und Ordnung sein wollte, musste sie immer ein gutes Beispiel geben. Aber etwas in ihr beneidete Elena um deren Lässigkeit und sehnte sich danach, mit den Freunden über die Felder zu streifen, anstatt im Klassenzimmer zu sitzen. Oder, noch besser: an den Strand zu gehen und im Meer zu baden.

»Guten Tag, Kinder«, sagte Signora Sereni, die soeben ins Klassenzimmer gekommen war.

Die Schüler standen geschlossen auf, wirkten jedoch, anders als sonst, sehr aufgeregt. Bea schaute fragend Elena an, die ihr mit einem Schulterzucken bedeutete, dass sie auch nicht wusste, was los war.

Signora Sereni war eine hochgewachsene Frau mit blassem,

beinahe aschgrauem Teint. Die schwarzen Ringe unter ihren Augen verliehen ihr ein kränkliches Aussehen.

»Setzt euch, Kinder, setzt euch«, sagte die Lehrerin. »Ich weiß, dass in diesen ersten zwei Stunden eigentlich Signor Bambino zu euch kommt. Aber weil ich nachher einen wichtigen Arzttermin habe, haben wir getauscht. Also habt ihr erst bei mir Unterricht und in der dritten und vierten Stunde bei meinem Kollegen.«

Dann rief sie der Reihe nach die Namen auf und trug die Abwesenden ins Klassenbuch ein. Danach putzte sie sich mit einem bonbonrosafarbenen Taschentuch die Nase und fragte: »Habt ihr die Hausaufgaben gemacht? Wer möchte freiwillig vor zur Tafel kommen?«

Augenblicklich wurden fünfundzwanzig Schülerköpfe eingezogen. Eine ganze Armee von Füllern fiel zu Boden, mit einem lauten Klackern wie Maschinengewehrfeuer, und unzählige Schüler bückten sich, um ihre Füller aufzuheben. Die wenigen, denen kein Füller heruntergefallen war, starrten konzentriert die Wand an, versteckten sich hinter Schulbüchern oder taten, als müssten sie in ihrem Schulrucksack nach etwas sehr Wichtigem suchen.

Bea reagierte als Einzige nicht schnell genug. Weil sie immer noch nach vorne schaute, fing die Lehrerin ihren Blick auf und lächelte sie an. »Bea, möchtest du vorkommen?«

Seufzend stand das Mädchen auf und bereitete sich seelisch darauf vor, mit den Tücken des Pythagoras-Satzes zu kämpfen.

»Oh oh«, sagte Laerte.

»Oh oh … was?«, fragte Antonio sofort.

»Es gibt da ein Problem.«

Laerte war eine Zeit lang grübelnd unter den Johannisbrotbäumen im Kreis gelaufen. Jetzt schaute er seine Freunde entsetzt an.

»Was ist denn auf einmal mit dir los?«, fragte Paolo und vergaß für einen Augenblick die Kiste und den Brief.

»Mir ist etwas eingefallen …«, erwiderte Laerte. »Natürlich sollte ich zuhören, wenn meine Mutter mit mir spricht. Aber heute im Auto war es so heiß, ich war müde, und mir hat es so furchtbar davor gegraust, von den anderen mit dem Einkaufstrolley gesehen zu werden …«

Paolo wurde allmählich ungeduldig. Er stand auf und packte den Freund bei den Schultern. »Quatsch nicht so ewig herum! Komm endlich zum Punkt!«

»Ja, sorry. Ach, es ist so schrecklich …«

»LAERTE!«

Der Junge griff sich mit beiden Händen an die Stirn. »Als wir von Bambino sprachen, ist mir eingefallen, was mir meine Mutter heute Morgen erzählt hat. Sie wollte in die Schule kommen, um mit den Lehrern zu sprechen. Es ist die letzte Sprechstunde vor den Ferien. Sie wollte mit der Magli und der Sereni reden …«

Stumm schauten die Freunde sich an. Das war ja wirklich ein Problem, sogar ein ziemlich schreckliches! Wenn Laertes Mutter in die Schule gehen und merken würde, dass ihr Sohn gar nicht im Unterricht war, saßen sie alle drei in der Klemme.

Paolo merkte, dass Antonio panisch wurde. Also versuchte er, das Problem zu lösen.

»Was genau hat deine Mutter gesagt? Weißt du, um wie viel Uhr sie kommen wollte?«

»Äh … Also … Ich glaube, nach der Pause. Ja, doch, da bin ich mir ganz sicher.«

Paolo schaute auf die Uhr. Es war noch vor zehn.

»Wenn wir uns beeilen, können wir zum Beginn der dritten Stunde in der Schule sein. Bambino fragt in den beiden ersten Stunden ab, dann kommt die Sereni. Mit etwas Glück betreten wir gleichzeitig mit ihr das Klassenzimmer, und sie wird nichts merken. Und Laertes Mutter auch nicht!«

Hastig überlegten die drei, ob sich dieser Plan tatsächlich erfolgreich umsetzen ließ, aber er schien wirklich bombensicher zu sein. Antonio machte sich sofort daran, drei Entschuldigungen zu verfassen, denn das war seine Spezialität.

»Und der Trolley mit meinen Schulsachen?«, fragte Laerte. »Er ist kaputt, und Mama wird wissen wollen, wie das passiert ist.«

»Sag ihr einfach, er wäre die Treppe hinuntergerollt, oder dass jemand dagegengetreten hat.«

»Ja, das könnte hinhauen.«

Die Freunde klopften sich gegenseitig auf die Schultern. Dann liefen sie zu ihren Fahrrädern. Die Kiste ließen sie einfach vor der Hirtenhütte stehen.

Die Fahrt zur Schule wurde zu einem Radrennen. Antonio ging sofort in Führung, doch Paolo gab sich nicht geschlagen. Zwar behinderte ihn Laerte, der vor ihm auf der Querstange saß, sehr beim Treten, doch Paolo wusste schon lange, dass es beim Radsport vor allem auf Willenskraft ankommt. Er konzentrierte sich einzig und allein auf Antonios knarzendes Klapprad und den angehängten Trolley, der schwankend hinterherrollte.

»Los, Paolo, gib alles!«, feuerte Laerte ihn an.

Endlich erreichten sie den höchsten Punkt der Steigung. Von hier aus ging es in zahlreichen Kurven und immer leicht bergab.

Jetzt war Laertes Gewicht auf Paolos Rad von Vorteil. Paolo merkte, wie sie von ganz allein immer schneller wurden, und trat zusätzlich wie wild in die Pedale. Sie sausten an Antonio vorbei, und Paolo machte ihm mit einer Hand Zeichen, nach rechts in eine Abkürzung abzubiegen.

Antonio holte auf, und als sie wieder auf die Hauptstraße kamen, waren sie auf gleicher Höhe. Sie erreichten Pagliarano mit seinen Flachdachhäusern und kleinen Gärten, und es roch herrlich nach Basilikum, das hier überall wuchs. Sie flitzten am Bekleidungsgeschäft von Signora Marianna und der Kirche vorbei, in der Don Ernesto sein Amt versah, und gelangten endlich auf die Allee, an deren Ende sich der Zeitungskiosk von Signor Cridamai und die Schulen befanden. Im Hof der Grundschule hatte eine Klasse Zeichenunterricht, überall saßen Kinder mit ihren Zeichenblöcken herum. Der Hof der Mittelschule dagegen war vollkommen leer.

Paolo schaute auf die Uhr: Sie waren genau rechtzeitig eingetroffen. Gleich würde es klingeln.

Sie stellten die Räder am Ständer ab, banden den Trolley los und sausten in die Schule, jeder mit einem gefälschten Entschuldigungsschreiben in der Hand.

Signora Sereni stand vor dem Klassenzimmer und unterhielt sich angeregt mit dem Hausmeister. Offenbar hatten sie es ganz knapp geschafft.

»Ach, ihr drei!«, rief die Lehrerin aus. »Wo wart ihr denn abgeblieben?«

»Ich habe den Wecker nicht gehört«, antwortete Paolo wie aus der Pistole geschossen.

»Es gab ein Problem mit meinem kleinen Bruder«, behauptete Antonio außer Atem.

»Und ich war beim Arzt«, log Laerte.

Sie hetzten weiter, ins Klassenzimmer hinein und auf ihre Plätze. Paolo klopfte das Herz bis zum Hals, aber sie hatten es geschafft.

Bea und Elena drehten sich nach Paolo um. Elena war wirklich wunderschön. Sie schenkte ihm ein amüsiertes Lächeln. Bea dagegen hatte ihren üblichen besorgten Gesichtsausdruck, der von den dicken Brillengläsern noch betont wurde.

Aber nein … Eigentlich war es nicht derselbe Blick wie immer. Es sah eher aus, als wollte ihm Bea etwas sagen. Und die Lehrerin stand immer noch draußen, anstatt hereinzukommen und ihre Stunde zu beginnen.

Paolo wurde allmählich nervös und begann, an seinen Fingernägeln herumzubeißen. Ihm war, als wäre in seinem Kopf eine Alarmsirene losgegangen, die lauter und lauter jaulte.

Irgendetwas stimmte hier nicht. Franco und Annalisa in der Bank nebenan hatten ihre Geschichtsbücher hervorgeholt und lasen eifrig darin. Eine seltsame unheilverkündende Stille herrschte in der Klasse, in der es sonst vor dem Unterricht von Signora Sereni recht ruhig und entspannt zuging.

Antonio und Laerte drehten sich nach Paolo um. »Weißt du, was hier los ist?«

»Keine Ahnung …«

Der Lehrer trat ein, schloss die Tür hinter sich und murmelte eine Begrüßung.

Das war gar nicht das zarte Stimmchen von Signora Sereni, sondern der Bariton von Signor Bambino.

Der ging zum Pult und knallte seine schwere Aktentasche darauf.

»Entschuldigt bitte, dass wir Stunden getauscht haben, aber ich wollte eurer Mathematiklehrerin einen Gefallen tun.« Er holte das Klassenbuch heraus und schaute sich um. »Was für ein glücklicher Zufall! Drei verwegene junge Männer haben genau in den Stunden gefehlt, in denen ich eigentlich hätte abfragen müssen, aber dafür sind sie jetzt anwesend. Antonio und Laerte – und unser Lieblingsschüler Paolo Rizzo ist selbstverständlich der Dritte im Bunde.«

Die Luft im Klassenzimmer schien dick wie Gelatine geworden zu sein. Nur das Gesumm einer Fliege, die unaufhörlich gegen eine der Fensterscheiben flog, störte die Stille.

Aufmerksam las sich der Geschichtslehrer die drei Entschuldigungsschreiben durch. Nach einer halben Ewigkeit schaute er endlich davon auf. Mittlerweile konnte Paolo seinen eigenen Leichtsinn kaum noch nachvollziehen. In was für Schwierigkeiten hatte er sich und seine Freunde da gebracht! Sein genialer Plan war an einem unglücklichen Zufall gescheitert: Der Stundentausch zwischen der Sereni und Bambino war ein unvorhersehbarer Schicksalsschlag.

Wie konnte er nur so entsetzlich dumm sein. Eigentlich hätten Antonio und er Laerte bis zur Schule begleiten sollen und sich dann so schnell wie möglich aus dem Staub machen. Doch jetzt war es zu spät, um noch etwas zu ändern. Alle wussten, dass die drei Jungen eng befreundet waren. Es war ganz offensichtlich, dass sie gemeinsam geschwänzt hatten.

Paolo wusste, was jetzt passieren würde. Besser gesagt, er glaubte, es zu wissen, doch dann kam Bambino mit einer richtig üblen Idee.

»Ich frage mich, ob eure Eltern wissen, dass ihr heute früh gefehlt habt«, sagte er. »Ich könnte sie informieren … Aber vielleicht habe ich eine bessere Idee. Wir werden diese unvorhergesehene Wendung für ein interessantes Experiment nutzen.«

Der Blick des Geschichtslehrers wanderte wie ein Laserstrahl über die Köpfe der Schüler hinweg. Paolo versuchte, sich hinter Antonio und Laerte zu verstecken, die direkt vor ihm saßen.

»Als Erstes brauchen wir einen Freiwilligen. Paolo, hast du nicht Lust, an die Tafel zu kommen, um auf eine vollkommen neuartige Weise abgefragt zu werden?«

Als Paolo aufstand, war ihm, als schnüre ihm ein dicker Strick den Hals zu. Seine Zunge klebte am Gaumen, und seine Hände zitterten, als hätte er soeben einen elektrischen Schlag abbekommen.

Mit unsicheren Schritten ging er nach vorne. Die Blicke seiner Mitschüler stachen ihm wie feine Messerspitzen in den Rücken, und bei jedem Schritt befürchtete er, das Gleichgewicht zu verlieren.

»Na, los, ein bisschen mehr Begeisterung. Auf, beeil dich!«

Gehorsam beschleunigte Paolo seine Schritte. Die ersten gedämpften Lacher erklangen. Mattia Presti und die Bande der Bösen stießen einander voller Vorfreude an.

»Der Stoff, den ihr für heute wiederholen solltet, befasst sich mit der absoluten Monarchie. Du weißt doch, was das ist, oder?«

Paolo hätte liebend gerne darauf geantwortet, doch es fühlte sich an, als hätte sich sein Gehirn bereits in die Ferien verabschiedet und befände sich an einem sehr fernen und ruhigen Ort.

Der Lehrer beantwortete sich seine Frage selbst. »Eine absolute Monarchie ist eine Regierungsform, bei der ein König sämtliche Gewalten innehat. Er erlässt die Gesetze, braucht sie selbst aber nicht einzuhalten. Seine Untertanen müssen jedoch alle seine Befehle ausführen, keiner darf sich dem Willen des Herrschers widersetzen.« Bambino grinste hämisch. »Kennst du vielleicht einen absoluten Monarchen, Paolo?«

»Äh … also … die französischen Könige …?«

»Ich meinte persönlich. Bist du schon mal einem König begegnet?«

»Nein …«

»Falsch. Denke an die Situation, in der du dich gerade befindest. Jetzt, in diesem Augenblick, bin ich dein König, und du bist mein Untertan. Das Schöne daran ist, dass du mir diese Macht ganz spontan verliehen hast, indem du die Schule geschwänzt und nun große Angst davor hast, dass ich es deinen Eltern sagen könnte. Stimmt doch, oder?«

Was sollte Paolo darauf antworten? Er hörte hinter sich weitere Mitschüler leise lachen.

»Wenn ich also dein König bin, dann musst du meine Befehle ausführen. Findest du das gerecht?«

»W… wie?«

Der Lehrer wühlte in seiner Aktentasche herum und zog schließlich einen bunten Flummi heraus. Mit einer schnellen Bewegung knallte er ihn auf den Fußboden. Der Flummi sprang vor Paolo in die Luft, und dieser fing ihn instinktiv auf.

»Sehr gut, dank deiner Geschicklichkeit steigt deine heutige mündliche Note schon mal auf fünf minus.«

Die Reaktion darauf war ein brüllendes Gelächter aus mehreren Kehlen. Mattia Presti hielt sich vor Lachen den Bauch.

Signor Bambino gebot der Klasse mit einer herrischen Bewegung Schweigen, bevor er sich wieder Paolo zuwandte. »Jetzt werde ich dir ein paar Fragen stellen. Beim Antworten lässt du den Ball einmal zwischen deinen Beinen aufprallen. Mit jeder richtigen Antwort verbesserst du dich um eine halbe Note. Weigerst du dich jedoch, bei diesem Experiment mitzumachen, dann rufe ich deine Eltern an und sage ihnen, dass du heute früh nicht in die Schule gekommen bist.«

Gleich nach dem Pausenklingeln fiel eine große Schülerschar in den Hof ein und verteilte sich über den ausgetrockneten Rasen, um etwas zu essen, sich zu unterhalten oder gemeinsam über geteilte Kopfhörer Musik zu hören.

Die viertelstündige Pause war der schönste Moment des Vormittags. An diesem Tag aber war Paolo viel zu wütend, um sie zu genießen. So wütend, dass er am liebsten mit beiden Fäusten auf die Mauern der Schule eingeschlagen hätte, um sie zum Einstürzen zu bringen.

»Es ist ein Skandal!«, rief er aus.

Unweit von ihm hatte sich Antonio ein schattiges Plätzchen gesucht und vertilgte ein riesiges belegtes Brötchen. Bea und Elena sangen einen Song mit, der laut aus Elenas Handy erklang. Nur Laerte fehlte in ihrem Kreis: Er hatte seine Mutter auf der Treppe abgefangen, um ihr zu erklären, dass die Sereni dringend zum Arzt gemusst habe und sie deshalb nicht in der Sprechstunde empfangen könne.

»Hey, hört ihr mir überhaupt zu?«, fragte Paolo laut. »Ich habe gesagt, dass es ein Skandal ist.«

»Boing, boing, boing!«, erwiderte Mattia Presti, der in diesem Augenblick mit seinen Freunden an ihm vorbeiging und tat, als spiele er mit einem Flummi.

Paolo spürte, wie er vor Scham und Zorn ganz rot im Gesicht wurde. Seine Mitschüler würden ihn noch monatelang damit hänseln: Er war »der mit dem Flummi« geworden.

»Es war überhaupt nicht witzig«, fuhr Paolo fort, obwohl er gemerkt hatte, dass ihm niemand zuhörte. »Wenn mich Bambino unbedingt abfragen musste, dann hätte er es auch auf die übliche Weise machen und mir einfach ein Ungenügend geben können.

Aber nein, er hat alles getan, um mich lächerlich zu machen. ›Fang den Ball und ich gebe dir eine Drei …‹ So ein Erpresser! So etwas ist Kindesmisshandlung, Züchtigung, Folter … Man müsste ihn anzeigen.«

Antonio bekam einen Lachanfall und verschluckte sich an einem Brötchenbissen. »Du übertreibst mal wieder, mein Lieber. Bambino hat dir heute sogar eine gute Note gegeben. Und immerhin hat er unsere Eltern nicht angerufen, also ist die Angelegenheit damit erledigt. Alles in allem ist es für uns noch einmal gut gegangen.«

»Außerdem hatte Bambino im Grunde genommen recht«, fügte Bea hinzu und schob ihre Brille auf der Nase hoch. »Er wollte dir zeigen, dass du den Lehrern die Möglichkeit gibst, dich zu bestrafen, wenn du die Schule schwänzt. Das nächste Mal wirst du es dir zweimal überlegen, bevor du nicht zum Unterricht kommst.«

»Pfff«, machte Paolo genervt. Wenn Bea sich wie eine kleine Lehrerin verhielt, fand er sie unausstehlich.

»Und du, Elena, bist du auch dieser Meinung?«

»Bambino hat vorhin etwas gesagt, das unbedingt stimmt: Er ist der König, und wir sind die Untertanen. Erst wenn wir erwachsen sind, können wir vielleicht unsere eigenen Entscheidungen treffen. Bis dahin aber sind wir machtlos. So ist es eben.«

Verblüfft schaute Paolo sie an. Elena war ein wunderschönes Mädchen mit einer geraden Nase und großen ausdrucksvollen Augen, und schon bei ihrem Anblick bekam er Herzklopfen. Das hier war neu – normalerweise war Bea diejenige der beiden Freundinnen, die im richtigen Moment das Richtige sagte.

Er dachte an die Hirtenhütte und den seltsamen Brief, den sie in der Kiste unter den alten Sachen gefunden hatten, aber auch an das, was Bambino vorhin über die Könige gesagt hatte.

»Das stimmt«, murmelte Paolo, während er versuchte, seine Gedanken in die richtige Reihenfolge zu bringen. »Wir sind alle Untertanen. Ich meine, schaut uns doch an! Laerte wird von seiner Mutter herumkommandiert, die ihn dazu zwingt, sich mitten im Sommer so dick wie ein Polarforscher anzuziehen. Du, Antonio, wirst ständig von der Bande der Bösen angegriffen. Und ich … na ja, ich musste mich vor der Klasse zum Clown machen lassen.«

Er merkte, dass ihm seine Freunde jetzt aufmerksam zuhörten. Großvater Blasio sagte immer, Stürze seien dafür da, dass man lerne, wieder aufzustehen. Indem Bambino ihn dazu gezwungen hatte, mit dem Flummi zu spielen, hatte der Lehrer ihn zu Boden gerungen. Doch Paolo gab sich nicht geschlagen, er würde es dem Lehrer noch zeigen. Er hatte ihn satt, ebenso wie all die anderen Erwachsenen, die ständig Regeln aufstellten, ohne sich um die Probleme der Kinder zu kümmern, da diese in ihren Augen »nur Kindereien« waren.

Paolo würde ihnen zeigen, wozu Kinder in Wirklichkeit imstande waren.

»Was hast du vor?«, fragte Antonio.

»Elena hat recht: Es ist eben so. Aber vielleicht ist der Moment gekommen, daran etwas zu ändern. Und das will ich sofort tun, und nicht erst dann, wenn ich erwachsen bin.«

»Und wie soll das gehen?«, wollte Bea wissen.

»Kommt heute alle um vier Uhr nachmittags zu mir nach Hause. Ich habe eine großartige Idee.«

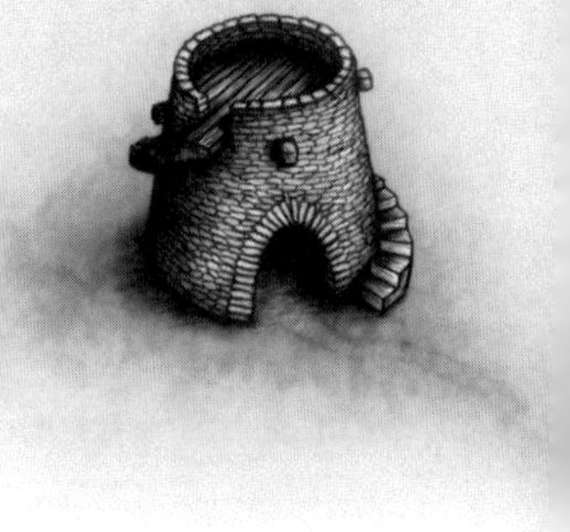

Die seltsame Geschichte des Räuberhauptmanns

Leo Palamà, der Bürgermeister von Pagliarano, wohnte ein wenig außerhalb an der Straße nach Tricase Porto in einer Villa, die von einer sehr hohen Mauer umgeben war.

Hinter dieser Mauer, so lauteten Gerüchte, sollte es einen wunderschönen, von Felsbrocken eingerahmten Swimmingpool mit einem künstlichen Wasserfall geben, außerdem auch einen richtigen Tennisplatz. Böse Zungen behaupteten, auf dem großen Rasen vor der Villa wachten insgesamt zweiundsiebzig kitschige Gartenzwerge, die Leo Palamà aus der Schweiz mitgebracht hatte.

Doch konnte niemand mit Sicherheit sagen, ob das wirklich stimmte, denn der Bürgermeister lud nie Leute zu sich ein. Er fand es schlimm genug, den Bürgern von Pagliarano und Umgebung im Rathaus zu begegnen und sie in seinem Büro empfangen zu müssen.

Der große Mercedes des Bürgermeisters raste durch das per Fernbedienung geöffnete Tor und schleuderte beim Bremsen vor der Haustür eine Wolke von Staub und Kies gegen die Gartenzwerge (die es hier tatsächlich gab).

»Ich bin wieder da!«, rief Palamà.

Er betrat das Haus, streifte die Schuhe ab und fläzte sich auf das riesige Ledersofa im Wohnzimmer.

Im Haus rührte sich nichts. Seine Frau Annina machte mit ein paar Freundinnen Urlaub in Ägypten, und Enzo war noch in der Schule.

Eigentlich hätte sich der Bürgermeister sein Mittagessen jetzt selbst kochen müssen, doch weil er dies unter seiner Würde fand, beschloss er, sich vom einzigen Restaurant des Ortes etwas liefern zu lassen.

Ja, dachte er, das war wirklich eine gute Idee. Denn der Restaurantbesitzer hatte den Antrag gestellt, auf dem Bürgersteig vor seinem Lokal ein paar Tische aufstellen zu dürfen, doch Palamà hatte diesen Antrag bisher noch nicht bewilligt. Der Wirt würde ihm zweifellos gerne und gratis ein mehrgängiges Menü schicken, in der Hoffnung, dadurch den ersehnten Bescheid zu erhalten.

Bürgermeister zu sein hatte viele Vorteile.

Driiiiinnnnng!

Das Klingeln der Torglocke zerriss die köstliche Stille, die in der Villa bisher geherrscht hatte. Seufzend stand Palamà vom Sofa auf und ging zu dem kleinen Monitor, der mit der Videokamera am Tor verbunden war.

Vor dem Tor stand ein zerbeultes altes Auto mit einem Firmenaufkleber oben auf der Windschutzscheibe. *Fensterfabrik Fantini.* Fantini war gekommen, um ihn zu Hause zu stören!

Der Bürgermeister überlegte kurz, einfach nicht aufzumachen. Doch der Fabrikbesitzer war ein äußerst hartnäckiger und lästiger alter Mann. Wenn Palamà tat, als ob er nicht zu Hause sei, würde

Fantini ihn mit Telefonanrufen bombardieren. Es war besser, sich gleich anzuhören, was er auf dem Herzen hatte.

Palamà drückte auf den Toröffner und wartete, bis das schäbige alte Auto hinter seinem Mercedes hielt. Dann setzte er sein schönstes offizielles Lächeln auf.

»Lieber Herr Direktor«, begrüßte er seinen Gast. »Was für eine nette Überraschung, wie komme ich zu der unverhofften Ehre Ihres Besuchs?«

»Es geht um Geschäfte, Palamà, um Geschäfte.«

Fantini war schon über siebzig und trug einen ziemlich abgewetzten grauen Anzug. Er hatte schütteres Haar und eine von Sorgenfalten zerfurchte Stirn. Das einzig Gepflegte an ihm waren die neuen, auf Hochglanz polierten schwarzen Lederschuhe.

Ohne dem Bürgermeister auch nur die Hand zu geben, eilte Fantini mit großen Schritten ins Haus. Palamà folgte ihm genervt und nahm wieder auf dem Ledersofa Platz.

»Ich habe schon seit einiger Zeit nichts mehr von Ihnen gehört, Herr Bürgermeister. Ich will wissen, ob es hinsichtlich unseres kleinen gemeinsamen Projekts Neuigkeiten gibt.«

Palamà weitete sein künstliches Lächeln noch ein wenig aus. »Leider müssen wir noch etwas Geduld haben, mein Freund. Sie müssen verstehen, dass die Verhandlungen sehr kompliziert sind, da zahlreiche Personen daran beteiligt sind …«

Fantini runzelte die Stirn. »Inzwischen ist schon beinahe ein ganzes Jahr verstrichen, mein lieber Freund. Ich habe mich auf Sie verlassen, ich habe sämtliche Arbeiter entlassen, die unser Projekt behinderten, und musste dafür Streiks und viele andere

Unannehmlichkeiten in Kauf nehmen. Haben Sie die Beulen an meinem Auto gesehen? Es wurde von Steinen getroffen! Ich werde im Ort nicht mehr sehr geschätzt … Und daran sind nur Sie schuld!«

»Ich verstehe Sie sehr gut«, entgegnete Palamà, der zu wissen glaubte, dass Fantini weder im Ort noch sonstwo jemals geschätzt worden war. »Aber wie gesagt, es ist sehr kompliziert. Die Fabrikarbeiter zu entlassen war ja nur der erste Schritt. Jetzt, wo sie keine Arbeit mehr haben, geraten sie allmählich in finanzielle Schwierigkeiten. Bald werden sie auch die letzten Ersparnisse aufgebraucht haben und sich gezwungen sehen, uns ihre Grundstücke zu verkaufen. Und dann haben wir gesiegt! Im Moment wehren sie sich allerdings noch dagegen, allen voran dieser Giovanni Rizzo, der Eigentümer von Casa Vulía.«

»Ja, an den kann ich mich gut erinnern«, meinte Fantini schlecht gelaunt. »Er wirkt zwar wie ein ruhiger Typ, aber in Wirklichkeit ist er ein Störenfried. Als er noch in der Fabrik gearbeitet hat, beklagte er sich ständig, dass Sicherheitsvorschriften nicht eingehalten würden. Er hat immer nur Ärger gemacht …«

»Genau. Und inzwischen hat Rizzo angefangen, sein Gutshaus umzubauen, um Zimmer an Touristen zu vermieten, und die Eigentümer der angrenzenden Anwesen warten ab, wie sich das entwickelt.«

Aufgebracht beugte sich Fantini dem Bürgermeister entgegen. »Und Sie haben dieses … Landhotel genehmigt?«

Der Bürgermeister lachte laut auf. »Aber nicht mal im Traum! Ich werde diese Anträge niemals genehmigen, und Rizzo wird sich leider gezwungen sehen, uns sein Gutshaus für eine lächerlich niedrige Summe zu verkaufen. Und wenn das passiert, werden auch die anderen Familien endlich nachgeben.«

»Und wir können alles abreißen lassen.«

»Ja«, bestätigte Palamà. »Wir legen die Grundstücke zusammen und bauen eine riesige Luxushotelanlage. Und dann werden wir reich. Also, ich meine: noch reicher. Richtig reich!«

Nach dem Mittagessen zog sich Paolos Großvater gerne in den Garten zurück, um im Schatten der Olivenbäume ein halbstündiges Mittagsschläfchen zu halten. Paolo fragte sich immer, wie in aller Welt er bei dem Krach schlafen konnte, den die Zikaden dort veranstalteten. Doch der Großvater meinte, dass ihn die Geräusche der Natur nie stören würden.

»Schläfst du?«, fragte Paolo jetzt, als er vor seinem Liegestuhl stand.

»Nein«, murmelte Großvater Blasio mit schläfriger Stimme.

»Ich möchte dich um einen Gefallen bitten. Meine Freunde und ich wollen die Hirtenhütte bei den Johannisbrotbäumen in Ordnung bringen. Aber dazu bräuchte ich eine Schubkarre.«

»Ich helfe dir nachher, wenn ich aufgestanden bin.«

»Aber es geht noch um etwas anderes. Ich müsste mit dir reden.«

Großvater Blasio nahm die Baseballcap ab, die er sich über das Gesicht gelegt hatte, und sah seinem Enkel aufmerksam ins Gesicht.

Das war einer der Gründe, warum der Junge seinen Großvater

so liebte: Der sagte ihm nämlich niemals, dass seine Probleme nur Kindereien seien, sondern half ihm, wo er nur konnte.

»In Ordnung«, sagte er jetzt. »Im Grunde bin ich ja schon alt, aber ich werde noch viel Zeit haben, um mich auszuruhen … später.«

Großvater und Enkel holten die Schubkarre, die Paolos Vater bei den Umbauarbeiten benutzte, und gingen Seite an Seite zur Hirtenhütte.

»Also, was wolltest du mir sagen?«, fragte der Großvater scheinbar beiläufig.

»Die Hirtenhütte … ähm … Wir haben da viel Zeug drin gefunden. Weißt du, ob da etwas Wertvolles dabei ist?«

Der Großvater lachte vergnügt. »Nein, natürlich nicht. Nur unnützes Gerümpel. Eigentlich könnten wir die Gelegenheit nutzen, um das alles endlich mal wegzuwerfen.«

Paolo hatte mit einer Antwort dieser Art gerechnet, wollte sich aber nicht entmutigen lassen. Er hatte nämlich eine Idee, und seine Begeisterung dafür wuchs. Doch bevor er sie umsetzte, musste er wissen, ob der Brief seines Vorfahren echt war. Und sein Großvater war der Einzige, der das wissen konnte.

»Weil … Weißt du … Wir haben darin eine Kiste gefunden. Sie ist nicht so groß und mit Leder überzogen und war unter dem Fußboden vergraben.«

Schweigend schaute Blasio seinen Enkel an. Mittlerweile hatten sie die Johannisbrotbäume erreicht. Die Kiste stand gut sichtbar neben dem Eingang der Hirtenhütte.

Nachdenklich kratzte sich der alte Mann am Kopf. »Hm. Die

habe ich noch nie gesehen. Sie war vergraben, hast du gesagt? Äußerst seltsam. Und was ist drin?«

»Nur alte Kleider. Und … Tja: ein Brief. Ein alter Brief von achtzehnhundertirgendwas.«

Großvater Blasio lächelte. »Lass mich mal raten. In dem Brief geht es um den Räuber Giovanni, und das hat dich neugierig gemacht. Ist es so?«

»Kennst du ihn?«, fragte Paolo ungeduldig. Der Großvater machte es ja ganz schön spannend.

»Das ist eine alte Familiengeschichte, aber ich dachte, ich hätte dir davon schon mal erzählt. Der Räuberhauptmann Giovanni war mein Ururgroßvater, also dein Urururgroßvater.«

Der Großvater hockte sich auf den Rand der Schubkarre, und Paolo setzte sich auf den Boden.

»Giovanni kam in Pagliarano zur Welt, in der ersten Hälfte des 19. Jahrhunderts. Seine Eltern starben, als er noch klein war, und der Dorfpfarrer adoptierte ihn und zog ihn auf. Viele Jahre später wurde der Dorfpfarrer ermordet, und Giovanni blieb keine andere Wahl, als Räuber zu werden.«

»Warum?«

»Das waren ganz andere Zeiten als heute. Hier in unserer Gegend herrschte bittere Armut. Damals gehörten ganz Süditalien und die Insel Sizilien zum Königreich beider Sizilien, aber bald darauf wurde der Staat Italien gegründet. Den Bauern konnte das im Grunde egal sein. Ihre größte und einzige Sorge bestand darin, dass sie und ihre Familien satt wurden. Weil sie keine andere Perspektive hatten, griffen viele zum Gewehr, um zu rauben und zu stehlen. Der Dorfpfarrer sagte immer, dass es auch die Schuld der Reichen und Mächtigen sei, wenn die Armen zu Verbrechern wurden, und deshalb ließen ihn die Reichen und Mächtigen ermorden. Als der Pfarrer eines Nachts unterwegs war, wurde er hinterrücks erschossen, und den Mördern gelang es, Giovanni die Schuld dafür zuzuschieben. Er wurde Räuber, um der Polizei zu entkommen. Sein Adoptivvater hatte ihm Lesen und Schreiben beigebracht, und im Laufe der Jahre erhielt er den Ehrentitel ›Räuberpoet‹.«

»Nicht nur den«, warf Paolo ein. »Sie nannten ihn auch ›König der Steine‹ und ›Vernichter der Feinde‹.«

Der Großvater nickte ernst. »Um den Leuten Angst zu machen, gaben sich die Räuber furchteinflößende Namen. Du sollst aber auch wissen, wie die Geschichte endete: Nachdem Italien geeint war, beauftragte die neue Regierung ihre Armee, die Räuber zu bekämpfen, und beinahe alle wurden getötet oder kamen ins Gefängnis. Giovanni aber konnte den Soldaten entkommen. Er heiratete und wurde fast neunzig Jahre alt. Mein Großvater Giovanni hat ihn noch kennengelernt. Er sagte, er sei ein Greis mit einem großen weißen Bart und loderndem Blick gewesen.«

»Wahnsinn!«, rief Paolo. »Dein Großvater hat den Räuberhauptmann noch gekannt? Und auch er hieß Giovanni, genau wie mein Vater?«

»Ja, sicher, es ist einer der Namen, die in unserer Familie weitergegeben werden. Jetzt erklär mir aber auch, warum dich diese Geschichte so interessiert.«

Zögernd holte Paolo aus der Hosentasche die kleine Holzschachtel, öffnete sie und zeigte seinem Großvater den Brief.

Dieser setzte seine Brille auf und studierte das Schriftstück sorgfältig.

»Ich denke, dass er echt ist«, sagte er nach längerem Nachdenken. »Die Casa Vulía und ihre Ländereien gehören unserer Familie ungefähr seit den Lebzeiten des Räubers Giovanni.«

»Und der Staat? In dem Brief steht, das Anwesen sei frei und unabhängig, und dass auf Feinde das Feuer eröffnet wird.«

Der Großvater schüttelte den Kopf. »Die Vorstellung, auf Leute zu schießen, gefällt mir ganz und gar nicht. Wie dem auch sei, diesen Teil der Geschichte kenne ich überhaupt nicht, noch nie hat mir jemand davon erzählt. Aber ich kann mich informieren. Ich will Don Ernesto fragen, er hat im Pfarrhaus das Kirchenarchiv untergebracht. Es enthält auch sehr alte Dokumente. Vielleicht finde ich dort etwas.«

Paolo lächelte erleichtert. Er wuchtete die Kiste in die Schubkarre, auf deren Rand immer noch sein Großvater hockte und ihn jetzt ernst anschaute. »Ganz ehrlich, Paolo: Hast du irgendetwas vor?«

»Ja.«

»Aber du willst mir nicht verraten, worum es geht.«

»Nein, noch nicht.«

Großvater Blasio zerraufte ihm zärtlich das Haar.

»Hey!«, protestierte Paolo. »Ich bin doch kein kleines Kind mehr!«

»Das weiß ich sehr wohl«, erwiderte der Großvater. »Das habe ich nicht vergessen.«

Bea und Elena gingen die Straße entlang, die von Pagliarano zur Casa Vulía führte. Die Wanderung hinaus zum Gutshaus war ziemlich lang, und beiden Mädchen war heiß, und sie waren müde.

Elena trug ein bauchfreies feuerrotes Top und eine weiße Caprihose. Bea hatte ein dunkelblaues Polohemd an (beinahe vom selben Blau wie manche Polizeiuniformen), Jeans und neue Ballerinas, die noch ein wenig drückten.

»Woran denkst du?«, erkundigte sich Elena.

Ohne es selbst zu merken war Bea langsamer geworden. »Warum hat Paolo gesagt, dass wir zu ihm kommen sollen?«, fragte sie. »Was glaubst du, was er vorhat?«

»Antworte auf eine Frage nie mit einer zweiten Frage«, entgegnete ihre Freundin grinsend. »Außerdem … Ich wollte dich das schon eine ganze Weile fragen: In letzter Zeit sprichst du ziemlich oft von Paolo. Könnte es sein, dass da zwischen euch irgendetwas ist?«

Augenblicklich wurde Bea rot. »Was für ein Quatsch!«, protestierte sie. »Ganz und gar nicht … Paolo und ich … da kann ich ja nur lachen.«

»Ja, vielleicht«, meinte Elena und machte dabei ein Gesicht, als würde sie Bea nicht glauben. »Aber heute im Unterricht hast du dich ständig nach ihm umgedreht. Und du hast dir die neuen Schuhe angezogen, die bei der Hitze total unbequem sein müssen.«

Bea schwieg eine Weile. Ein weiteres kleines Geheimnis, das sie Elena nicht anvertrauen wollte. Noch nicht. Dabei kannten sie sich ewig. Schon seit der ersten Klasse saßen sie immer nebeneinander.

Warum brachte sie es einfach nicht fertig, ihrer Freundin alles zu erzählen, was ihr am Herzen lag?

Allerdings gab es im Fall von Paolo dafür einen triftigen Grund.

»Ach, weißt du«, sagte sie schließlich leise, »ich glaube, dass Paolo … also … Ich glaube, dass er in dich verknallt ist.«

»Meinst du?«

»Oh ja.« Plötzlich merkte Bea, dass sie traurig war. »Sag ja nicht, dass du das noch nicht gemerkt hast.«

»Jungs in unserem Alter interessieren mich nicht«, sagte Elena. »Ich meine, wir Mädchen sind doch viel reifer als Jungs. Du kennst doch Fabrizio? Den großen, aus der ersten Oberstufenklasse, der mit dem Nasenpiercing … Ja, den fände ich toll.«

Nasenpiercing? Bea fand Piercings schrecklich. Sie wollte gerade etwas dazu sagen, als sie Laerte bemerkte, der hinter einem Olivenbaum vorgekommen war. Er trug das Hemd lässig über der Hose und hatte sich ein buntes Tuch um den Hals geknotet.

»Da seid ihr ja!«, begrüßte er sie etwas außer Atem. »Paolo hat mich geschickt, um euch abzuholen.«

»Den Weg zur Casa Vulía finden wir auch ohne dich«, spottete Elena.

»Aber da sind wir doch gar nicht. Sondern an einem neuen, geheimen Ort. Und Paolo ist … Na ja, das werdet ihr selbst gleich sehen.«

Die Johannisbrotbäume hatten dicke Stämme, und das dichte grüne Laub ihrer Äste verbarg die hellen Steinmauern der Hirtenhütte fast ganz.

»Das ist unser neues Hauptquartier«, erklärte Laerte.

Die Angelegenheit wurde immer geheimnisvoller. Bea hörte schwere Gegenstände zu Boden fallen und dass sich Antonio über irgendetwas aufregte. Nun tauchte Paolo zwischen den Bäumen auf und kam auf sie zu.

Elena bekam einen Lachanfall, und es dauerte nicht lange, bis Bea in ihr Gelächter mit einstimmte. Paolo hatte eine braune Weste aus Tuch an, die ihm mindestens zwei Größen zu groß war, und einen komischen kegelförmigen grünen Filzhut mit breiter Krempe auf dem Kopf.

»Warum hast du dich verkleidet?«, fragte Elena grinsend.

»Dies ist die Kleidung, die sich für einen Vernichter der Feinde ziemt«, erwiderte Paolo hoheitsvoll und ein bisschen beleidigt.

»Wie redest du denn? Hast du sie nicht mehr alle?«

»Lasst mich euch bitte alles in Ruhe erklären …«

Jetzt sahen sie Antonio und seinen kleinen Bruder Luca, sie duckten sich unter den Ästen der Johannisbrotbäume hindurch und traten zu ihnen. Antonio hatte einen großen Hammer und mehrere verrostete Nägel dabei, Luca trug eine Holzschachtel.

»Es geht um Folgendes …«, begann Paolo und nahm aus der Schachtel ein vergilbtes Blatt Papier, um es Bea zu reichen.

Das Mädchen las den Brief aufmerksam durch. Paolo beobachtete sie zufrieden. »Ich habe meinen Laptop hergebracht, bin ins Internet gegangen und habe recherchiert. Anscheinend ist dieser Franceschiello, der in dem Brief erwähnt wird, Franz II., der letzte König des Königreichs beider Sizilien, der nach Rom ins Exil geschickt wurde. Und mit *Sabaudi* ist das Königshaus Savoyen gemeint, also die Könige von Piemont, die später zu Königen Italiens wurden.«

Bea gab Paolo den Brief zurück. »Erklärst du uns jetzt bitte, warum du in diesen albernen Sachen rumläufst? Und was sollen wir mit der Urkunde?«

»Wir haben sie hier gefunden, in der Hirtenhütte«, erwiderte der Junge.

»Ich verstehe aber immer noch nicht …«

»Der Räuberhauptmann Giovanni war ein Vorfahre von mir. Großvater Blasio sagt, dass es ihn wirklich gegeben hat und dass er hier gewohnt hat, in der Casa Vulía. Dem Brief zufolge bilden diese Ländereien seit fast hundertfünfzig Jahren einen Staat, der von Italien unabhängig ist. Verstehst du? Ein eigener Staat, so wie die Republik San Marino, oder … oder wie Frankreich.«

»Und das soll dieser Brief beweisen?« Bea hörte sich sehr skeptisch an.

»Ja, natürlich. Im Laufe der Zeit geriet das Reich des Räuberhauptmanns Giovanni in Vergessenheit … Bis zum heutigen Tag, dem Tag, an dem sein Ururururenkel beschloss, das einzufordern, was ihm zusteht.«

Einfordern, was ihm zusteht. Bea kam es vor, als würden diese Worte wie ein Echo in ihrem Kopf nachhallen.

»Und du … Du willst …?«

»Ja, das ist der Grund, warum ich mich so angezogen habe. Die Weste und der Hut gehörten dem berühmten Räuber Giovanni, und deshalb sind sie auch für seinen Nachkommen mehr als angemessen. Ich werde mich zum König krönen lassen, und gemeinsam machen wir Casa Vulía zu einem freien Land. Zu einem eigenen Staat. Zum Freien Staat der Kinder!«

Bea und Elena betraten die Hirtenhütte, um sie zu besichtigen. Die Jungen hatten schon viel geleistet: Sie hatten die Spinnweben entfernt und die Werkzeuge und Geräte zum Gutshaus getragen oder draußen auf einen Haufen gelegt.

Der runde Innenraum war nun leer, bis auf den Fesselballonteppich aus Paolos Zimmer, zwei Stühle und ein Tischchen, auf dem der Laptop stand.

Ein weiterer, größerer Stuhl stand in der Mitte des Raums. Handtücher, Vorhänge und Laken waren so darübergelegt worden, dass er gleichzeitig bequem und feierlich aussah, wie ein richtiger Thron.

Antonio hatte soeben an der Decke eine Lichterkette befestigt, die wohl ursprünglich als Weihnachtsschmuck gedacht war und in unregelmäßigen Abständen bunt aufleuchtete.

»Habt ihr hier denn Strom?«, erkundigte sich Elena und zeigte auf den Laptop.

»Hinter der Hirtenhütte steht ein kleiner Dieselgenerator. Er gehört meinem Vater, er benutzt ihn bei den Umbauarbeiten … Aber wir können ihn eine Weile haben.«

»Nicht schlecht.«

»Nicht schlecht?«, entgegnete Paolo. »Es ist fantastisch!«

Bea, die sich bis zu diesem Moment alles schweigend angeschaut hatte, fragte nun: »Was hast du denn jetzt vor?«

»Das ist doch klar: Wir müssen alles für die Krönung vorbereiten.«

»Genial!«, rief Antonio und schwang den Hammer, den er in der Hand hielt, durch die Luft.

Mit Jungs ist es wirklich immer dasselbe, dachte Bea. Sie begeistern sich für irgendetwas und stürzen sich dann gedankenlos ins Abenteuer. Ganz anders als Antonella Carli, die erst denkt, bevor sie handelt.

Wie jetzt zum Beispiel: Anstatt sich auf rationale Weise mit den anstehenden Problemen zu befassen, diskutierten Paolo und die anderen, wer welchen Posten bekleiden sollte.

»Ich will Ritter werden!«, rief Luca.

»Dafür bist du noch zu klein. Du könntest höchstens ein Stallbursche sein.«

»Ich bin aber nicht gerne im Stall.«

»Und ich bin auf jeden Fall der König, vergesst das nicht!«

Mit den Jungen konnte man jetzt gerade nicht vernünftig reden, und so setzten sich Bea und Elena an den Laptop.

»Die sind doch alle verrückt …«, flüsterte Elena.

Bea rückte ihre Brille gerade und begann zu tippen. »Na ja, Casa Vulía zu einem unabhängigen Staat zu erklären ist … klar, faszinierend. Nur: Wenn man so etwas macht, dann sollte man es richtig machen. Und korrekt vorgehen. Wissenschaftlich.«

Die Freundin legte ihr eine Hand auf die Schulter. »Und das kannst du ausgezeichnet, stimmt's?«

Bea hatte sich schon in eine Website vertieft. Ihr wirbelten unzählige Fragen durch den Kopf, doch sie war sicher, dass sie im Internet die Antworten finden würde.

Wie funktionierte ein Staat? Wie ging man vor, wenn man einen gründen wollte? Hatte denn schon mal jemand versucht, das eigene Haus oder den eigenen Garten zu einem Staat zu erklären?

Ja, natürlich, denn gute Ideen fallen nicht nur einem Einzigen ein. Die Internetrecherche förderte zutage, dass es auf der Welt Dutzende oder sogar Hunderte winziger unabhängiger Staaten gab, die sich von größeren Staaten losgesagt hatten.

Diese Kleinststaaten wurden auch »Mikronationen« genannt, und es gab sie für alle Geschmäcker: Ein Typ in Australien hatte seine Farm eingezäunt und Australien sogar den Krieg erklärt. Zum Glück konnte sein Winzstaat kampflos unabhängig werden. Ein anderer Mann hatte eine mitten im Meer stehende Ölplattform besetzt und auf ihr sein eigenes kleines Königreich geschaffen.

»Schau dir mal den hier an!«, sagte Elena und zeigte auf ein Foto. »Dieser seltsame Herr hat sich Grundstücke auf dem Mond gekauft und den ersten Staat im Weltall gegründet.«

»Aber das kann doch gar nicht sein! Ich meine, es genügt doch nicht zu sagen, das hier ist mein Staat, um die Unabhängigkeit zu erlangen. Man braucht doch Gesetze, Regeln, irgendetwas.«

»Na, wir haben doch den Brief von diesem Räuberhauptmann …«

»Ich glaube, man muss auch noch etwas anderes haben. Wir sollten herausfinden, was das ist.«

Inzwischen hatten sich die anderen wieder beruhigt und beobachteten neugierig, was Bea tat. Auf dem Bildschirm des Laptops war ein sehr seriös und offiziell wirkendes Dokument zu sehen. Es hatte einen englischen Titel: *Convention on Rights and Duties of States.*

Bea, die auch in Englisch Klassenbeste war, übersetzte: »Das ist die Konvention von Montevideo, und sie regelt die Rechte und Pflichten der Staaten. Es ist eine Vereinbarung, die 1933 von vielen Staaten der Welt unterzeichnet wurde, darunter auch von den USA. Sie erklärt auch, was eine Nation haben muss, damit sie als autonom und unabhängig gelten kann, also damit sie wirklich *echt* ist. Hört mal zu: *Der Staat als Subjekt des internationalen Rechts sollte folgende Eigenschaften besitzen: (a) eine ständige Bevölkerung; (b) ein definiertes Staatsgebiet; (c) eine Regierung; (d) die Fähigkeit, in Beziehung mit anderen Staaten zu treten.*«

Paolo hatte sich bereits ein Heft geschnappt und schrieb konzentriert mit.

»Ist das alles?«, fragte er. »Man muss nur vier Bedingungen erfüllen?«

»Scheint so zu sein …«

»Also, die erste ist ganz leicht, denn die Bevölkerung ist da: mein Großvater, meine Eltern … und ihr. Auch das mit der Regierung ist einfach: Ich bin der König, und wir alle zusammen schreiben die Gesetze.«

»Es fehlen noch das definierte Staatsgebiet und die Beziehungen mit anderen Staaten«, gab Bea zu bedenken.

»Das Staatsgebiet ist zunächst einmal diese Hirtenhütte, aber wir können es rasch ausdehnen, indem wir die Casa Vulía mit hineinnehmen, und auch die Felder rings um das Gutshaus. Und was den letzten Punkt betrifft … In der Konvention steht: *die Fähigkeit, in Beziehung mit anderen Staaten zu treten*, und nicht, dass es tatsächlich Beziehungen geben muss. Und diese Fähigkeit besitzen wir ja.«

Weil Bea Paolo verständnislos ansah, zwinkerte er ihr zu. »Wir sind doch immer hier, oder? Wenn uns der Präsident der Republik Italien besuchen möchte, ist er willkommen. Ich bin mir sicher, dass ihm meine Mutter sogar einen Kaffee anbieten würde.«

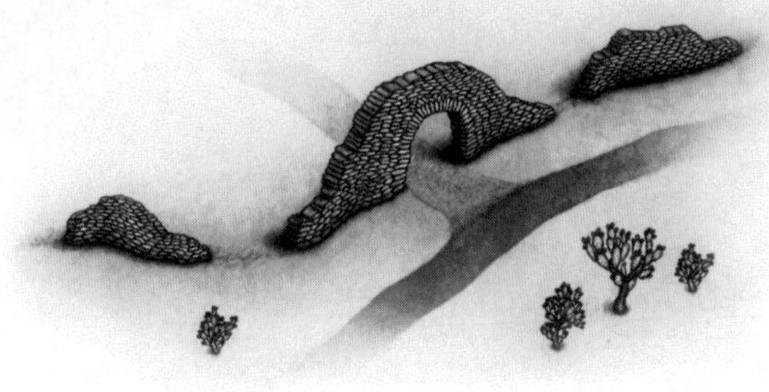

Die Krönung

Paolo wusste, dass er sie alle überzeugen konnte.

Luca war der Erste, den er für seine Idee gewann. Aus der Sicht des kleinen Jungen war es ja schon toll, ein geheimes Hauptquartier zu haben. Die anderen aber waren sturer, und es würde schwieriger werden, sie mit ins Boot zu holen.

Zum Glück war Bea auf die Idee gekommen, im Internet zu suchen, und hatte diese Konvention von Montevideo gefunden. Es könnte also gelingen. Sie könnten es schaffen, die Großen auf ihrem eigenen Feld zu schlagen. Und sie hatten sogar das Gesetz auf ihrer Seite!

Endlich erholte sich Antonio von seiner Verblüffung und machte sich an die Arbeit. Er hob den Holzhammer auf und stieg auf das Dach, um die losen Steinschindeln festzuklopfen.

Elena und Laerte begannen, sich Gedanken um die Inneneinrichtung der Hirtenhütte und um andere Details der Krönung zu machen, und Luca willigte ein, ihnen dabei zu helfen.

»Und wir?«, fragte Bea.

»Wir müssen die erste Rede an die Nation verfassen.«

Paolo und Bea nahmen Papier und Stift und setzten sich unter einen Baum.

Sie begannen sofort, alles durchzusprechen, und waren bis zum Sonnenuntergang damit beschäftigt, aufzuschreiben, durchzustreichen und neu zu schreiben.

Um sechs Uhr abends nahm Laerte Habachtstellung an und teilte Paolo mit, dass nun alles bereit sei.

Paolo nickte ihm huldvoll zu. Er reichte Elena den Räuberhut, fuhr mit allen zehn Fingern durch sein Haar, um es rasch zu kämmen, und setzte sich auf den Thron. Bea stellte den Laptop so, dass sie Paolo mit der Webcam aufnehmen konnte.

»Was machst du da?«, fragte Paolo.

»Wir nehmen alles auf und stellen es ins Internet. Wenn wir eine Mikronation gründen wollen, müssen wir auch ein bisschen Werbung dafür machen. Vertrau mir.«

Paolo nickte.

»Wir sind bereit«, verkündete Bea. »Kamera läuft, fang an, wenn du so weit bist.«

Paolo räusperte sich, las zum letzten Mal die fertige Erklärung durch und begann in feierlichem Ton seine Rede: »Im Laufe der Geschichte haben die Völker immer wieder gekämpft, um sich von Ungerechtigkeit und Unterdrückung zu befreien. Vielleicht ist euch aber auch schon aufgefallen, dass diese Völker stets aus Erwachsenen bestehen. Es sind immer nur die Großen. Sie haben das Kommando, sie schließen uns von allem Wichtigen aus und erklären uns Kindern, dass wir noch zu jung sind, um zu verstehen. Sie zwingen uns, das zu machen, was sie wollen, sie entscheiden immer alles alleine, ohne uns ihre Entscheidungen zu erklären. Doch jetzt ist der Moment gekommen, ihnen zu sagen, dass damit Schluss ist.«

Im Raum war es schon ziemlich dämmrig geworden, nur die weihnachtliche Lichterkette erhellte ihn mit ihren bunten Blitzen. Paolo lächelte, in der Hoffnung, dass er genügend selbstbewusst wirkte.

»Heute ist der 3. Juni und ein großer Tag. Denn wir Kinder haben beschlossen, uns gegen die Herrschaft der Erwachsenen aufzulehnen und ihnen zu zeigen, dass wir sehr gut alleine zurechtkommen. Vor hundertfünfzig Jahren erklärte mein Vorfahre diese Ländereien zu einem freien und unabhängigen Staat. Heute erneuere ich diese Erklärung und rufe hiermit die Unabhängigkeit des ehemaligen Olivenbaum-Lehens aus, das von nun an *Freier Staat der Kinder* heißen soll!«

Der Augenblick war gekommen: Elena stand auf. Mit dem grünen Filzhut des Räuberhauptmanns Giovanni schritt sie auf den Thron zu und verbeugte sich davor. Dann setzte sie Paolo den Hut auf, als sei er eine Krone.

Paolo rückte den Hut gerade. »Ich, König Paolo I., erkläre dieses Territorium zu einem souveränen und freien Staat. Dieser Ort soll zu einem friedlichen Staat werden, in dem wir Kinder die Gesetze festlegen!«

Die Rede, die er gemeinsam mit Bea aufgesetzt hatte, wäre eigentlich noch eine halbe Seite länger gewesen, doch Paolo fand, dass er genug gesagt hatte. Proklamationen waren eine wichtige Sache, doch es blieb auch noch reichlich anderes zu tun. Also fasste er den Rest der Rede kurz zusammen: »Wenn ein Kind aus irgendeinem anderen Teil Italiens oder der ganzen Welt genauso denkt wie wir, braucht es nur an unsere Tür zu klopfen. Dieser

Staat steht allen Kindern offen, die vernünftig sind und gute Ideen haben … allen Mädchen und Jungs. So, ich bin fertig.«

Luca klatschte. Bea schaltete die Webcam aus und machte über den Laptop-Monitor hinweg ein Victoryzeichen.

Antonio und Laerte kehrten aufs Dach zurück, um mit den Reparaturarbeiten fortzufahren, während sich Paolo, Luca und die beiden Mädchen um das Technische kümmerten.

Sie richteten eine neue E-Mail-Adresse ein und nutzten sie, um das soeben aufgenommene Video auf YouTube zu stellen. Sie legten eine Facebook-Seite an und posteten ein paar Fotos von Casa Vulía, den Text ihrer Unabhängigkeitserklärung und einen Scan vom Brief des Räuberhauptmanns. Einen Link zur Konvention von Montevideo richteten sie ebenfalls ein.

Gegen sieben Uhr abends schaute Paolos Mama vorbei und fragte, ob seine Freunde zum Abendessen bleiben wollten. Doch Paolo sagte, dass sie noch viel zu tun hätten, und komplimentierte sie wieder hinaus.

»Wenn wir einen eigenen Staat haben, müssen wir auch autonom sein«, erklärte er den anderen.

»Ich hätte aber nichts dagegen gehabt, etwas zu essen«, protestierte Antonio. »Ich kriege langsam Hunger.«

»Ja, stimmt, ein Herrscher muss seine Untertanen ernähren. Lasst mich mal nachschauen, wie viel in der Staatsschatulle ist.«

Weil er kein würdigeres Behältnis besaß, bewahrte Paolo sein Geld in einer Spardose aus Keramik auf, die wie eine Amphore geformt war. Paolo zog den Gummistöpsel heraus und schüttelte die Spardose, damit auch wirklich sein gesamtes Vermögen herausfiel: achtzehn Euro, sechsundzwanzig Cent, ein Kaugummi und ein Flaschenpfandbeleg.

»Hui, das ist aber ein großer Staatsschatz!« Laerte grinste höhnisch.

Paolo ließ sich nicht entmutigen. »Im Augenblick reicht er. Wer meldet sich freiwillig, um zu Vito Carrozzella zu radeln?«

Vito war der beste Pizzabäcker von Pagliarano und gleichzeitig auch der billigste, was ja nicht schadete. Antonio nahm das Geld an sich, gab Laerte einen Wink, und die beiden verließen die Hirtenhütte. Knapp eine Stunde später kehrten sie mit einer Einkaufstasche voller Limoflaschen und einem riesigen Pizzakarton zurück.

Auf der Radfahrt von Pagliarano hierher waren die Beläge etwas durcheinandergeraten, und die Pizza war beinahe kalt. Dennoch schmeckte sie allen köstlich und war sehr schnell aufgegessen.

»Und was machen wir jetzt?«, fragte Elena.

Bei der Aufräumaktion am Nachmittag hatte Paolo einen knotigen Olivenholzstock gefunden. Er hatte keine Ahnung, wozu dieser Stock ursprünglich gedacht gewesen war, denn er war zu kurz, um als Stiel einer Sense oder Harke zu dienen. Wenn er ihn auf den Boden stellte, reichte er ihm bis zum Kinn. Er war glatt poliert und an einem Ende gebogen, wie der Stab eines Pilgers oder eines Hirten.

Paolo hatte sofort begriffen, dass sich dieser Olivenholzstock perfekt als Zepter für einen Räuberkönig eignete. Er reckte ihn hoch, als wäre er ein langes Schwert.

Antonio und Laerte nahmen vor Paolo Aufstellung und blickten ihn bewundernd an.

»Schwört!«, befahl der König.

»Wir schwören dem Freien Staat der Kinder ewige Treue«, sagten die beiden Jungen gleichzeitig und legten sich eine Hand aufs Herz. »Wir versprechen, ihn mit all unseren Kräften zu verteidigen und seinen Bürgern beizustehen, jetzt und für alle Zeiten.«

»Auf die Knie!« Paolo klopfte mit dem Stock auf beide Schultern seiner Untertanen.

»Aua!«, beklagte sich Laerte. »Du hast mir wehgetan!«

»Ruhe!«, ermahnte ihn Paolo. »Kraft der mir vom Freien Staat der Kinder verliehenen Würde ernenne ich euch zu Rittern der Großen Pizza und zu Ministern für Krieg und Verteidigung.«

Antonio und Laerte erhoben sich grinsend und schüttelten einander die Hand.

Dann war der kleine Luca an der Reihe.

»Was willst du sein?«, erkundigte sich Paolo.

»Ein Ninja!«

»Im Freien Staat gibt es aber keine Ninja.«

»Warum denn nicht? Du bist doch der König und kannst tun, was du willst.«

Im Grunde, überlegte Paolo, hatte Luca recht. Er ließ den Kleinen einen Treueschwur auf den Freien Staat leisten und ernannte ihn durch Ritterschlag zum Geheimen Ninja und Großen Revolverhelden.

Danach war Bea dran, sie wurde zur Ministerin für Inneres, Wirtschaft und Gesetze erklärt.

Und dann kam der Moment, dem Paolo heimlich seit Stunden entgegenfieberte.

Elena war an der Reihe.

Seit Langem schon hatten sie nicht mehr einen so aufregenden Nachmittag miteinander verbracht. Was Paolo auch anfing, Elena war immer dabei und immer bereit gewesen, bei allem mitzumachen. Jetzt konnte er ihr einen wichtigen Posten im Staat zuteilen.

»Willst du mich nicht fragen, was ich sein will?«, fragte sie Paolo. Sie lächelte, und auf ihren Wangen bildeten sich zwei hinreißende Grübchen.

»Also, ich wollte dir vorschlagen … Wärst du gerne die Königin?«

Antonio und Laerte kicherten wie zwei Idioten.

Bea stand auf und verließ mit großen Schritten wortlos die Hirtenhütte, doch Paolo nahm in diesem Augenblick nur Elena wahr.

»Ich will keine Königin sein«, erwiderte das Mädchen. »Königinnen sind … ich weiß nicht … Sie sind alt! Könntest du mich vielleicht zu deiner Prinzessin ernennen?«

Deine. Prinzessin.

Paolo begann zu zittern, so, als ob durch seine Adern nicht mehr Blut, sondern elektrischer Strom flöße.

Es war dunkel geworden.

Kurz nach Elenas Ernennung verkündete Bea, dass sie nach Hause gehen wollte. Es wurde spät, und sie musste noch ihre Hausaufgaben fertig machen.

»Ich komme mit«, bot Elena an. »Du willst doch sicher nicht

alleine bis nach Pagliarano laufen, an der Straße sind nicht mal Lampen.«

Antonio nickte ihr zu. »Wir sollten jetzt lieber alle gehen, alle miteinander. Luca muss bald ins Bett …«

»… und meine Mutter wird ganz schön sauer auf mich sein«, meinte Laerte.

Ohne auf die anderen zu warten, ging Bea auf die Straße zu. Wer weiß, warum sie auf einmal schlechte Laune hatte.

Paolo warf Elena einen bedauernden Blick zu. »Ich würde wirklich sehr gerne bleiben«, versuchte das Mädchen ihn zu trösten, »aber es ist schon neun Uhr vorbei, und wir haben morgen Schule.«

»Du hast recht, wir sehen uns morgen im Unterricht.«

»Vielen Dank, für alles. Es war ein toller Tag.«

Antonio hatte bereits die Pappbecher und die leeren Limoflaschen in die Einkaufstasche gepackt. Langsam gingen die Freunde zwischen den Johannisbrotbäumen hindurch und zur Straße. Bea war nur noch ein kleiner heller Fleck in der Ferne.

Natürlich war Paolo klar, dass die anderen nach Hause mussten, dass sie auch noch etwas anderes zu tun hatten und nicht ununterbrochen mit ihm im neu gegründeten Staat leben konnten.

Aber nun war der König alleine.

Er schaute sich um. Den ganzen langen Nachmittag über war ihm der Hut, den er noch jetzt auf dem Kopf trug, *wirklich* wie eine Krone vorgekommen, und der mit Stoffen zugehängte Stuhl wie ein Thron. Die Hirtenhütte, in der immer noch die kleinen Glühbirnen der Lichterkette brannten, war zu einem Thronsaal geworden, mit einem spiegelnden Marmorfußboden anstelle des festgestampften Lehms.

Jetzt aber sah Paolo wieder alles, wie es wirklich war und schon immer gewesen war. Er sah Steine, einen Stuhl, einen alten Filzhut.

Er zog sich die Weste aus und schleuderte sie wütend von sich.

»Paolo?«, erklang eine Stimme zwischen den Bäumen.

»Großvater, bist du das?«

Er hörte die Schritte seiner Sandalen. Der Großvater gönnte sich eine Zigarette, die er hier, weit weg vom Haus und von Paolos Eltern, die den Geruch nicht mochten, in Ruhe rauchen konnte.

Der alte Mann blieb in der Türöffnung stehen. »Was machst du hier noch? Sind die anderen nicht schon nach Hause gegangen?«

»Ja.«

»Dann komm auch nach Hause. Deine Mutter ist enttäuscht, dass du nicht zum Abendessen erschienen bist. Du hast doch schon den ganzen Nachmittag mit deinen Freunden verbracht.«

Paolo setzte sich auf den Fußboden und lehnte sich gegen die Wand. Wenn der Großvater einen Zug nahm, glühte die Spitze der Zigarette in der Dunkelheit auf.

»Erinnerst du dich an den Brief des Räuberhauptmanns Giovanni?«, fragte Paolo. »Also … Er hatte mich auf eine großartige Idee gebracht. Aber jetzt sind die anderen gegangen, und ich weiß nicht mehr, was ich tun soll.«

»Worum ging es? War es ein Spiel?«

»Großvater, ich bin jetzt dreizehn Jahre alt und spiele schon eine ganze Weile nicht mehr. Nein, ich dachte, es wäre ein richtiges Projekt, etwas Neues, anderes … Ich wollte das Vermächtnis unseres Vorfahren ehren und dort weitermachen, wo er aufgehört hat. Aber vielleicht war das ein Irrtum.«

Der alte Mann streckte Paolo eine Hand entgegen, um ihn hochzuziehen. »Nimm deinen Laptop und komm mit nach Hause …«

Er stockte mitten im Satz, so als wäre ihm plötzlich etwas Wichtiges eingefallen. Paolo schaute ihn neugierig an.

»Weißt du, Paolo«, sagte der Großvater schließlich leise, »du musst das selbst entscheiden. Finde heraus, wie wichtig diese Angelegenheit für dich ist, und handle dann entsprechend.«

Bea ging ihnen allen voraus durch die Dunkelheit, die Hände tief in die Taschen ihrer Jeans gesteckt. Der warme Scirocco spielte mit ihrem langen lockigen Haar.

Ungefähr zehn Schritte hinter ihr folgten die anderen. Antonio schob sein Klapprad mit dem großen Pizzakarton auf dem Gepäckträger und dem schwachen Vorderlicht, und sein Dynamo kreischte leise vor sich hin. Laerte fuhr auf seinem Mountainbike ganz langsam, um auf gleicher Höhe wie Elena zu bleiben, die kein Fahrrad hatte.

Alle schwiegen und schauten zu Bea, weil keiner wusste, warum sie nach diesem schönen Nachmittag auf einmal schlechte Laune bekommen hatte.

Schließlich seufzte Elena und sagte zu Laerte: »Ich gehe zu ihr. Ich will wissen, was mit ihr los ist.«

In Wirklichkeit wusste sie nur zu gut, warum sich Bea ärgerte. Aber sie wollte, dass ihre Freundin es ihr selbst sagte.

Elena beschleunigte ihr Tempo.

Eine milde Brise hatte die Gluthitze des Tages vertrieben und die Zikaden waren verstummt.

»Bea …« Keine Antwort. Elena kam es sogar so vor, als würde ihre Freundin absichtlich schneller gehen, um sich nicht einholen zu lassen. Elena streckte einen Arm nach ihr aus. »Hör mal, es tut mir leid …«, murmelte sie. »Ich hätte sehen müssen, dass …«

»Ja, genau.«

Bea hatte das sehr leise gesagt.

Elena kam es vor, als würden in der kurzen Antwort tausend wütende Fragen mitschwingen: Warum hatte sich Elena angeboten, die Prinzessin zu sein? Warum hatte sie nicht zuvor mit Bea darüber gesprochen, wo sie doch wusste, dass Bea in Paolo verknallt war?

»Es ist nicht nur meine Schuld«, rechtfertigte sich Elena, die Beas Vorwürfe nicht wirklich fair fand. »Du hast mir erst heute Nachmittag erklärt und auch noch wiederholt, dass dir Paolo nichts bedeutet.«

»Du weißt doch, dass das nicht stimmt. Und außerdem hast du gleich darauf gesagt, dass er für dich sowieso zu jung ist und dass du eigentlich auf den Typen von der Oberstufe stehst …«

»Fabrizio.«

»Also hättest du heute Nachmittag doch wenigstens …«

Elena begann, die Geduld zu verlieren. »Wenigstens was? Du hast doch die Wahl zur Innenministerin angenommen. Und gleich danach ist er zu mir gekommen und hat mich, dummerweise auch noch vor euch allen, gefragt, ob ich die Königin sein möchte. Was hätte ich ihm denn antworten sollen?«

Das Gespräch schien eine falsche Richtung zu nehmen, eine gefährliche noch dazu. Elena wollte sich nicht mit Bea streiten. »Schau doch mal, es ist immer dieselbe Geschichte, merkst du das denn nicht? Du bist die Intelligente, die im Internet alle wichtigen Informationen findet, eine Facebook-Seite einrichtet und Ministerin wird. Ich dagegen bin die, die hübsch und dafür ein bisschen dumm ist. Ich kann allerhöchstens eine alte Hirtenhütte einrichten und mich danach als Prinzessin auf den Thron setzen und Huldigungen entgegennehmen.«

Bea warf ihr ein schiefes Lächeln zu. »Ich wollte Innenministerin werden, weil … Na ja, ich wäre dann auch oberste Polizeichefin gewesen und … Also, ja, ich hatte mir das interessant vorgestellt. Aber ich habe gedacht, dass du was mit mir zusammen machst.«

»Das hätte ich auch toll gefunden. Ich will doch gar nicht Prinzessin sein«, entgegnete Elena und legte Bea einen Arm um die Schultern. »Weißt du was? Wenn es uns allen mit diesem Staat ernst ist, dann könnte das für dich und mich eine super Gelegenheit sein. Wir werden allen zeigen, wozu wir wirklich fähig sind.«

Die giftgrünen Leuchtziffern des Weckers zeigten an, dass es zwanzig Minuten nach Mitternacht war. Paolo konnte immer noch nicht schlafen. Großvater Blasio hatte recht. Er, Paolo, war derjenige, der entscheiden musste, wie es mit dem Staat der Kinder weiterging. War es vielleicht doch nur ein Zeitvertreib für lange Nachmittage?

»Ja«, seufzte Paolo laut. »Es war nur ein albernes Spiel.«

Und es war dumm von ihm gewesen, sich da so reinzusteigern.

Damit ein Staat wirklich ein Staat war, brauchte er Grenzen, Pässe, Gesetze. Die anderen, die Erwachsenen mit eingeschlossen, mussten begreifen, dass das Olivenbaum-Lehen ein unabhängiges Territorium war, sie mussten es akzeptieren … und das würden sie niemals tun.

Es war besser, mit dem ganzen Quatsch aufzuhören. Sie würden die Hirtenhütte als geheimen Treffpunkt behalten, aber vernünftigerweise sollte niemand von der Existenz des Freien Staats der Kinder erfahren.

Facebook, fiel es Paolo in der nächsten Sekunde siedend heiß ein. Sie hatten Fotos des Gutshauses ins Internet gestellt, zusammen mit der Unabhängigkeitserklärung und dem Video der Krönung!

Möglicherweise hatte sich das schon jemand angeschaut, hatte ihn mit der Weste und dem Räuberhut gesehen und sich auf Paolos Kosten bestens amüsiert. Das alles musste sofort gelöscht werden. Spurlos verschwinden.

Mit einem Satz sprang Paolo aus dem Bett, tastete nach dem Lichtschalter und lief zum Schreibtisch, wo sein Laptop stand.

Er schaltete ihn ein, wartete ungeduldig, bis das langsame Gerät hochfuhr, und ging dann auf YouTube. Jetzt musste er nur noch das Video finden, das Bea hochgeladen hatte. Aber wie?

Er blinzelte und versuchte, ruhig durchzuatmen, um sein aufgeregt klopfendes Herz zu beruhigen. In der Bildmitte erschien ein Banner mit der Aufschrift *Die beliebtesten Videos,* und gleich darunter … erkannte er sein eigenes Gesicht. Mit dem Räuberhut auf dem Kopf. Und in riesigen Buchstaben: *Der Freie Staat der Kinder.*

Nein, das konnte einfach nicht sein. Stand das da wirklich? Er klickte das Video an. Die Bilder waren grobkörnig, und seine Stimme klang wegen der schlechten Aufnahme verzerrt, doch in der Hirtenhütte sah es wirklich ein bisschen wie in einem Thronsaal aus, genauso, wie er es sich vorgestellt hatte.

Als das Video zu Ende war, fiel Paolos Blick auf eine Angabe unter dem Bild. 2176 Aufrufe.

Mehr als zweitausend Menschen hatten sich seine Krönung angeschaut. Und knapp zweihundert von ihnen hatten einen Kommentar hinterlassen.

MAX2000 hatte geschrieben: »Geniale Idee! Ich beglückwünsche Seine Majestät!«

PAOLINA15: »Wo liegt der Staat der Kinder? Ich würde ihn gerne besuchen … und bei euch mitmachen.«

T1P1NV: »Ihr habt recht. Wir Kinder sind eine eigene Nation.«

ANNIEBELL: »Echt stark!«

ANTAGONIST: »Was für ein dämliches Video. Kinderkram …«

Verblüfft schloss Paolo die Website. Er zögerte kurz, bevor er die von Bea geschaffene Facebook-Seite aufrief. Hier fand er insgesamt eintausendsechshundert Fans vor, und dreihundertzwanzig neue Nachrichten.

Er war wie erstarrt. Das waren echte Menschen, Kinder wie er, aus ganz Italien. Zwar gab es auch Kritiken, doch die meisten fanden, dass ein Staat der Kinder eine sehr gute Idee sei.

In Paolo reifte ein wichtiger Entschluss, und auf einmal fühlte er sich ganz ruhig und seiner Sache sicher.

Er kehrte zu YouTube zurück, las sich alle Kommentare nacheinander durch und beantwortete sie. Er ahnte schon, dass er in dieser Nacht nicht schlafen, sondern nur am Computer sitzen würde. Aber das spielte keine Rolle: Jetzt ging es darum, Nägel mit Köpfen zu machen.

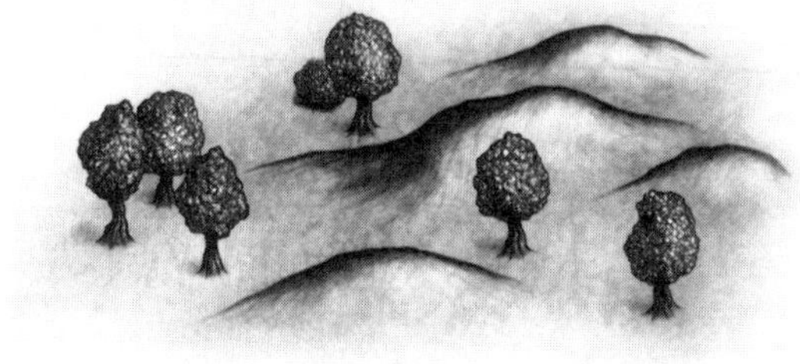

Die große Revanche

Freitag, 4. Juni

Paolo stellte sein Rad in den Ständer auf dem Schulhof. Schon während er es abschloss, spürte er die Blicke seiner Mitschüler im Rücken und merkte, dass das Stimmengewirr immer lauter wurde.

Ungeduldig bahnte er sich einen Weg durch die Gruppen, die sich um ihn versammelt hatten. Er erblickte Antonio, der sich mit den Ellenbogen einen Weg zu ihm zu bahnen versuchte.

»Paolo!«

»Was ist denn los?«, fragte er, als er Antonio erreicht hatte. »Warum schauen mich alle so komisch an?«

»Keine Ahnung, aber mir geht es genauso. Kaum war ich da, als sie schon alle auf mich zugekommen sind.«

Paolo hatte es eilig, seine Freunde um sich zu versammeln und zu berichten, was er in der Nacht erlebt hatte. Er war bis vier Uhr morgens online geblieben, um E-Mails zu beantworten und Posts zu lesen. Jetzt schwirrten ihm Unmengen von Ideen im Kopf herum.

»Ah, hier kommen die Stars unserer Schule: Antonio Wabbelbauch und Paolo-mit-dem-Flummi!«

Mattia Presti und zwei seiner Kumpane drängten sich unsanft

durch die Menge. Mattia trug eine verspiegelte Sonnenbrille mit Goldrand, wie ein Schlägertyp im Film. In einer Hand hielt er einen bunten Flummi, den er vermutlich extra für diesen Auftritt gekauft hatte.

»Na, Paolo, möchtest du den haben?«

Antonio zitterte. Unwillkürlich hatte er den Saum seines T-Shirts gepackt und zog ihn runter, als hätte er Angst, dass ihm wieder jemand das Shirt hochriss, um ihm auf den Bauch zu klatschen.

Schützend stellte sich Paolo vor seinen Freund. »Nein danke. Und entschuldige, aber wir müssen jetzt mal …«

Erst in diesem Augenblick merkte Mattia, dass heute irgendetwas anders war: Die halbe Schule stand um sie herum, beobachtete sie und redetete leise.

»Hey, was ist denn heute los? Ist irgendetwas Besonderes?«

Die Mitglieder der Bande der Bösen schauten sich nervös um und versuchten, die Umstehenden mit drohenden Blicken auf Abstand zu halten. Paolo nutzte diese kurze Ablenkung, um Antonio am Arm zu packen und ihn mit sich fortzuziehen.

Am Eingang begrüßte sie der Hausmeister lächelnd. »Glückwunsch, Paolo. Ich habe gesehen, dass du berühmt geworden bist.«

»Danke …«

»Wovon spricht der denn?«, wollte Antonio wissen.

»Das erkläre ich dir später. Jetzt muss ich mich noch schnell auf Geschichte vorbereiten. Ich werde mich von Bambino freiwillig abfragen lassen.«

Antonio schaute seinen Freund an, als hätte der nicht mehr alle

Tassen im Schrank. Paolo erwiderte den Blick mit einem verwegenen Grinsen.

Er wusste, was er tat.

Der Mercedes des Bürgermeisters raste die Küstenstraße entlang.

Es war ein herrlicher Tag, und die Luft roch nach Sommer. An diesem Morgen war Signor Palamà schon früh ins Rathaus gekommen, um ein paar wichtige Dinge zu erledigen. Anschließend hatte er sich in der Bar gegenüber wie jeden Vormittag einen Espresso genehmigt. Er hatte den senffarbenen Fiat 500 am Rand der Piazza parken sehen und dessen Besitzer Blasio Rizzo dabei beobachtet, wie er die Bäckerei von Signor Pignata betrat.

Leo Palamà hatte vor sich hin gegrinst: Der Alte war nicht zu Hause. Sehr gut. Das war die Gelegenheit, auf die er schon lange gewartet hatte. Nur eine knappe Viertelstunde später hatte er die Abzweigung zur Casa Vulía erreicht und fuhr langsam die von Olivenbäumen gesäumte Straße entlang, die zum Gutshof führte.

Vor dem Haus lagen Maurerwerkzeug, Kartons voller Fliesen und Mörtelsäcke um eine Betonmischmaschine herum.

Der Bürgermeister hielt an und hupte, um auf sich aufmerksam zu machen. Kurz darauf kam Giovanni Rizzo aus dem Haus, mit einem aus Zeitungspapier gefalteten Hut auf dem Kopf und einer zementverschmierten Arbeitshose.

Leo Palamà warf einen prüfenden Blick in den Rückspiegel: Seine wenigen schwarzen Haare hatte er mit Haargel geschickt auf der Glatze arrangiert, das Hemd war bis obenhin zugeknöpft, der Krawattenknoten saß perfekt. Sehr gut.

Mit einem breiten Lächeln stieg er aus dem Auto und winkte Giovanni Rizzo freundlich zu. »Guten Tag! Wie steht's? Ist Ihr Sohn Paolo noch in der Schule? Und die Große? Elisa? Studiert sie immer noch in Bologna?«

Der Eigentümer von Casa Vulía schien über den Besuch nicht besonders erfreut zu sein.

»Guten Tag, Bürgermeister.«

»Entschuldigen Sie bitte die Störung, aber ich wollte etwas mit Ihnen besprechen. Hätten Sie vielleicht ein Tässchen Kaffee für mich?«

Giovanni Rizzo bat den Bürgermeister ins Haus, und der sah sich rasch, aber gründlich um. Die kleine Küche war sauber, aber die Haushaltsgeräte waren uralt und die Möbel abgenutzt. Die Wände hätten dringend neu gestrichen werden müssen, einige Fußbodenfliesen wiesen Sprünge auf. Auch andere Einzelheiten entgingen dem prüfenden Blick des Bürgermeisters nicht: Der Kaffee, den Giovanni Rizzo aus einem Schrank holte, war eine billige Marke aus dem Discounter, ebenso wie die anderen Lebensmittel im Schrank und auf den Arbeitsflächen.

Insgesamt verriet diese Küche, dass die Familie unter enormen finanziellen Schwierigkeiten litt. Und genau das hatte Palamà gehofft.

Er setzte sich auf einen wackeligen Stuhl und beobachtete den Hausherrn dabei, wie er Kaffee und Wasser in eine kleine Espressokanne füllte.

»Wie geht es denn Ihrer Gattin, der Signora Maria?«, fragte er in freundlichem Konversationston. »Arbeitet sie immer noch im Obstgeschäft an der Piazza?«

Ganz offensichtlich war der Bürgermeister gut über die Familienmitglieder informiert. Paolos Mutter hatte er heute gesehen, wie jeden Morgen, sie lud Obstkisten von einem kleinen Lastwagen und stellte sie im Laden auf Regale. Palamà merkte Giovanni Rizzo sofort an, dass er einen wunden Punkt berührt hatte, denn der zuckte zusammen und hätte beinahe den gemahlenen Kaffee verschüttet.

»Ah ja«, seufzte Palamà mit gespieltem Bedauern. »Es muss hart für Sie sein, mit ansehen zu müssen, wie Ihre Gattin jeden Morgen früh aufsteht, um zur Arbeit zu gehen, während Sie … Wirklich schrecklich, dass Direktor Fantini Sie entlassen hat. Die Arbeit in der Fabrik war für Sie und Ihre Familie sehr wichtig …«

Finster schaute Giovanni Rizzo ihn an. »Ich bin kein Faulpelz, Signor Palamà. Ich nutze die Zeit, um das Gutshaus in ein Landhotel umzubauen. Und wenn Sie endlich die Güte hätten, meine Anträge für die Umwandlung zu genehmigen …«

»Genau deshalb bin ich hier«, verkündete der Bürgermeister.

Er genoss noch einen Augenblick lang die gespannte Erwartung seines Gegenübers, während es im Espressokännchen auf dem Herd brodelte und köstlicher Kaffeeduft die Küche erfüllte.

»Ich habe mit meinen technischen Beratern gesprochen. Signor Rizzo, Sie müssen verstehen, dass ein Landhotel einen Gewerbebetrieb darstellt. Zahlreiche Anträge müssen gestellt werden, und es gilt, Auflagen zu erfüllen. Zu meinem größten Bedauern kann ich im Moment nichts für Sie tun. Es braucht eben alles seine Zeit.«

Paolos Vater lehnte sich gegen die Spüle. Ihm war, als hätte man ihm schwere Zementsäcke auf die Schultern geladen.

»Wie viel?«, fragte er tonlos.

»Vielleicht ein Jahr. Vielleicht auch länger. Deshalb bin ich gekommen, um Ihnen noch einmal meinen Vorschlag zu unterbreiten.«

Mit einer Geste, die eingeübt wirkte, schlug er sein Jackett auf und zog aus der Innentasche einen Umschlag, den er auf den Tisch legte.

»Hier drin finden Sie mein neues Angebot. Um ehrlich zu sein ist es sehr großzügig ausgefallen, denn diese Grundstücke sind wohl kaum so viel wert. Meine Frau würde mich für verrückt erklären, wenn sie wüsste, wie viel ich Ihnen biete. Mir aber ist dieses Angebot wichtig, denn durch die Entlassungen in der Fensterfabrik sind viele Menschen aus unserem Ort in Schwierigkeiten geraten. Ich als Bürgermeister sehe es als meine Aufgabe an, ihnen nach Kräften zu helfen. Mit diesem Geld können Sie Ihrer Familie eine bessere Zukunft ermöglichen: Sie haben eine Tochter an der Universität und dann noch den Sohn auf der Mittelschule … Ich weiß, wie viel Geld Kinder einen kosten …«

Giovanni Rizzo nahm den Umschlag. Er wollte etwas sagen, doch Palamà unterbrach ihn, indem er den Zeigefinger hob: »Nein, sagen Sie noch nichts. Schauen Sie sich mein Angebot in aller Ruhe an, besprechen Sie es mit Ihrer Gattin. Ich warte mit Spannung auf Ihre Entscheidung.«

Der Bürgermeister stand auf und ging Richtung Tür.

»Und der Kaffee?«, fragte Giovanni Rizzo.

»Vielleicht ein andermal. Jetzt muss ich schnell ins Rathaus zurück.«

Signor Bambino betrat das Klassenzimmer und knallte seine Aktentasche so heftig auf das Lehrerpult, dass der Fußboden erbebte. Sein Blick scannte die Schülerköpfe. »Keine Abwesenheiten. Sehr gut.« Er setzte sich und verschränkte die Finger unter dem Kinn. »Ich hoffe, dass es Freiwillige gibt. Dies ist eure letzte Chance in diesem Schuljahr, eure Note zu verbessern.«

Gesenkte Blicke.

»Möchte denn jemand zur Tafel vorkommen?«

Hinten in der letzten Reihe hob Paolo die Hand. »Ich, Signor Bambino.« Achtundzwanzig Augenpaare richteten sich auf ihn: Siebenundzwanzig Schüler und der Lehrer starrten ihn verblüfft an.

»Du, Rizzo?«, fragte Bambino. »Willst du wieder mit dem bunten Ball spielen?«

Die Klasse brach in schallendes Gelächter aus, doch Paolo hatte genau das erwartet und ließ sich davon nicht beeindrucken. Mit festen Schritten durchquerte er das Klassenzimmer und stellte sich vor die Tafel. Elena und Bea machten seltsame Grimassen und Gesten, die bedeuten sollten: »Bist du nicht ganz richtig im Kopf? Hast du Fieber?« Doch Paolo hatte sich noch nie besser gefühlt.

»Gut, dann schauen wir mal … Ja, fangen wir doch mit einem Thema eigener Wahl an.«

»Ich möchte gerne über absolute Monarchien abgefragt werden«, erwiderte Paolo.

»Ah, ausgezeichnet. Gestern hast du dich wie ein gehorsamer Untertan verhalten, und heute möchtest du diese Erfahrung anscheinend wiederholen.«

Paolos Mitschüler lachten sich halb tot, doch Paolo blieb ernst und ruhig. Er wusste, dass er nicht auf die Geschehnisse des vorigen Tags anspielen durfte, um dem Lehrer keine Angriffsfläche zu bieten.

»So etwas wird mir nicht mehr passieren«, sagte er nur. »Heute bin ich kein Untertan von niemandem. Ich könnte höchstens als Botschafter auftreten.«

»Was … wie soll ich das verstehen?«, stammelte Bambino überrascht.

»In meiner Eigenschaft als König des Freien Staats der Kinder befinde ich mich im Moment im Ausland. Deshalb können Sie mich als Botschafter ansehen, aber nicht als Ihren Untertan.«

Der Lehrer wollte etwas erwidern, als Annalisa, ein Mädchen mit einem langen Zopf, aus der zweiten Reihe aufsprang und ihr Smartphone schwenkte. »Es stimmt, Signor Bambino, wir Schüler haben es schon alle gesehen. Das Video von Paolos Krönung zählt im Moment zu den meistbewerteten auf YouTube. Paolo hat die Unabhängigkeit von Casa Vulía erklärt.«

Der Geschichtslehrer hatte die Hände zu Fäusten geballt und war im Gesicht puterrot angelaufen.

»Was für ein Quatsch!«, rief er laut. »Du kannst doch nicht eines Morgens aufwachen und dein kleines Privatreich für unabhängig erklären, Paolo. So funktioniert es nicht. Und welche Staaten sollen diese Unabhängigkeitserklärung anerkennen, bitte schön?«

Paolo drehte dem Lehrer den Rücken zu und wandte sich mit verwegener Miene an die Klasse. Jetzt war der Moment gekommen, um das vorzutragen, was er sich in der letzten Nacht dank des Internets angeeignet hatte.

»Offensichtlich bezieht sich Signor Bambino auf die konstitutive Theorie der Anerkennung von Staaten«, erklärte er. »Dabei handelt es sich um eine Theorie, die im neunzehnten Jahrhundert aufkam und der zufolge eine Nation, um als solche zu existieren, von anderen Staaten der Welt anerkannt werden muss. Diese Theorie ist zwar sehr verbreitet, weist aber auch Schwachstellen auf. Was zum Beispiel, wenn eine Nation von manchen Staaten anerkannt wird, von anderen jedoch nicht?« Mit einer theatralischen halben Drehung wandte sich Paolo wieder seinem Lehrer zu. »Deshalb beruft sich der Freie Staat der Kinder ebenso wie viele andere Staaten und Mikrostaaten der Welt auf die deklaratorische Anerkennung, wie sie auch in der Erklärung von Montevideo von 1933 formuliert ist. Ihr zufolge hängt die Existenz eines Staats nicht von der Anerkennung durch andere Staaten ab. Deshalb existiert der Staat der Kinder tatsächlich, und ich bin sein König.«

Bambino war sprachlos.

Schüchtern begann jemand in der letzten Bankreihe zu klatschen. Ein Zweiter tat es ihm nach, und dann standen erst Antonio und Laerte und gleich darauf auch Elena und Bea auf. Bald war das Klassenzimmer von donnerndem Applaus erfüllt.

Paolo fand, dass dies der glücklichste Moment seines Lebens war.

»Jetzt stecken wir aber wirklich in Schwierigkeiten«, meinte Laerte lachend. »Bambino wird uns das heimzahlen!«

Paolo nickte, ohne aber ganz bei der Sache zu sein. Der Schulhof war voller Schüler, und er stand im Mittelpunkt des allgemeinen Interesses. Die anderen zeigten auf ihn und flüsterten dabei miteinander oder schauten sich auf ihren Smartphones das YouTube-Video an.

»Bambino kann uns doch egal sein«, meinte Paolo schließlich. »Gestern Abend ist mir klar geworden, dass der Freie Staat wirklich eine großartige Idee ist. Ihr müsst euch das mal im Internet anschauen. Alle sind begeistert! Ich habe stundenlang Mails voller Glückwünsche gelesen, aber auch Ratschläge und Informationen über die Geschichte des Räubertums und die Einigung Italiens …«

Bea, die zusammen mit Elena ein wenig abseits gestanden hatte, mischte sich jetzt in die Unterhaltung ein. »Du darfst dem Internet nicht zu sehr vertrauen. Erinnerst du dich noch an die Bonsai-Katzen? Oder an den Jungen, der angeblich durch eine selbst gestaltete Website Millionär wurde? Das Internet lebt von Gags und von Hypes, doch nach ein paar Tagen gerät alles wieder in Vergessenheit.«

Beleidigt zog Paolo die Nase hoch. »Wenn ich mich richtig erinnere, warst du diejenige, die die Idee mit dem Internet hatte. Du hast doch das Video gepostet und die Facebook-Seite gemacht.«

Elena lächelte ihn an. »Bea versucht dir zu erklären, dass … also, wir wollen nicht, dass dir das Ganze zu Kopf steigt.«

Paolo breitete die Arme aus. »Warum sollte ich mir darauf etwas einbilden? Der Freie Staat gehört nicht mir allein, wir haben ihn gemeinsam gegründet. Heute Nachmittag könnten wir die Gesetze schreiben. Und in diesen Gesetzen erklären wir, wie man König wird. Vielleicht nimmt in einiger Zeit einer von euch meinen Platz ein. Ich finde, das ist eine gute Idee.«

Paolo wollte noch etwas hinzufügen, als er drei Mädchen auf sich zukommen sah. Es waren Annalisa, die als Erste auf seinen Vortrag reagiert hatte, und zwei Schülerinnen aus der Achten.

»Dürfen wir mal stören?«, fragte Annalisa.

»Klar, wie können wir helfen?«

Das Mädchen hatte ihr Smartphone in der Hand. Ihre beiden Freundinnen waren einen Schritt hinter ihr stehen geblieben.

»Also …«, begann Annalisa. »Ich wollte euch fragen … Wir haben das auf Facebook gesehen, und …«

»In deiner Krönungsrede hast du gesagt, dass der Freie Staat allen offensteht«, unterbrach sie eines der beiden älteren Mädchen und schaute Paolo direkt in die Augen. »Deshalb haben wir uns gefragt, ob wir bei euch mitmachen dürfen.«

»Ja klar«, antwortete Paolo sofort. »Warum denn nicht?«

»Super! Dürfen wir auch ein paar Freunde mitbringen? In unserer Klasse sind mehrere, die gerne mit zur Casa Vulía kommen wollen.«

Elena und Bea erklärten den Mädchen den Weg zur Hirtenhütte. Paolo schaute ihnen nach, als sie quer über den Hof davongingen. Er zwinkerte Antonio zu. »Hast du gesehen? Es funktioniert! Heute Nachmittag werden wir schon ziemlich viele sein!«

Die Gesetze

Antonios Klapprad ratterte monoton neben Lucas Kinderrad her.

Luca fuhr hart am Straßenrand, Antonio leicht versetzt hinter ihm, um ihn vor vorbeifahrenden Autos zu schützen. Zwar machte es ihm keinen großen Spaß, doch es gehörte eben zu seinen Großer-Bruder-Pflichten. Abgesehen davon war es an diesem Nachmittag so heiß, dass er ohnehin keine Lust gehabt hätte, mit voller Kraft in die Pedale zu treten, um dann völlig verschwitzt bei der Casa Vulía anzukommen.

»Warum ist Laerte nicht mit uns mitgefahren?«, fragte der Kleine außer Atem.

»Bevor wir los sind, habe ich bei ihm zu Hause angerufen, aber da war er schon weg.« Kein Wunder, dachte er. Den Anruf hatte Laertes Mutter entgegengenommen, und sie hatte Antonio eine halbe Stunde lang zugetextet: Es seien noch gar keine Ferien, hatte sie gesagt, dennoch sei Laerte gestern Abend erst furchtbar spät nach Hause gekommen, und dabei durfte sich der Junge doch nicht so verausgaben, weil er sonst krank würde, und, und, und …

Antonio fragte sich, wie sein Freund all das Gejammer und Geschimpfe ertragen konnte. Vielleicht wäre sein Leben leichter, wenn sein Vater noch lebte.

»Was hast du gerade gesagt?«, erkundigte er sich, als er plötzlich merkte, dass sein Bruder mit ihm sprach.

»Ich habe dich gefragt, ob es dir was ausmacht, nur mit mir zu radeln. Ich bin noch klein, und du findest es immer lustiger, wenn Laerte mit dabei ist.«

Seit wann dachte sein kleiner Bruder denn wie ein Großer?

»Ach was, das stimmt doch nicht«, widersprach Antonio wenig überzeugend. »Ich unternehme gerne etwas mit dir.«

»Du nimmst mich ja nur mit, weil Papa es dir befohlen hat. Weil ich dir manchmal auf die Nerven gehe. Aber …«

Antonio lächelte, löste eine Hand vom Lenker und zerzauste Luca das Haar. »Ach was, Fröschchen. Ich freue mich, dass du auch dabei bist. Wir sind doch Brüder, oder?«

Er wollte noch etwas sagen, doch ein Klingeln hinter ihnen lenkte ihn ab.

Luca drehte sich um. »Wow!«, sagte er. »So viele Leute …«

Jetzt wandte auch Antonio den Kopf um. Hinter ihnen kamen mindestens fünfzehn Fahrräder unterschiedlichster Modelle. Einige Kinder klingelten wild, andere winkten ihnen zu. Antonio erkannte Franco, Alfonso und Giacomo aus seiner Klasse sowie Francesca F. und Francesca B., Alessandra und einige, deren Namen er nicht wusste.

»Hey«, rief er ihnen zu. Die anderen holten schnell auf und fuhren nun links und rechts von Antonio und Luca, sodass sie die ganze Straße in Anspruch nahmen.

Franco radelte neben Antonio her. »Ciao! Ist das dein kleiner Bruder?«

»Ja, das ist Luca.«

Antonio wunderte sich, dass Franco so freundlich zu ihm war. Sie kannten sich schon seit zwei Jahren, hatten aber bisher nur ein paar Worte miteinander gewechselt.

»Wo fahrt ihr denn hin? Zum Strand von Marina Serra?«, fragte Antonio.

»Nein, nein. Wir kommen mit dir zur Casa Vulía.«

Antonio war so verblüfft, dass er beinahe vom Rad gefallen wäre. »Ach, wirklich?«

»Der Freie Staat der Kinder! In der Schule redet man über nichts anderes mehr. Und weil ihr gesagt habt, dass alle mitmachen können …«

Sie kämpften sich das steile Stück hinauf und bogen dann in die Zufahrt zur Casa Vulía ein.

Antonio stieg ab und ging durch die Olivenbäume zur Hirtenhütte. Er sah, dass an der halbhohen Mauer bereits ein gutes Dutzend Fahrräder lehnte. »Sieht aus, als wären wir spät dran«, meinte er.

»Und wir sind ganz schön viele!«, stellte Franco fest. »Wahnsinn!«

Antonio und Luca gingen in Richtung Hirtenhütte. Auf halbem Weg blieben sie stehen. Mindestens dreißig junge Leute hatten sich unter den Johannisbrotbäumen versammelt. Antonio erkannte sowohl Klassenkameraden als auch Schüler aus anderen Klassen.

Einige hatten sich auf den Boden gesetzt und hielten Papier und Stifte bereit, andere tranken aus ihren Saft- und Wasserflaschen, und wieder andere …

»Hey! Antonio, Luca! Endlich seid ihr da! Wir haben auf euch gewartet, jetzt können wir anzufangen.«

Antonio ging weiter und hörte, wie ein Mädchen einem anderen zuflüsterte: »Wer ist das denn?«

»Das ist Antonio, einer der Gründer des Freien Staats. Er ist General und Verteidigungsminister«, flüsterte die andere zurück.

Antonio legte Luca eine Hand auf die Schulter und merkte dabei, dass sein kleiner Bruder lachte. Auch er konnte sich ein Grinsen nicht verkneifen: Es stimmte, er war berühmt geworden.

Die Sonne brannte auf die grüne Markise nieder, die den Eingang des Obst- und Gemüsegeschäfts beschattete. Der süße Duft aus den Kisten voller reifer Pfirsiche erfüllte den ganzen Laden. Signora Maria Rizzo wischte sich mit dem Taschentuch den Schweiß von der Stirn.

»Vielen Dank«, sagte ihr Chef Signor Pededecornala, der gerade eine Kiste Zucchini raustrug, um sie neben den Eingang zu stellen, wo sie den Kunden sofort ins Auge fallen würde. »In ein paar Tagen kommen die ersten Touristen, es war sehr gut, dass du hier mal gründlich durchgeputzt hast.«

»Nicht der Rede wert«, erwiderte Signora Maria lächelnd. »Das mache ich doch gerne. Und ein paar Euro extra kann ich immer gebrauchen.«

Signor Pededecornala richtete sich auf und schaute sie mit schräg gehaltenem Kopf an. »Hat Giovanni denn immer noch keine Arbeit gefunden?«

»Nein, leider nicht«, seufzte Maria. »Seitdem sie ihn entlassen haben, hat er sich immer mehr in diese Idee eines Landhotels hineingesteigert, und jetzt verbringt er seine gesamte Zeit mit dem Umbau.«

Anstatt sich eine neue Stelle zu suchen, dachte sie bei sich.

Maria hatte es gründlich satt, mit dem kleinen angebauten Badezimmer zurechtkommen und mit ansehen zu müssen, wie ihr Sohn Paolo sein Zimmer im zweiten Stock über ein Kletterseil erreichte und verließ.

»Es wird alles wieder in Ordnung kommen, du wirst schon sehen«, versuchte der Ladeninhaber sie zu trösten. »Im Sommer gibt es hier immer viel zu tun. Wenn du magst, kannst du auch an zwei oder drei Nachmittagen die Woche kommen und mir helfen. … Schau, da ist schon eine Kundin. Kannst du sie bedienen, während ich hinten im Lager aufräume?«

Maria fuhr sich noch einmal mit dem Taschentuch über die Stirn.

Signora Annunziata hatte sich ein buntes Kopftuch umgebunden und die Augen mit einer riesigen Sonnenbrille geschützt. Wie immer trug sie ein langärmeliges Kleid, eine Jacke und Stiefeletten. Auch an diesem Nachmittag, bei dreißig Grad im Schatten.

»Guten Tag, Annunziata«, begrüßte Maria sie, bemüht, herzlich zu sein. »Kann ich dir helfen?«

»Wenn du mir helfen willst, dann mach, dass diese unerträgliche Sonne verschwindet. Weißt du, was für schlimme Krankheiten man durch ungehinderte Sonneneinstrahlung bekommen kann? Von hässlichen Falten bis zu tödlichem Krebs ist alles drin.«

Maria verkniff sich das Lachen. »Nein, ich wollte sagen … Was brauchst du denn?«

Die Signora flüchtete sich unter die Markise und nahm seufzend ihre Sonnenbrille ab. »Ja, danke. Ein Kilo Äpfel, zwei Kilo Tomaten, aber bitte nicht zu reif, und Bananen.«

Maria holte ein paar braune Papiertüten und begann, das Gewünschte sorgfältig auszuwählen und einzupacken. Wehe, wenn sie dabei eine allzu reife Tomate oder gar einen Apfel mit einer braunen Stelle erwischte. Signora Annunziata würde sofort die Krise kriegen.

»Was macht denn Laerte?«, fragte sie, um etwas zu sagen.

Die Frau seufzte. »Du solltest mich besser fragen, *wo* er was macht. Er ist zur Casa Vulía geradelt, wie immer, und ist dort mit deinem Sohn Paolo und den anderen Freunden zusammen. Aber ich habe keine Ahnung, was sie treiben.«

»Warum?«, fragte Maria ein wenig überrascht.

»Willst du damit etwa sagen …« Signora Annunziata hatte sich so schnell in einen Zustand der Empörung hineingesteigert, dass sie schon jetzt kaum noch Luft bekam. »Soll das heißen, dass kein Erwachsener auf sie aufpasst?«

»Na ja, Giovanni und Großvater Blasio schauen ab und zu nach ihnen.«

»A… aber, das geht doch nicht!«, keuchte Signora Annunziata. »Gestern Abend ist Laerte erst sehr spät zurückgekommen, er hatte Erde unter den Fingernägeln und hat sich an einem rostigen Nagel das T-Shirt aufgerissen. Ich musste ihn zur Notaufnahme bringen und ihm eine Tetanusspritze geben lassen … Und heute ist er sofort nach dem Mittagessen wieder zur Casa Vulía gefahren, obwohl ich ihn gebeten hatte, nicht aus dem Haus zu gehen, damit er keinen Sonnenstich bekommt. Diese Kinder haben irgendetwas Gefährliches vor. Und wenn sie bei euch zu Hause sind, erwarte ich, dass du und dein Mann auf sie aufpasst. Ihr seid dann schließlich für sie verantwortlich.«

Maria wog alle gefüllten Tüten ab, packte sie in einen Plastikbeutel und tippte die Beträge in die Kasse ein. »Hier«, sagte sie und reichte Laertes Mutter den Kassenbon. »Macht genau fünf Euro.«

»Hast du überhaupt gehört, was ich zu dir gesagt habe? Was beabsichtigst du zu tun, um diesen … diesen Irrsinn zu beenden?«

Maria schüttelte betrübt den Kopf. »Ich werde heute Abend mit Paolo sprechen. Mach dir mal keine Sorgen.«

Bea kannte nicht einmal die Hälfte der Leute, die sich um die Hirtenhütte geschart hatten. Ihre eigene Klasse war beinahe vollständig angetreten, dazu kamen etliche aus der Sechsten und der Achten sowie Kinder und junge Leute aus anderen Schulen. Fabrizio war da, der Oberschüler, den Elena so toll fand und der in einem Nasenflügel einen kleinen Silberring trug. Es waren sogar Oberschülerinnen da, die Bea unter normalen Umständen keines Blicks gewürdigt hätten. Heute aber unterhielten sie sich mit ihr, alberten mit ihr herum, vor allem aber hörten sie ihr zu.

»Was meinst du, Bea, geht das so?«

»Bea, ich hatte mir gedacht, dass …«

»Bea, könntest du mal kurz herkommen?«

Bea hier, Bea da – es gab ihr das Gefühl, ein anderes Mädchen zu sein. Ein beliebtes Mädchen. »Was gibt's?«

Der Junge, der sie gerufen hatte, war einer aus der Sechsten, aber sie kannte seinen Namen nicht. Er war sehr groß, hatte eine Hakennase und ganz kurze Haare.

»Wir sind fertig. Sollen wir es jetzt König Paolo vorlegen?« Er hielt ein Poster hoch, das aus vier zusammengeklebten Zeichenblockblättern bestand. Bea rollte es zusammen und ging damit zur Hirtenhütte.

Paolo stand auf dem Dach. Mit dem Filzhut auf dem Kopf und dem Olivenholzstock in der Hand war er schon von Weitem zu erkennen. Antonio und Laerte standen neben ihm. Mit einem Fernglas beobachteten die drei Jungen abwechselnd die Umgebung.

Bea kletterte die Treppe hinauf, die rings um die Hütte und aufs Dach hinauf führte. »Was macht ihr denn da?«, fragte sie. Zu viert war es auf der kleinen Dachterrasse ziemlich eng.

»Wir betrachten das Staatsterritorium«, antwortete Paolo. »Warum bist du raufgekommen?«

»Meine Gruppe ist mit der Arbeit fertig, wir haben die Gesetze geschrieben.« Bea übergab ihm das zusammengerollte Poster und schaute zu, wie die anderen es lasen.

»Wie findet ihr es?«

»Ich bin damit einverstanden, aber wir müssen die Gesetze erst mal den anderen vorlesen.«

Mit einer kleinen Verbeugung gab Paolo ihr das Poster zurück. »Übernimmst du das?«

Vor Schreck wäre Bea beinahe die Brille von der Nase gerutscht. »Ich? Aber … äh … du bist doch der König.«

»Ich werde dir zuhören, denn in deiner Eigenschaft als Justizministerin ist es deine Aufgabe, die Gesetze zu verlesen, die wir uns gegeben haben.«

Eilig wurden die Untertanen versammelt, die sich im Schatten der Bäume vor dem Eingang des Königspalasts niederließen. Ein paar Leute trugen die Throne von Paolo und Elena ins Freie, und die beiden nahmen darauf Platz.

Bea versetzte es einen Stich, ihre Freundin und Paolo Seite an Seite sitzen zu sehen … Doch dann fiel ihr die Unterhaltung mit Elena am Abend zuvor ein und ihr gemeinsamer Plan. Bald würde sich alles ändern.

Sie sah, dass mindestens vierzig Leute gespannt darauf warteten, dass sie, Bea, endlich vorzulesen begann.

Nervös spielte sie mit einer Haarsträhne herum. Sie fühlte sich wie vor dem Abfragen in der Schule. Doch jetzt stand sie nicht im Klassenzimmer, sondern vor Freunden und Mitschülern, die sie mit neuen Augen sahen. In gewisser Weise war dies eine Gelegenheit für einen Neuanfang.

»Okay«, sagte sie, um sich selbst Mut zu machen.

»Kamera läuft«, flüsterte Antonio ihr zu und zeigte auf die Webcam.

Bea rollte das Poster auf und hielt es vor sich hin. Elena zwinkerte ihr zu.

Mit lauter Stimme las die Justizministerin vor: »Heute, am 4. Juni, erlassen König Paolo, die Regierung und die Bürger des Freien Staats der Kinder die folgenden sieben Gesetze:

Erstes Gesetz: Alle Bürger sind vor dem Gesetz gleich und verfügen über dieselben Rechte und Pflichten, unabhängig von ihren Ämtern, ihrem Alter und ihrem Geschlecht.«

Als sie »Geschlecht« sagte, wurde hier und da gekichert, und auch Bea gestattete sich ein Grinsen, bevor sie fortfuhr.

»Zweites Gesetz: Alle Bürger haben ein Recht darauf, respektiert zu werden. Jeder kann seiner eigenen Meinung Ausdruck geben. Wenn jemand, zum Beispiel ein Erwachsener, einem Bürger einen Befehl gibt, hat er die Pflicht, die Gründe für diesen Befehl zu erläutern.

Drittes Gesetz: Niemand darf einen Bürger beleidigen, ihm etwas Schlechtes antun oder ihm Schaden zufügen.

Viertes Gesetz: Auch wenn jeder Bürger andere Aufgaben innehat, so stehen doch alle in der Pflicht, ihr Bestes zu geben, um den Staat und die anderen Bürger zu unterstützen.

Fünftes Gesetz: Wer kein Bürger dieses Staats ist, kann beantragen, einer zu werden. König und Regierung entscheiden über die Aufnahme. Die Tore des Staats stehen allen offen, die bereit sind, seine Gesetze einzuhalten.«

Über diesen Punkt war viel diskutiert worden.

Einige waren der Ansicht gewesen, jeder dürfe ohne Wenn und Aber Bürger des Freien Staats werden, doch Paolo war dagegen gewesen, weil er meinte, das könne in Chaos ausarten. Aber nachdem Bea gründlich darüber nachgedacht hatte, hatte sie ihm zugestimmt.

»Sechstes Gesetz: Zu Ehren unseres Gründers stellt der Hut des Räuberhauptmanns Giovanni die Krone des Königs dar, sie ist das Symbol seiner Macht. König ist der, der die Krone trägt. Der

König ist Staatsoberhaupt und verfügt über das Recht, sich selbst und den Bürgern Aufgaben zuzuweisen.«

Bea merkte, dass im Publikum einige erstaunt dreinblickten, und fügte deshalb noch schnell hinzu: »Also, er ist einfach derjenige, der hier bestimmt.«

»Ach so!«, seufzte ein kleines Mädchen mit Zöpfen erleichtert.

»Siebtes Gesetz: Wenn ein Bürger gegen die Gesetze verstößt und von einer eigens dafür eingesetzten Kommission für schuldig befunden wird, verliert er sein Bürgerrecht. Er muss dann den Staat verlassen und darf nicht mehr zurückkehren.«

Auch über dieses Gesetz war heiß debattiert worden. Paolo, Antonio und Laerte hatten unbedingt die Richter sein wollen, mit der Begründung, in Filmen würde immer der König darüber entscheiden, wer ins Gefängnis kam und wer nicht. Doch Bea hatte sich gründlich mit dem Problem beschäftigt und einen Fallstrick gefunden: Wenn der König die Gesetze erließ und dann auch noch selbst darüber wachte, dass sie eingehalten wurden, waren seiner Macht keine Schranken gesetzt, und es bestand die Gefahr, dass er zu einem absoluten Monarchen wurde.

Als er das Wort »absolut« hörte, war Paolo ganz blass geworden, und weil ihn das an Signor Bambino erinnerte, hatte er gerne auf das Richteramt verzichtet.

Bea war am Ende ihrer Lesung angelangt. Sie rollte das Poster wieder zusammen und verkündete: »Die sieben Gesetze des Freien Staats werden im Regierungsgebäude ausgehängt, also in der Hirtenhütte, damit sie jeder jederzeit lesen kann. Ich bin fertig, danke für eure Aufmerksamkeit.«

Paolo lief den letzten Abschnitt des Wegs entlang, versteckte sich hinter dem Anbau, in dem das provisorische Badezimmer untergebracht war, und spähte um die Ecke. Durch die große Toreinfahrt des Gutshauses konnte er die offen stehende Küchentür sehen und auch, dass kein Licht brannte. Seine Mutter war also noch nicht von der Arbeit zurückgekehrt. Auch vom Vater und Großvater Blasio war nichts zu sehen. Die Luft war rein.

Paolo rückte den Räuberhut auf seinem Kopf zurecht, flitzte vom Anbau zur Toreinfahrt und über den Innenhof in die Küche.

Er öffnete den Küchenschrank und holte einen großen Beutel voller Frise heraus. Das waren steinharte getrocknete Brötchen, ein bisschen wie Zwieback, und er liebte sie über alles. Wenn man sie trocken aß, dann lief man Gefahr, sich Zähne abzubrechen. Stattdessen weichte man sie in Wasser ein, beträufelte sie anschließend mit Olivenöl, streute Salz darüber und belegte sie mit frischen Tomatenscheiben. Für Paolo war das der leckerste Snack der Welt.

Er nahm einen großen Topf, füllte ihn zur Hälfte mit Wasser und schnappte sich eine noch versiegelte Zweiliterdose Olivenöl.

Nun war er beladen wie ein Maulesel. Hoffentlich gelang es ihm, mit all dem Proviant aus der Küche zu entwischen, ohne etwas fallen zu lassen.

»Stopp!«, rief seine Mutter.

Paolo zuckte zusammen. Der Frise-Beutel rutschte ihm aus der Hand, und er konnte gerade noch verhindern, dass ihm auch die schwere Olivenöldose entglitt.

»Mama …«

Seine Mutter sah ihn sehr ernst an. Sie trug noch den gelbgrünen Kittel mit dem Aufdruck *Obst und Gemüse*. »Wo willst du mit den Frise hin?«

»Zur Hirtenhütte … meine Freunde haben Hunger.«

»Und warum bist du so … hm, malerisch angezogen? Wo hast du diese Weste her? Setz dich mal hin, ich muss mit dir reden.«

Paolos siebter Sinn meldete ihm, dass seine Mutter nervös war, deswegen sagte er vorsichtshalber: »Ich habe nichts angestellt.«

»Für mich sieht das aber ganz anders aus«, erwiderte seine Mutter. »Gestern bist du bis in die Nacht hinein in der Hütte geblieben. Was hast du da getrieben? Vorhin war Laertes Mutter bei uns im Laden, und ich musste ihr versprechen, dass ich euch im Auge behalte.«

»Ach, du weißt doch, dass sie sich immer über alles Mögliche Sorgen macht.«

Maria schien sich ein wenig zu entspannen. »Na ja, vielleicht hast du damit recht«, gab sie zu. »Aber ich will trotzdem wissen, was da in der Hütte los ist.«

»Und ich will das auch wissen!«, sagte laut Paolos Vater, der in diesem Augenblick die Küche betrat.

Super, dachte Paolo. Jetzt steckte er bis zum Hals in Schwierigkeiten.

»Hast du etwas ausgefressen?«, wollte die Mutter wissen.

»Allerdings«, sagte der Vater. »Vor einer Stunde hat mich Signor Bambino angerufen. Er hat sich beklagt, unser Sohn hätte sich ihm gegenüber respektlos verhalten, und zwar vor der ganzen Klasse. Und er hat gestern in den ersten beiden Stunden unentschuldigt gefehlt.« Der Vater schleuderte seine Anschuldigungen heraus, ohne dazwischen Luft zu holen. Erst dann fiel ihm die Kleidung seines Sohnes auf. »Warum hast du die Weste da an und den komischen Hut? Was soll das werden?«

»Ich habe nichts Schlechtes getan«, verteidigte sich Paolo. »Es stimmt, dass ich gestern zu spät in die Schule gekommen bin … Aber ab der dritten Stunde war ich da und bin auch von Bambino abgefragt worden, und er hat mich vor allen lächerlich gemacht. Heute war meine Revanche, aber ich habe ihn überhaupt nicht beleidigt, sondern es ihm mit gleicher Münze zurückgezahlt.«

Plötzlich sah seine Mutter sehr müde aus. Sie setzte sich auf einen Stuhl. »Warum erzählst du uns nicht einfach alles von Anfang an?«

»Und es sollte Hand und Fuß haben«, fügte der Vater hinzu.

Paolo wurde klar, dass er keine Alternativen hatte. Er holte tief Luft und begann, seinen Eltern die ganze Geschichte zu erzählen … na ja, mehr oder weniger die ganze Geschichte. Er berichtete, wie er zu spät zur Schule gekommen war und wie ihn Bambino mit dem Flummi gedemütigt hatte. Weiter ging es mit dem Brief des Räuberhauptmanns, mit der Gründung des Staats und dem großen Erfolg, den er mit seiner Idee gehabt hatte.

»Und deshalb bist du jetzt König Paolo?«, meinte sein Vater, als der Junge geendet hatte.

»Ja, und wir sind schon eine Menge Leute, und es gibt noch ganz viele, die uns im Internet geschrieben haben, dass sie unsere Idee gut finden, und …«

Der Vater schüttelte den Kopf. »Paolo, du begreifst nicht, dass unsere Familie gerade schwere Zeiten durchmacht. Deine Schwester Elisa gibt sich größte Mühe, uns nicht auf der Tasche zu liegen, braucht aber dennoch Unterstützung von uns. Ich habe keine Arbeit, und deine Mutter muss im Laden von Signor Pededecornala arbeiten, damit wir wenigstens ein bisschen Geld zur Verfügung haben. Der Umbau des Gutshauses ist eine komplizierte Angelegenheit, und weil noch nichts fertig ist, werden wir diesen Sommer auch noch keine zahlenden Gäste haben. Wir brauchen Hilfe. Mit anderen Worten: Wir brauchen dich. Du bist jetzt groß und könntest deinen Beitrag leisten. Stattdessen vergeudest du deine Zeit mit kindischen Spielen.«

»Das ist doch kein Spiel!«, protestierte Paolo. »Es ist wichtig!«

»Ich will nichts mehr davon hören. Geh jetzt bitte zu deinen Freunden und sage ihnen, dass mit eurem Kinderstaat Schluss sein muss. Schicke alle nach Hause und versuche, dich vernünftig zu benehmen. Und bitte deinen Lehrer um Entschuldigung. Hast du mich verstanden?«

Paolo kochte vor Wut. Er hätte seine Eltern am liebsten angeschrien, aber er wusste, dass es in diesem Moment vollkommen sinnlos war. Wenn sein Vater erst einmal von Geld und dem Gutshaus redete, konnte ihn nichts und niemand von dem Thema abbringen.

Schweigend stand der Junge auf und verließ die Küche. Natürlich hatte er nicht die Absicht, kampflos auf seinen Staat zu verzichten. Welcher König wäre denn schon dazu bereit? Aber es war wohl besser, an diesem Abend nicht mehr nachzuhaken. Morgen … vielleicht …

»Paolo, warte!«, rief seine Mutter hinter ihm her. Sie war ihm aus der Küche gefolgt und trug ein Tablett voller Taralli – knusprige Teigkringel –, Kartoffelchips und eine große Schale grüne Oliven vor sich her. »Hilfst du mir? Ich will damit nicht hinfallen, draußen ist es schon ziemlich dunkel.«

Paolo half ihr, und gemeinsam gingen sie zur Hirtenhütte.

»Du musst verstehen, dass Papa sich große Sorgen macht«, erklärte die Mutter. »Weißt du, dass er sogar überlegt, unser Haus an Signor Palamà zu verkaufen?«

»Er will Casa Vulía verkaufen?«, empörte sich Paolo. »Aber das darf er doch nicht!«

»Er will es nicht, und Großvater Blasio will es auch nicht. Und ich bin ebenfalls dagegen. Ich habe es dir nur gesagt, damit du verstehst, dass wir zurzeit wirklich Probleme haben, die dich in irgendeiner Weise ebenfalls betreffen werden.«

Sie hatten die Olivenplantage durchquert. Im Mondlicht zeichneten die Schatten der Zweige ein verschnörkeltes Muster auf die rötliche Erde. Maria und Paolo kletterten über die niedrige Mauer, die das Grundstück der Hirtenhütte umgab.

»Aber … was ist denn hier los?«

»Das sind meine Freunde, Mama. Ich habe euch doch erzählt, dass wir sehr viele sind.«

»Gütiger Himmel!« Maria starrte die ungefähr vierzig Mädchen und Jungen an, die unter den Johannisbrotbäumen herumstanden oder im Gras saßen und sich laut unterhielten.

»Ich glaube … Ich glaube, ich muss noch mehr Chips holen.«

Die Wasserbombenschlacht

Samstag, 5. Juni

Großvater Blasio parkte seinen alten Fiat 500 knappe hundert Meter vor der Schule halb auf dem Bürgersteig, und durch den Ruck wurde Paolo noch tiefer in den ausgeleierten Beifahrersitz gedrückt, sodass ihm der Sicherheitsgurt fast den Hals zuschnürte.

Im Auto roch es nach Staub. An das Armaturenbrett hatte der Großvater mit Klebstreifen einige Visitenkarten und Heiligenbilder geklebt.

»Vielleicht steigst du besser hier aus«, sagte der Großvater mit seiner rauen Stimme. »Dann sehen dich deine Freunde nicht mit mir zusammen.«

Paolo grinste. »Meine Freunde bewundern dich. Das Problem sind Papa und Mama. Sie verstehen nicht, dass der Freie Staat für mich wichtig ist. Gestern sind eine Menge Leute zur Casa Vulía gekommen, und noch viel mehr nehmen über das Internet an unserem Projekt teil! Allein gestern hat Bea sechshundertzwanzig Nachrichten gezählt, Großvater, das ist eine wahnsinnig hohe Zahl.«

»Das glaube ich dir gerne …«

»Und jetzt soll ich auf das alles verzichten, nur weil Bambino beleidigt ist?«

Der Großvater holte aus der Brusttasche seines Hemds ein angebrochenes Päckchen Zigaretten hervor. Zwar rauchte er im Auto nie, aber er schien Lust darauf bekommen zu haben, denn er ließ das Päckchen zwischen seinen Fingern hin und her wandern.

»Ich weiß, dass deine Mutter dir von Palamà erzählt hat.«

»Ach, das!« Paolo seufzte. »Papa wird das Gutshaus niemals verkaufen.«

»Das hoffe ich auch, aber du musst begreifen, dass es geschehen *könnte*. Deine Eltern denken an die Zukunft. Elisa studiert in Bologna und das kostet viel Geld. Und du bist ja auch noch da, du wirst älter …«

»Ich will hier bleiben, in der Casa Vulía.«

Großvater Blasio nickte. »Das sagst du heute, aber morgen wirst du anderer Meinung sein. Im Leben ist das eben so, Paolo.«

Genervt öffnete Paolo seine Tür und stieg aus.

»Warte, du hast etwas vergessen!«, sagte der Großvater und reichte ihm den Schulrucksack hinaus. »Der ist aber leicht«, bemerkte er.

»Ich habe nicht mehr viele Bücher«, erwiderte Paolo. »Heute ist der letzte Samstag vor den großen Ferien.«

An diesem Tag kamen die Schüler in Flipflops, Shorts und weiten alten T-Shirts in die Schule, und wer nicht schon vorgesorgt hatte, holte sich, bevor er durch das Schultor ging, am Zeitungskiosk zwei oder drei Beutel bunte Luftballons und ließ sie schnell in der Tasche verschwinden.

Auch Antonio hatte sich auf den heutigen Tag eingestellt. Er trug abgeschnittene Jeans, Plastiklatschen und drei T-Shirts übereinander. Er kam sich etwas lächerlich vor, wusste aber, dass er keine andere Wahl hatte. Der letzte Samstag vor den Ferien war etwas Besonderes, denn nach Unterrichtsende würde die Schule zu einem Schlachtfeld werden, auf dem es Wasserbomben hagelte, während die Lehrer machtlos herumschrien.

Dass sich an der Schlacht auch die Mädchen beteiligten, fand Antonio sehr problematisch, denn dieselben Mitschülerinnen, die ihm gestern zugelächelt und mit ihm herumgealbert hatten, würden ihn heute triefend nass erleben, in durchgeweichten T-Shirts, die an seinem dicken Bauch klebten.

Antonio versuchte, diese düsteren Gedanken abzuschütteln. Laerte war hinter einem Baum in Deckung gegangen und wartete dort auf ihn. Er trug einen weiten Regenmantel, eines von diesen durchsichtigen zusammenfaltbaren Ungetümen, wie man sie in billigen Warenhäusern oder bei fliegenden Händlern bekommt.

»Wie siehst du denn aus?«, fragte Antonio entsetzt.

»Du musst gerade was sagen. Unter deinem blauen Shirt trägst du ein rotes …«

»Findest du, dass es schlecht aussieht?«

Laerte breitete die Arme aus und sah dadurch in dem weiten Mantel wie eine Fledermaus aus. »Na ja, sicherlich siehst du immer noch besser aus als ich. Aber Mama hat einfach nicht nachgegeben. Weil ich mich letztes Jahr bei der Wasserballonschlacht erkältet und Fieber bekommen habe, wollte sie unbedingt, dass ich mich dieses Jahr besser schütze.«

»Ein Wunder, dass sie dir überhaupt erlaubt hat, heute in die Schule zu kommen«, meinte Antonio grinsend.

Einen Augenblick lang verspürte er das überwältigende Bedürfnis, seinen Freund zu umarmen. Jedes Mal, wenn er bedrückt war und das Gefühl hatte, einen Tiefpunkt erreicht zu haben, kam Laerte, lenkte ihn ab und baute ihn wieder auf. Er, der dicke Antonio und der große dünne Laerte mit seinem traurigen Lächeln und der leichenblassen Haut waren wirklich ein schönes Paar: die beiden ärgsten Loser der Schule. Zumindest sahen viele ihrer Mitschüler sie so.

»Los, lass uns reingehen«, forderte Antonio den Freund auf. »Es wird bald klingeln.«

Antonio ging durch das Schultor, und bevor er so richtig merkte, was geschah, war er schon umzingelt. Sie waren zu sechst und sie kreisten Laerte und ihn immer enger ein. Und … sie waren lauter Mädchen.

»Antonio, hättest du mal ganz kurz Zeit?«, fragte Annalisa, das Mädchen aus ihrer Klasse mit dem langen Zopf, die die Anführerin zu sein schien. Antonio hoffte, dass Laerte ihm zu Hilfe kommen würde, doch dieser war vollauf damit beschäftigt, sich aus dem schrecklichen Regenmantel herauszuwinden.

Also war er auf sich allein gestellt. »Was kann ich für dich tun?«, fragte er vorsichtig.

Die Mädchen kicherten und Annalisa warf ihnen einen wütenden Blick zu. Antonio fühlte sich gleich viel besser. Vielleicht wollten sie sich am Ende gar nicht über ihn lustig machen.

»Es geht um die Wasserbombenschlacht heute«, erklärte Annalisa. »Wir dachten … Normalerweise kämpfen ja die einzelnen Klassen gegeneinander. Doch gestern sind alle meine Freunde aus der 7B zur Casa Vulía gekommen, und deshalb können wir heute einfach nicht gegeneinander antreten. Deshalb haben wir gedacht, dass wir doch eigentlich eine eigene Armee brauchen. Die Armee des Freien Staats der Kinder.«

Eine fantastische Idee! Und sie wollten wissen, was er davon hielt!

Antonio packte Laerte an der Schulter. »Hast du das gehört?«, fragte er. »Heute wird der Freie Staat gegen den Rest der Schule antreten. Und wir als Verteidigungsminister müssen beide die Armee befehligen und in vorderster Front kämpfen!«

Antonio verbrachte den gesamten Vormittag damit, in seinem Heft Strategien zu skizzieren. Schließlich entschied er sich für einen Frontalangriff: Die Armee des Freien Staats der Kinder würde gleich nach dem Klingeln der Schulglocke eine Großoffensive gegen die übrige Schule starten.

Sie mussten blitzschnell angreifen, ohne dem Feind Zeit zu lassen, sich zu organisieren. Vor allem aber mussten sie ihre Munition rechtzeitig vorbereiten. Die Direktorin hatte gedroht, sämtliche Schüler, die in den Schulräumen mit Wasserbomben angetroffen wurden, zu suspendieren, und im Hof gab es keine Wasserhähne oder Trinkbrunnen, an denen sie ihre Luftballons hätten füllen können.

Deshalb musste er sich ganz schnell etwas überlegen. In fünf Minuten würde die Pausenklingel ertönen.

Antonio schob Laerte heimlich ein beschriebenes Blatt Papier zu. »Das sind die Angriffsskizzen«, raunte er. »Wir sprechen in der Pause darüber, wenn ich die Waffen verteile.«

»Verstanden«, antwortete Laerte.

Signora Magli schrieb in ihrer unleserlichen Schrift etwas an die Tafel. Ihre Haare standen wie immer wirr vom Kopf ab, und ab und zu führte sie gedankenverloren die kreideverschmierten Hände an die Lippen.

Antonio nutzte einen Moment, in dem die Lehrerin wieder versunken an die Tafel starrte, um drei versiegelte Luftballontüten und einen großen Plastikbeutel aus dem Schulrucksack zu nehmen. Mit unauffälligen Bewegungen stopfte er sich alles in die Taschen seiner Jeans. Dann hob er eine Hand. Weil die Lehrerin immer noch mit der Tafel beschäftigt war und ihm den Rücken zukehrte, sah sie ihn nicht, und deshalb fragte er laut: »Entschuldigen Sie, darf ich zur Toilette?«

Signora Magli drehte sich um und kniff die Augen hinter den dicken Brillengläsern zusammen, um ihn besser sehen zu können.

»Jetzt ist doch gleich Pause. Kannst du nicht noch so lange warten?«

»Äh, nein«, erwiderte Antonio.

Jemand lachte, doch die meisten Schüler zwinkerten einander komplizenhaft zu.

Der Flur war menschenleer, und Antonio kam das Geräusch seiner Plastiklatschenschritte furchtbar laut vor.

Er eilte in den Waschraum der Jungen und machte sich sofort daran, die Luftballons mit Wasser zu füllen. Im Waschraum war es ziemlich kühl und es roch nach Desinfektionsmittel und billiger Seife.

Antonio knotete die gefüllten Ballons zu und packte sie in den Plastikbeutel. Er arbeitete fieberhaft, um möglichst viel Munition zusammenzubekommen. Nur noch zwei Minuten bis zur Pause.

Als er fertig war, wog der Plastikbeutel so schwer, als hätte er ihn mit Steinen gefüllt. Außerdem tropfte er.

Antonio schaute vorsichtig in den Flur hinaus: Noch war dort niemand zu sehen. Schnell lief er zum Klassenzimmer zurück und seine Schritte wurden nun von Tropfgeräuschen begleitet.

Das schrille Klingeln der Schulglocke übertönte alle anderen Geräusche. Oh nein, dachte Antonio. Er hatte zu lange gebraucht. Wenn ihn ein Lehrer mit all den Wasserballons hier im Flur antraf, wurde er mit Sicherheit von der Schule geworfen.

Er sauste auf die Tür seines Klassenzimmers zu und versuchte dann, scharf zu bremsen, doch seine Plastiklatschen rutschten auf dem glatten Boden aus und Antonio drohte das Gleichgewicht zu verlieren.

Die Klassenzimmertür sprang auf.

»Paolo, hilf mir mal mit …«, sagte Antonio, doch zu seinem Entsetzen sah er, dass Mattia Presti der Erste war, der das Klassenzimmer verließ. Gleich hinter ihm kamen zwei weitere Mitglieder der Bande der Bösen, die ganz cool Sonnenbrillen und Polohemden mit aufgestelltem Kragen trugen.

Oh nein, dachte Antonio noch einmal. Vor Schreck fiel er rücklings hin. Der Plastikbeutel rutschte ihm aus der Hand und die Wasserbomben flogen in hohem Bogen durch die Luft.

»Was … was ist das?«, stammelte Mattia, doch noch bevor er irgendetwas tun konnte, stürzten die Wasserballons auf ihn und seine beiden Kumpane. Es klatschte und knallte, und sofort war überall alles nass.

Chaos brach aus. Paolo und Laerte kamen herausgerannt und halfen Antonio, wieder aufzustehen. Aus dem Klassenzimmer war das wütende Geschrei der Lehrerin und lautes Gelächter zu hören.

Mattia und seine Freunde standen wie erstarrt. Das kalte Wasser hatte das Gel in ihrem Haar in eine klebrige Masse verwandelt, die schicken Polohemden waren durchnässt, Wasser tropfte an ihnen herunter.

Mattia zischte Antonio an: »Dafür wirst du bezahlen, und zwar gleich.« Doch seine letzten Worte wurden vom Krach der aus dem Klassenzimmer strömenden Schüler übertönt.

Plötzlich schrie jemand: »Wasserballons! Wasserballons!«

Und alle rannten in Richtung Toiletten, um sich mit Munition zu versorgen.

»WAGT ES JA NICHT!«, schrie Signora Magli. »IHR WERDET SONST ALLE SUSPENDIERT!«

Paolo ergriff Antonios Arm. »Weg hier«, zischte er, und Antonio ließ sich das nicht zweimal sagen.

Paolos Mutter hatte die Auberginen in feine Scheiben geschnitten, mit einer Handvoll grobem Salz vermengt und eine gute Stunde lang in einem Sieb abtropfen lassen.

Auf dem Herd wurde das Olivenöl in der Pfanne allmählich heiß und erfüllte die Küche mit seinem köstlichen Duft.

Signora Maria drehte den Wasserhahn auf und spülte die Auberginenscheiben gründlich ab. Danach wälzte sie jede einzeln in Mehl, bevor sie sie in das heiße Öl gleiten ließ.

Sofort bildeten sich auf den Auberginenscheiben knusprige goldene Blasen.

»Mhmm«, machte Signor Giovanni, als er in die Küche kam. »Was kochst du denn da Leckeres?«

Maria drehte sich nach ihrem Mann um, ohne die Arbeit zu unterbrechen. Sie sah, dass er noch seine staubige, mit Farbe verschmierte Arbeitskleidung trug.

»Pass auf, dass du nicht alles schmutzig machst!«, ermahnte sie ihn.

Lächelnd kam er näher und drückte ihr einen Kuss auf die Wange. »Lass mich raten: Das wird dein berühmter Auberginenauflauf!«

Maria kicherte. »Du hast es erraten. Ich wollte etwas kochen, was Paolo gerne mag. Als wir ihm gestern gesagt haben, dass er das mit seinem Kinderstaat bleiben lassen sollte, kam er mir sehr traurig vor. Ich will ihn wieder ein bisschen aufmuntern.«

»Früher oder später wird er es verstehen«, tröstete Giovanni seine Frau. »Er ist doch schon groß, es ist nur richtig, dass er lernt, auch an die Familie zu denken und nicht nur an sich selbst.«

Im Wohnzimmer klingelte das Telefon. Giovanni eilte dorthin, und Maria hörte, wie er abhob und in den Hörer sprach.

Sie machte sorgfältig weiter, fischte die gebratenen Auberginenscheiben aus der Pfanne und legte neue hinein. Ihre Hände bewegten sich dabei wie von alleine. Sie musste nicht darüber nachdenken und war gleichzeitig doch von den drängenden Sorgen abgelenkt, die mit dem Gutshaus, der Geldknappheit und dem großzügigen Angebot des Bürgermeisters zusammenhingen. Eigentlich konnte nur noch ein Wunder die Probleme ihrer Familie lösen.

»Maria«, rief Giovanni von der Schwelle zur Küche herüber. Sie schaute hin und sah, dass er die Augen aufgerissen hatte. Sein Kinn zitterte, und sie erschrak. Was war passiert? Hatte jemand einen Unfall gehabt?

Doch als sich ihr Mann so weit gefasst hatte, dass er wieder sprechen konnte, sagte er: »Es war die Agentur.«

»Die Agentur Paradiso?«

»Ja.«

Die Agentur Paradiso sollte die Gästezimmer der Casa Vulía vermieten. Doch weil das Gutshaus in diesem Sommer noch eine Baustelle war, hatte Giovanni es im Frühjahr erst einmal abgemeldet. Sie konnten derzeit gar keine Touristen aufnehmen.

»Du wirst es nicht glauben«, fuhr Giovanni fort und sah immer noch aus, als hätte er gerade etwas Unglaubliches gehört. »Die von der Agentur haben gesagt, dass allein heute Morgen vier Anrufe kamen. Eine Familie aus Rom, zwei aus Mailand und eine aus Ancona. Sie wollen alle hier Urlaub machen. Hier bei uns, in der Casa Vulía.«

Beinahe hätte Maria eine Handvoll Auberginenscheiben fallen lassen. »Machst du Witze? Hattest du der Agentur nicht gesagt, dass wir diesen Sommer erst mal umbauen müssen?«

»Ja, und vorhin habe ich es ihnen noch mal gesagt. Aber sie

haben geantwortet, dass die Touristen Zelte mitbringen wollen. Sie möchten in der Olivenplantage campen und sind bereit, dafür gut zu bezahlen.«

Maria glaubte immer noch, sich verhört zu haben. »Soll das heißen, die Plantage wird zu einem Campingplatz? Aber wieso? Hier werden so viele Ferienhäuser vermietet, und die meisten sind näher am Meer als wir.«

»Das ist ja das Unglaubliche«, erklärte Giovanni. »Es sind alles Familien, deren Kinder ungefähr in Paolos Alter sind. Sie haben vom Freien Staat der Kinder erfahren … und wollen da mitmachen.«

Antonio hatte jegliches Zeitgefühl verloren. Es kam ihm vor, als würde die Schlacht schon seit Stunden toben. Der Schulhof hatte sich in einen glitschigen Sumpf verwandelt.

Hinter einem Baum versteckt wartete Antonio darauf, einen Treffer zu landen. Doch er hatte nur noch zwei Wasserbomben übrig, eine rote und eine hellblaue. Der General des Freien Staats der Kinder war von seinen Mitstreitern abgeschnitten.

Wenige Minuten nach dem Beginn der Kämpfe war Paolo von Bambino gepackt und unverzüglich zum Direktor geschleift worden, denn der Lehrer war der Überzeugung, Paolo hätte die Wasserballonschlacht in Gang gesetzt.

Bea und Elena befehligten einen Trupp Mädchen, die sich am äußeren Rand des Hofes hinter den Mülltonnen versteckt hatten und Angriffe mit Güssen aus Schüsseln mit Seifenwasser abwehrten.

Laerte, dem schon bald die Munition ausgegangen war, hatte hinter einer halbhohen Mauer Schutz gesucht.

Antonio war nun allein. »Gut«, sagte er leise, »ich werde mich nicht kampflos ergeben.«

Er spähte hinter dem Baumstamm hervor, zog den Kopf aber sofort zurück, als eine Wasserbombe gegen die Rinde platzte und eine eklige Brühe aus Wasser und Wasserfarben über ihm niederging.

Die Bande der Bösen hatte ihn ausgemacht und versuchte nun, ihn einzukreisen. Mattia koordinierte einen Zangenangriff und hatte seine Leute außer mit Wasserballons auch mit Steinen bewaffnet, was gegen alle ungeschriebenen Regeln verstieß.

»Antonioooooo!«, brüllte er. »Du versteckst dich vergeblich, ich komme jetzt und hole dich.«

Aus dem Augenwinkel sah Antonio, dass einer der Bösen seine Position verlassen hatte und auf Laerte zulief. Antonio zielte und schleuderte seine rote Wasserbombe. Sie zerplatzte an dem Mäuerchen, ohne ihr Ziel zu treffen.

Der Böse hatte inzwischen Laerte erreicht und schubste ihn heftig.

»Antonioooo!«, brüllte Mattia abermals. »Komm raus und lass uns das beenden.«

»Ich habe noch eine Wasserbombe!«, drohte Antonio.

»Du hast mich schon genug geärgert. Komm da raus und zieh dein T-Shirt aus, jetzt gibt es Bauchklatscher!«

»Bauchklatscher! Bauchklatscher!«, echote die ganze Bande.

»Vergesst es!«, schrie Antonio.

Ein Stein flog knapp am Baumstamm vorbei und streifte Antonios Ohr. Sein Herz klopfte so heftig, dass es wehtat. Er konnte keinen klaren Gedanken mehr fassen. Es war vorbei. Mattia würde ihn vor allen anderen zur Schnecke machen und womöglich sogar schlagen, und er, Antonio, konnte nichts dagegen tun.

»Es ist deine letzte Chance. Komm da freiwillig raus.«

Antonio kam hinter dem Baum vor, mit dem letzten Wasserballon in der Hand, und sah, wie sich Mattias Gesicht ganz langsam zu einem schiefen Grinsen verzog. Der Chef der Bande der Bösen war von Kopf bis Fuß triefend nass, sogar von seiner Sonnenbrille tropfte Wasser.

»Ja, so ist es brav. Lass jetzt die Wasserbombe fallen. Und zieh dein Shirt aus.«

Im Schulhof wurde es allmählich ruhiger. Die Lehrer trieben die Schüler zusammen und zurück ins Schulhaus. Gerade eben beschlagnahmten sie von einer Gruppe aus der Dritten einen ganzen Plastikbeutel voller Wasserbomben. Sie achteten nicht auf Antonio und würden ihm auch nicht zu Hilfe kommen.

Es fühlte sich an, als wäre rings um ihn und um Mattia und seine Bande ein Vakuum entstanden.

»Also?«, hakte Mattia nach.

Antonio überlegte, ob er sich mit einer Ausrede retten könnte. Er hatte Mattia ja nicht absichtlich mit den Wasserbomben treffen wollen … Aber nein, er durfte sich aus dieser Situation nicht herausmogeln, denn schließlich war er General und Verteidigungsminister des Freien Staats.

»Du machst jetzt einen auf harten Typ, ja?«, spottete sein Peiniger.

In diesem Augenblick merkte Antonio, dass er gar keine Angst mehr empfand. Eine seltsame innere Wärme, ein angenehmes Gefühl erfüllte seine Brust und gab ihm Sicherheit, ja sogar Stolz.

»Komm doch und hol mich«, rief er.

Mattia Presti trat einen Schritt vor, seine Freunde taten dasselbe, doch noch bevor sie den zweiten Schritt machen konnten, rief jemand: »Wagt es ja nicht!«

Antonio wirbelte herum. Annalisa und Franco waren um das Schulgebäude herumgegangen und hatten sich von hinten an ihn herangeschlichen. Rechts und links von ihnen hatte sich ein Trupp von Jungen und Mädchen aus der Achten aufgereiht. Alle waren bis an die Zähne bewaffnet: mit Wasserbomben, Wasserflaschen und Schüsseln voller Seifenwasser.

Mattia lachte höhnisch. »Hey, Antonio, lässt du dich jetzt von einem Mädchen beschützen?«

»Du lässt dich ja auch beschützen. Von den Bösen«, gab Antonio zurück, drehte sich wieder um und sah seinem Gegner direkt in die Augen. »Du hast deine Armee und ich meine. Allerdings scheinen wir in der Überzahl zu sein.«

Auf diese Entwicklung war Mattia nicht gefasst gewesen. Er zögerte.

Seine Verbündeten wichen zurück. Sie ließen ihn im Stich.

Annalisa und Franco dagegen stellten sich neben Antonio, ihre Truppe rückte nach.

Franco nahm Habachtstellung an. »General, sollen wir das Feuer auf den Feind eröffnen?«

Grinsend schüttelte Antonio den Kopf. »Das ist nicht mehr nötig, Franco. Ich glaube, der Feind will sich lieber ergeben.«

Er sah, wie Annalisa herzhaft zu lachen begann, und lachte aus vollem Hals mit. Er hatte es geschafft. Er hatte Mattia Presti und dessen Bande besiegt.

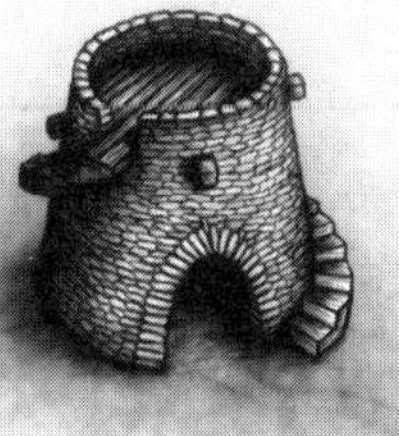

Die Grenzpatrouillen

Paolo erwartete, irgendwo weiter hinten zwischen den Bäumen Großvater Blasios senffarbene Klapperkiste zu sehen, doch der Großvater war nicht gekommen, um Paolo abzuholen.

»Du hättest Mattias Gesicht sehen sollen!«, sagte Antonio, während sie gemeinsam über den Schulhof gingen. »Er ist feige abgehauen, und ich …«

»Das weiß ich doch alles«, unterbrach Paolo ihn. »Du hast es mir schon mindestens dreimal erzählt.«

»Es ist so schade, dass du nicht dabei warst. Es war einfach irre!«

»Während ich im Büro des Direktors herumsitzen musste, zusammen mit Bambino, der total sauer auf mich ist. Zum Glück war ich vollkommen trocken und hatte auch keine Wasserbomben oder Luftballons dabei, und deshalb konnten sie mich gar nicht bestrafen!«

Seit Monaten hatte sich Paolo auf die große Wasserschlacht gefreut, und dann hatte ihm der Geschichtslehrer den Spaß verdorben. Und nun musste er auch noch zu Fuß nach Hause gehen und sich womöglich wieder von den Eltern ausschimpfen lassen.

»Also, was machen wir heute?«, wollte Antonio wissen. »Annalisa hat mich gefragt, ob wir uns heute Nachmittag wieder bei der Hirtenhütte treffen …«

»Ich weiß es noch nicht«, erwiderte Paolo. »Meine Eltern sind mit der ganzen Sache nicht besonders glücklich. Ich rufe dich später mal an.«

Schlagartig nahm Antonios rundes Gesicht einen ernsten, beinahe erwachsenen Ausdruck an. »Du musst sie unbedingt umstimmen«, sagte er. »Wir können jetzt nicht einfach aufhören, der Freie Staat ist viel zu wichtig. Hast du mitbekommen, was heute in der Schule los war? Sehr viele Jungen und Mädchen wollen bei uns mitmachen. Die Schlacht war ein Riesenerfolg. Wir haben es Mattia und der Bande der Bösen endlich mal so richtig gezeigt!«

»Ich habe nicht gesagt, dass ich aufhören will«, murmelte Paolo. »Aber ich will auch nicht im Hausarrest landen. Ich rufe dich wirklich nachher an, versprochen!«

Mit schnellen Schritten schlug er den Heimweg ein. Die Sonne schien so stark, dass er die Augen halb zukneifen musste, um nicht geblendet zu werden. Jetzt erst fiel ihm ein blaues Auto auf, das vor der Schule hielt. Es sah ganz so wie der Fiesta seines Vaters aus.

»Paolo!«, hörte er ihn durch das offene Seitenfenster rufen. Der Vater hatte sich aus dem Fenster gebeugt und winkte ihm lächelnd zu, so als freue er sich sehr, seinen Sohn zu sehen. Das war irgendwie ungewöhnlich.

Paolo ging zu dem Auto und setzte sich auf den Beifahrersitz. Sein Vater gab ihm einen freundschaftlichen Klaps aufs Knie.

»Alles in Ordnung? Warum sind die anderen alle so nass?«

»Heute ist doch der letzte Samstag vor den Ferien, und wir haben eine Wasserschlacht veranstaltet.«

»Ach so, ja, klar.«

Der Fiesta reihte sich in den mittäglichen Berufsverkehr ein. Signor Giovanni sah ungewöhnlich glücklich aus.

»Ist irgendwas passiert?«, fragte Paolo. »Warum holt mich Großvater Blasio nicht ab?«

»Es sollte eine Überraschung für dich sein. Und zu Hause warten zwei weitere Überraschungen auf dich. Erstens hat deine Mama viele leckere Sachen gekocht. Zweitens ist Elisa aus Bologna gekommen. Sie hatte uns nichts verraten und war vor einer Stunde plötzlich da.«

»Und deshalb freust du dich so?«

Leise lachend schüttelte sein Vater den Kopf. »Nein … Das heißt, doch, ich freue mich natürlich, dass auch deine Schwester da ist, aber …«

»Wie wäre es, wenn du mir mal alles genauer erklärst?«, fragte Paolo, dem die gute Laune seines Vaters immer noch komisch vorkam.

Giovanni warf ihm einen kurzen Blick zu und zwinkerte. »Erinnerst du dich an unser Gespräch von gestern Abend? Als ich dich bat, den Freien Staat der Kinder wieder aufzugeben und mir lieber beim Umbau zu helfen?«

»Ja …«

»Gut, das kannst du nämlich wieder vergessen. Du hast uns schon geholfen, und zwar gewaltig, aber vor lauter Sorgen hatte ich das noch gar nicht gemerkt. Ich bin dir sehr dankbar, mein Sohn, das meine ich ehrlich.«

Paolo schaute schweigend aus dem Fenster. Die Erwachsenen waren manchmal wirklich eigenartig. Was war hier eigentlich los?

Elena wohnte in einem kleinen Mehrfamilienhaus mit Innenhof. Bea ging nach dem Mittagessen sofort zu ihr. Unterwegs schaute sie sich immer wieder um, weil sie Angst hatte, von jemandem gesehen zu werden.

Bea besuchte ihre Freundin sehr oft, aber an diesem Tag war alles anders. Sie kam sich wie Antonella Carli vor, wenn diese den unverschämt gut aussehenden Gangsterboss Jimmy Ranzana aufsuchte, der ihr gelegentlich wichtige Insiderinformationen gab.

Bea klingelte und Elena machte ihr gleich die Tür auf. Sie trug nur Shorts und T-Shirt und war so wunderschön wie immer.

»Pssst«, flüsterte sie und legte den Zeigefinger auf die Lippen. »Komm nach oben in mein Zimmer, damit uns niemand hört.«

Bea musste grinsen. Offenbar hatte auch Elena das Gefühl, dass sie eine geheime Mission hatten.

Elenas Zimmer war nicht sehr groß, aber hübsch eingerichtet, mit einem weißen Schreibtisch, vielen Postern berühmter Musiker, einem Bücherregal und einem hohen weichen Bett.

Elena schloss hinter ihnen die Tür ab und öffnete ihren gut bestückten Kleiderschrank. »Und«, sagte sie zu ihrer Freundin, »bist du bereit für die große Verwandlung?«

»Nicht wirklich«, erwiderte Bea. »Ich komme mir vor wie in einem dieser albernen Filme, die sie manchmal im Fernsehen zeigen. In denen das hässliche Mädchen die Brille abnimmt und ihre Zahnspange loswird und dann plötzlich total hübsch ist …«

Elena legte ihr eine Hand auf die Schulter. »So etwas machen wir natürlich nicht«, verkündete sie. »Das brauchen wir auch gar nicht, denn du bist erstens überhaupt nicht hässlich. Zweitens nehme ich dir auch nicht die Brille weg, weil du sonst ja gar nichts mehr siehst. Und die Zahnspange kannst du auch drin lassen.«

Verwirrt schaute Bea sie an. »Was ist dann dein Plan?«

»Also«, begann Elena zu erklären, »eigentlich ist es nur eine Frage der inneren Einstellung. Du musst einfach selbstsicherer werden, lässiger. Immer wenn du vor Paolo stehst, guckst du, als hättest du Angst vor ihm. Dabei ist er doch nur ein dreizehnjähriger Schüler.«

»Aber er ist …«

»Er ist, und du bist. Mehr gibt es dazu nicht zu sagen, glaub mir.«

Elena fing an, in ihrem Schrank herumzusuchen. Sie schaute Röcke, T-Shirts und Sommerhosen durch und murmelte dabei vor sich hin: »Nein, das nicht, das auch nicht …«

»Was hast du vor?«

»Ich zeige dir ein paar Sachen, ich kümmere mich um dein Haar, ich schminke dich ein bisschen … Und ich bringe dir alles bei, was ich über die Kunst weiß, Jungs den Kopf zu verdrehen.«

»Und was tue ich für dich?«

»Du bringst mir bei, eine richtige Ministerin zu werden«, meinte Elena und grinste.

Paolos Schwester war zweiundzwanzig Jahre alt. Vom Vater hatte sie die blauen Augen geerbt, von der Mutter die fein geschnittenen Gesichtszüge. Mit einem Glas Weißwein in der Hand stand sie im Torbogen der Hofeinfahrt und wirkte sehr glücklich. Paolo winkte ihr durch das Seitenfenster zu.

Wegen des großen Altersunterschieds hatten sie nie viel gemeinsam unternommen, und auch bei Paolos verrückten Projekten hatte Elisa nie mitgemacht. Vielleicht auch deshalb hatten sie sich noch nie gestritten, und Elisa war im Bedarfsfall immer bereit, ihren kleinen Bruder zu verteidigen.

Sobald der Vater angehalten hatte, sprang Paolo aus dem Auto. Elisa breitete die Arme weit aus, um ihn zu umarmen, doch er ging langsam auf sie zu und begrüßte sie mit Wangenküsschen, wie Erwachsene es tun.

»Warum hast du nicht gesagt, dass du heute kommst?«, fragte er.

»Ich wollte euch überraschen. Weil ich an diesem Semesterende keine Prüfungen habe, wollte ich sofort kommen und dem König der Räuber meine Aufwartung machen.«

Paolo blickte sie forschend an. »Haben Mama und Papa dir schon alles erzählt?«

Elisa musste lachen. »Nein, sie waren das nicht. Ein Studienkollege hat mir eine Facebook-Seite gezeigt, die in kürzester Zeit unglaublich viele Likes bekommen hat … Und ich habe sofort Casa Vulía erkannt.«

»Meinst du damit etwa …« Paolo wagte es gar nicht zu glauben. »Meinst du die Site vom Freien Staat? Haben sich das auch Studenten angeschaut?«

»Na, und wie!« Elisa lachte wieder. »Und im August kommen mich ein paar Freunde besuchen, die dich gerne kennenlernen wollen.«

Sie zerzauste Paolo das Haar. »Du musst dich aber gut benehmen, denn es sind auch ein paar junge Damen dabei, die auf meinen kleinen Bruder sehr gespannt sind.«

Paolo verstand immer noch nicht, was eigentlich los war. Die ungewöhnlich gute Laune seines Vaters, Elisas Begeisterung, der Duft des Auberginenauflaufs, eines seiner Leibgerichte. Warum benahm sich seine Familie auf einmal so, nach der Predigt, die er gestern über sich ergehen lassen musste?

»Ist denn irgendetwas passiert, von dem ich noch nichts weiß?«

Elisa trank einen Schluck Wein, bevor sie ihrem Bruder ins Ohr flüsterte: »Die Agentur hat heute angerufen. Anscheinend wollen ganz viele Touristen bei uns zelten. Und weißt du, warum?«

»Nein, keine Ahnung.«

»Sie haben im Internet vom Freien Staat der Kinder erfahren und ihre Kinder wollen bei euch mitmachen.«

Bea betrachtete ihr Spiegelbild, ein attraktives Mädchen schaute sie aus dem Spiegel an.

»Wie findest du es?«, fragte Elena.

Ihre Freundin hatte ein kleines Wunder vollbracht. Die Wangenknochen von Bea kamen durch das leichte Make-up gut zur Geltung, das Kajal verlieh den Augen hinter den Brillengläsern mehr Ausdruck. Ein zartroter Lippenstift betonte die Lippen und trotz Zahnspange sah ihr Lächeln wirklich hübsch aus.

Und erst die Haare! Sie sahen gar nicht mehr strohig aus, sondern fielen ihr weich und golden glänzend über die Schultern. »D… danke«, stammelte Bea und umarmte Elena. »Ich komme mir vor, als wäre ich ein anderer Mensch.«

»Quatsch, du bist immer noch du selbst. Doch dank dieser kleinen Spezialeffekte kannst du dir mehr Selbstvertrauen aufbauen. Du siehst wirklich gut aus, Bea, du musst nur etwas entspannter sein.«

Bea war ganz außer sich vor Glück und hatte überlegt, wie sie der Freundin helfen könnte. »Ich habe über dein Problem nachgedacht«, sagte sie. »Damit du aus der Rolle der lieblichen, aber unfähigen Prinzessin herauskommst, musst du Vorschläge machen, wie wir den Freien Staat verbessern können.«

Elena biss sich auf die Lippen. »Zum Beispiel?«

»Ich hatte an die Konvention von Montevideo gedacht. Ein richtiger Staat muss vier Bedingungen erfüllen: Er muss eine Bevölkerung haben, eine Regierung, ein klar abgegrenztes Staatsterritorium und die Fähigkeit …«

»… mit anderen Staaten in Beziehung zu treten«, vervollständigte Elena den Satz. »Ja, und?«

»Wir haben eine Bevölkerung und eine Regierung. Aber es fehlt noch was …«, versuchte Bea ihr auf die Sprünge zu helfen.

»Das klar abgegrenzte Territorium«, rief Elena und schnalzte mit den Fingern.

»Genau. Uns fehlt noch eine Grenze, die unseren Staat von der übrigen Welt trennt. Wir sollten uns schleunigst darum kümmern.«

»Ich werde es den anderen gleich heute vorschlagen«, rief Elena begeistert. »Los, jetzt nichts wie zur Casa Vulía.«

Paolos Mutter war eine ausgezeichnete Köchin. Vorab gab es leckere Antipasti: Frise, eingelegtes Gemüse, Mozzarella und gebratene Paprikaschoten. Danach kamen Orecchiette mit Brokkoli und Penne mit Tomatensoße und Fleischklößchen, anschließend gab es einen Braten und den Auberginenauflauf und zum Schluss sogar noch Nachtisch.

Paolo hatte im Laufe seines Lebens gelernt, dass man bei so einem Riesenessen am besten von allem nur ganz kleine Portionen nahm, doch lange konnte er sich nicht an diese kluge Strategie halten, und beim Auberginenauflauf bat er sogar um einen Nachschlag.

Er kam sich vor, als wäre er in einen dieser Werbespots mit den glücklichen Familien gebeamt worden. Papa und Mama lächelten und machten einander Komplimente, Elisa erzählte von ihrem Leben in Bologna, und Großvater Blasio erklärte, wie er das Grundstück hinter dem Gutshaus vorbereiten wollte, damit die Touristen dort zelten konnten.

Es war schon lange her, dass Paolo an diesem Tisch so viel Fröhlichkeit und Optimismus erlebt hatte.

Nach dem Nachtisch stand sein Vater sogar auf und applaudierte der Köchin. Danach ging er in die Küche, um Kaffee zu kochen und das Geschirr zu spülen.

»Darf ich aufstehen?«, fragte Paolo.

»Klar«, erwiderte seine Mutter. »Aber bevor du weggehst, hilfst du bitte beim Abdecken.«

»Nein, lass nur«, meinte Elisa lächelnd. »Geh ruhig. Heute übernehme ich.«

Paolo flitzte zur Küchentür, doch seine Schwester hielt ihn auf. »Gehst du zu eurem Hauptquartier? Ich würde es mir nachher gerne mal anschauen.«

»Du findest mich bei der Hirtenhütte«, rief Paolo und war weg.

Aus seinem Zimmer holte er seinen Laptop, den Hut und die Weste. Bevor er rausging, schickte er Antonio noch eine Nachricht mit der Bitte, alle zu verständigen, damit sie möglichst bald zur Casa Vulía kamen.

Als er die Hirtenhütte erreichte, sah er, dass Elena und ein anderes Mädchen bereits auf ihn warteten. Mit einem Kopfnicken begrüßte Paolo Elena und die Unbekannte. Erst auf den zweiten Blick merkte er, dass das Mädchen gar keine Unbekannte war, sondern Bea.

»Was … was hast du denn gemacht?«

»Nichts«, erwiderte Bea unschuldig. »Wir sind hergekommen, weil wir mit dir über etwas sprechen wollten. Über etwas Wichtiges.«

»Ja …?«

Paolo konnte nicht aufhören, Bea zu betrachten. Was war aus der unauffälligen Klassenstreberin geworden?

»Hey, hörst du mir überhaupt zu?«, fragte Elena.

Seufzend setzte er sich zu den Mädchen auf den Boden. »Okay, schieß los!«

»Bis wohin reicht das Territorium des Freien Staats?«

Mit dieser Frage hatte Paolo überhaupt nicht gerechnet. Er

dachte kurz nach, bevor er einen Arm hob und auf die Hirtenhütte und das Land darum herum zeigte.

»Na, das hier …«

Elena nickte. »Schon klar, aber was genau gehört dazu? Die Hirtenhütte, die Bäume hier, oder das gesamte Land von Casa Vulía? Ein echter Staat braucht genau festgelegte Grenzen, erinnerst du dich? Und seine Bürger müssen Papiere haben, einen Ausweis oder so etwas Ähnliches. Und wir müssen eine Grenzpolizei aufstellen.«

Endlich gelang es Paolo, sich auf das Thema zu konzentrieren, über das Elena gerade sprach. Es war, als hätten die beiden Freundinnen an diesem Nachmittag ihre Rollen vertauscht, und das hatte unerwartete Folgen. Vor allem aber hatte Elena einen wunden Punkt angesprochen, denn was war ein Staat ohne Grenzen?

»Was können wir denn machen?«, fragte er.

»Mir ist eine Lösung eingefallen«, erwiderte Elena, und Paolo begriff, dass er den beiden jetzt einfach mal zuhören musste.

Laertes Mutter hatte darauf bestanden, ihren Sohn mit dem Auto zur Casa Vulía zu fahren, und unterwegs pausenlos geredet.

Eine Weile lang war es dem Jungen gelungen, ihr zuzuhören, doch bald hatten ihn die vorbeiziehenden Bäume und die vom Wind aufgewirbelten Staubwolken abgelenkt.

»Seit dein Vater von uns gegangen ist …« – »Wenn dir etwas zustoßen würde, wäre ich ganz allein …« – »Du weißt doch, wie schnell man krank werden kann … Oft genügt eine Kleinigkeit, und …«

Laerte hatte sich das schon tausendmal anhören müssen und ertrug diese Vorträge einfach nicht mehr. Glaubte seine Mutter denn, dass sie die Einzige war, die unter Papas Tod litt? Sein Vater war krank geworden. An dem einen Tag war er noch in Topform gewesen, am nächsten hatte er ins Krankenhaus gebracht werden müssen, und eine Woche später war er tot.

Leukämie.

Seither waren anderthalb Jahre vergangen, doch wenn er an diese Zeit zurückdachte, keimte in Laerte eine unbändige Wut auf, die sich dann wie glühende Hitze über seinen ganzen Körper ausbreitete. Während Papas letzten Lebenstagen hatte die Mutter Tag und Nacht bei ihm im Krankenhaus bleiben dürfen. Laerte dagegen hatten sie nicht zu ihm gelassen, sondern ihn unter irgendwelchen Vorwänden zu einer Tante geschickt. Erst am allerletzten Tag, als es ohnehin schon zu spät war, hatte Laerte den Vater besuchen dürfen. Von diesem Besuch waren ihm nur noch der Gestank der Desinfektionsmittel, die weißen Kittel der Ärzte, ein verdunkeltes Krankenhauszimmer und die Geräusche der Geräte in Erinnerung geblieben.

»Mama …«, sagte er leise.

Das Geplapper der Mutter brach sofort ab. »Ja, Schätzchen?«

»Du musst hier abbiegen, wir sind da.«

Laerte wusste nicht mehr, wie das Gesicht seines Vaters an jenem Tag ausgesehen hatte. Immer wenn er daran dachte, versuchte er, das vage Bild vor seinem inneren Auge schärfer zu stellen, doch es ging nicht. Es war, als hätte sein Gehirn dieses Bild gelöscht.

Das Auto bog in die Zufahrt zur Casa Vulía ein. Kurz darauf musste Laertes Mutter scharf auf die Bremse treten. Drei Jungen hatten sich dem Auto in den Weg gestellt. Sie trugen gelbe Tücher um den Hals und jeder einen Stock in der Hand. Einer von ihnen schwenkte eine Kelle. Laerte hatte die drei noch nie gesehen, auch nicht in der Schule.

»Weisen Sie sich bitte aus!«, sagte der Junge mit der Kelle streng, als Laertes Mutter das Seitenfenster herunterkurbelte. »Grenzkontrolle!«

Signora Annunziata glaubte, sich verhört zu haben. »Wie soll ich das denn verstehen, bitte?«

»Sie wollen in den Freien Staat der Kinder einreisen. Deshalb müssen Sie uns Ihre Identifikationsdokumente vorlegen.«

Plötzlich zeigte einer der Jungen auf Laerte. »Hey, den erkenne ich wieder. Es ist General Laerte.«

»Entschuldigen Sie bitte, General. Wir wussten nicht, dass dies Ihr Auto ist.«

»Sie können durchfahren, beim Gutshaus werden Ihnen die erforderlichen Dokumente ausgehändigt.«

»Einen schönen Tag noch!«

Laertes Mutter fuhr wortlos weiter, in Richtung Gutshaus, und auch Laerte sagte nichts. Er konnte sich nicht erklären, was gerade geschehen war. Eine Grenze? Und wer waren die drei Typen mit den gelben Halstüchern?

»Das ist ja verrückt!«, murmelte seine Mutter verblüfft.

Vor der Casa Vulía parkten mindestens zehn Pkws sowie mehrere Lieferwagen. Paolos Großvater stand auf dem Dach des niedrigen Badezimmeranbaus, und mehrere Männer mit nacktem Oberkörper schoben Schubkarren vor sich her. Paolos Vater war auf eine Leiter geklettert, und Paolos Schwester Elisa schulterte eine Schaufel und eine Hacke.

Kaum hatte Signora Annunziata den Motor abgestellt, als Paolos Vater sie schon herzlich begrüßte: »Willkommen! Laerte, die anderen warten bei der Hirtenhütte auf dich. Signora Annunziata, kommen Sie bitte, meine Frau bereitet gerade Eistee für alle zu.«

»Ja … aber …«

Giovanni Rizzo trocknete sich mit einem Taschentuch die Stirn. »Haben Sie gesehen, wie viele Leute gekommen sind? Es sind vor allem Eltern, deren Kinder vom Freien Staat erfahren haben. Sie sind gekommen, um mir beim Umbau zu helfen, während unsere Kinder sich um ihren Staat kümmern.«

Antonio sah, wie Laerte auf die Hirtenhütte zukam. Er hatte sich ein langärmeliges Sweatshirt um die Taille gebunden und trug bereits das gelbe Tuch um den Hals.

Er ging ihm mit schnellen Schritten entgegen. »Tolle Neuigkeiten, was?«

Laerte nickte. »Kannst du mir erklären, was passiert ist?«

»Also, die Halstücher hat Tonio, der Sohn der Schneiderin, mitgebracht, weil er meint, dass unsere Armee ein Erkennungszeichen braucht. Dann hat Paolo … Nein, eigentlich war es Elena. Sie hat gesagt, dass wir erst einmal die Grenzen festlegen müssen, und deshalb stellen wir gerade Patrouillen zusammen.«

»Grenzen? Patrouillen?«, wiederholte Laerte ungläubig.

»Ja, wir brauchen Leute, die die Autos anhalten und alle nicht berechtigten Personen am Betreten unseres Staats hindern, und so weiter. Elena sitzt gerade am Computer und macht Personalausweise. Sie wird dich nachher fotografieren und dir dann deinen Pass aushändigen.«

Laerte musste unwillkürlich lachen. »Elena? Die Elena, die ich auch kenne? Du meinst wohl Bea?«

Antonio trat näher an Laerte heran und flüsterte ihm zu: »Ich muss gestehen, dass ich auch nicht mehr durchblicke. Elena ist wie ein Wirbelwind, sie steckt voller Ideen und erledigt alles gleichzeitig … Während Bea sich auf dem Dach mit Paolo unterhält.«

Er zeigte auf die Hütte. Der König und die Ministerin für Inneres saßen am Rand des Dachs und ließen die Beine baumeln. Bea schien sich wie durch Zauberei in ein älteres und hübscheres Mädchen verwandelt zu haben. In all den Jahren, in denen er sie jetzt schon kannte, hatte Antonio sie nie wirklich als Mädchen angesehen, eher als einen Kumpel mit langen Haaren. Bea kannte sich sehr gut mit Handfeuerwaffen und den Vorgehensweisen der Polizei aus, das waren doch keine Themen für Mädchen! Hatte er jedenfalls bisher geglaubt. Allmählich ging ihm auf, dass er sich in ihr kolossal getäuscht hatte.

»Und was machen wir?«, riss ihn Laerte aus seinen Überlegungen.

»Wir suchen jetzt meinen Bruder Luca, der hier irgendwo spielt, und bilden dann eine Patrouille, um die Grenzen von Casa Vulía zu schützen.«

Laerte hatte sich halb weggedreht und beobachtete ein paar Jungen, die mit entschlossenen Schritten auf sie zukamen.

»He, Laerte, hörst du mir überhaupt zu?«, beschwerte sich Antonio, als er die Unaufmerksamkeit des anderen bemerkte. »Ich rede mit dir.«

»Ja, ja«, antwortete sein Freund, ohne sich ihm wieder zuzuwenden. »Sag mal, sehen die da drüben nicht wie Mattia Presti und seine Bande aus?«

Antonio schaute in die angegebene Richtung … und bekam vor Schreck den Mund nicht wieder zu. Laerte hatte recht: Es waren wirklich Mattia und seine Kumpane, in Begleitung von zwei Jungen mit gelben Halstüchern.

»Ich gehe jetzt lieber«, sagte Antonio leise. »Sie werden es mir wegen heute Vormittag heimzahlen wollen.«

Laerte hielt ihn am T-Shirt fest. »Wo denkst du hin? Wir beide sind Generäle des Freien Staats der Kinder, es ist unsere Pflicht, sie persönlich zu kontrollieren. Außerdem ist dies hier *unser* Staatsgebiet, das wir verteidigen müssen, wir haben es geschworen. Hier sind wir die Stärkeren!«

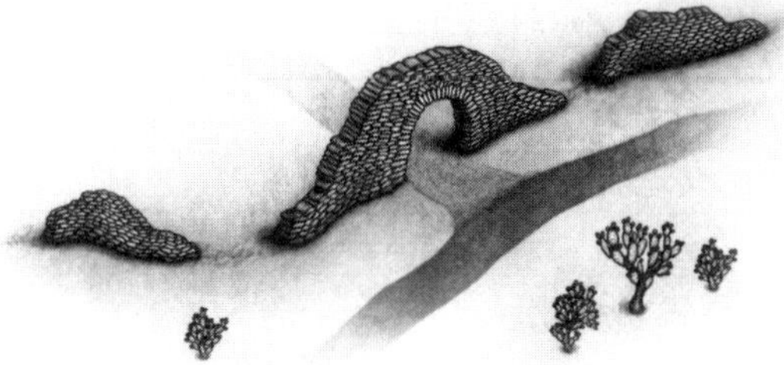

Laertes Mut

Sämtliche Anwesenden versammelten sich um Antonio und Laerte. Einige davon waren Klassenkameraden, andere gingen in andere Klassen oder Schulen. Alle hatten sich die gelben Tücher um den Hals oder um einen Arm gebunden.

Paolo stieg rasch vom Hüttendach herunter, stellte sich neben Antonio und nahm seinen Räuberhut ab.

»Was tut Mattia denn hier?«

»Wir haben keine Ahnung«, antwortete Laerte.

»Ich kümmere mich darum«, sagte Antonio. »Das hier ist meine Schlacht.«

Gleich darauf bereute er seine mutigen Worte. Eigentlich war Paolo der König, sollte er doch mit der Bande der Bösen fertigwerden. Andererseits war Antonio derjenige gewesen, der die Feinde in der Wasserschlacht besiegt hatte, und deshalb musste er sich ihnen entgegenstellen. Die Stunde der Abrechnung war gekommen.

Sein Bruder Luca bahnte sich durch die vielen Kinder einen Weg zu ihm, doch Antonio hob die Hand, um ihn anzuhalten. »Mach dir keine Sorgen«, sagte er. »Ich habe alles unter Kontrolle.«

Er ging Mattia und seiner Bande ganz allein entgegen. Sie waren zu viert, wie immer ausgestattet mit verspiegelten Sonnenbrillen und vornehmen Sneakers. Sie schienen sich unwohl zu fühlen und wechselten nervöse Blicke. Nur Mattia grinste und gab sich so selbstsicher wie immer.

Antonio beschloss, ihn erst einmal zu ignorieren, und wandte sich stattdessen an die Eskorte der Bande: an die Jungen mit den gelben Tüchern.

»Zum Rapport!«, befahl er.

»Ja, General«, antwortete einer der Jungen. Dabei hielt er den Blick gesenkt. »Auf einem Patrouillenrundgang haben wir sie beim Übertreten der Grenze auf der Südostseite des Gutshauses überrascht. Wir haben ihnen gesagt, dass sie verschwinden sollen, aber sie … Na ja, sie haben sich auf das Fünfte Gesetz berufen.«

»Auf das Fünfte Gesetz?« Antonio verstand nicht, was gemeint war.

Mattia trat stolz vor. »Genau. *Wer kein Bürger dieses Staats ist, kann beantragen, einer zu werden*«, zitierte er. »Bevor wir hergekommen sind, haben wir uns über euren … Staat informiert.«

Antonio seufzte. »Dann wisst ihr ja auch, dass der König und die Regierung darüber entscheiden, ob ihr beitreten könnt.«

»Und wer soll das sein, diese Regierung? Bist das etwa du?« Mattia hatte die Sonnenbrille abgenommen und schaute Antonio herausfordernd an. Doch der empfand überhaupt keine Angst, er fühlte sich nur ziemlich erschöpft, so als sei ihm eine schwere Verantwortung aufgeladen worden. »Ja, genau«, bestätigte er. »Entschuldigt mich bitte mal kurz.« Er wandte sich erneut der Patrouille zu. »Passt gut auf sie auf«, befahl er.

Die Jungen nahmen Habachtstellung an. Antonio ging zur Hirtenhütte. Jetzt kam er sich wirklich wie ein Offizier vor, aber er war nicht sicher, ob er sich dabei wohlfühlte.

Sie versammelten sich in der Hirtenhütte und alle hockten sich auf den Boden. Eigentlich hätte Paolo auf dem Thron Platz nehmen müssen, doch er wollte nicht höher als die anderen sein und setzte sich deshalb zu ihnen. Bea und Elena bekamen die beiden einzigen Stühle.

»Also«, begann er. »Irgendwelche Vorschläge, wie wir mit ihnen verfahren sollen?«

»Ich bin dafür, sie wegzuschicken«, sagte Laerte. »Mattia und die Bösen können nur Ärger machen. Sie würden alles ruinieren. Wenn sie dem Staat beitreten wollen, dann nur, weil sie irgendetwas vorhaben.«

Paolo nickte. Vermutlich hatte Laerte recht. Seit der ersten Grundschulklasse waren Mattia und seine Kumpane für sie alle ein Albtraum gewesen, und Paolo konnte sich wirklich nicht vorstellen, dass sie mitmachen wollten, um den Staat mit aufzubauen. Bestimmt hatten sie einen Plan. Aber welchen? Und warum?

Elena schaltete sich ein. »Darf ich dazu etwas sagen?«, fragte sie. »Was werden die anderen denken, wenn wir den Bösen die Aufnahme verweigern?«

Paolo runzelte die Stirn. An diesem Nachmittag war Elena wirklich auf Zack.

»Mattia und seine Freunde sind ständig hinter uns her, um uns fertigzumachen«, fuhr Elena fort. »Ich brauche die miesen Streiche gar nicht erst aufzuzählen, die sie uns in der Schule spielen. Aber wenn wir sie jetzt wegschicken, sieht es aus, als wäre der Freie Staat der Kinder nur unseren Freunden vorbehalten und als würden wir all jene ausschließen, deren Nase uns nicht gefällt.«

»Ich fürchte, Elena hat recht«, meinte Antonio, der ihr aufmerksam zugehört hatte, ohne sie dabei anzuschauen. »Ich bin dafür, sie in unseren Staat aufzunehmen.«

Paolo nahm das zur Kenntnis. »In Ordnung, stimmen wir darüber ab: Wer dafür ist, Mattia und die Bande der Bösen aufzunehmen, der hebe die Hand.«

Vier erhobene Hände, nur eine blieb unten: Die Regierung hatte einen Beschluss gefasst.

Laerte balancierte auf dem Mäuerchen aus hellen Steinen entlang, das die westliche Grenze des Staats markierte. Das Gutshaus war weit weg, das große Gebäude ließ sich hinter den Wipfeln der Olivenbäume so gerade eben noch erahnen. Dennoch hörte man den Arbeitslärm bis hierher: die Motoren ankommender und abfahrender Autos, das Quietschen der Schubkarren, das Abladen von schweren Säcken und anderem Baumaterial.

Dort, wo dieser ganze Lärm herkam, war wohl auch seine Mutter. Laerte hätte wetten können, dass sie in diesem Augenblick Paolos Eltern zuquatschte.

Ein paar Schritte hinter Laerte kamen Franco und Giacomo. Sie waren gesprächig und aufgekratzt, während Laerte an diesem Nachmittag überhaupt nicht nach Scherzen zumute war.

Mattia und seine Bösen waren zu Bürgern des Freien Staats

geworden und bereits einer Patrouille zugeordnet, die gerade die Grenze auf der gegenüberliegenden Seite kontrollierte. Laerte traute ihnen nicht. Mattia hatte bestimmt eigene Pläne, er wollte sein Ding durchziehen, etwas, das für alle anderen mit Sicherheit nicht gut war. Was konnte es sein, und wie konnte er, Laerte, die Bande der Bösen daran hindern, ihre Ziele zu verwirklichen?

»General«, raunte ihm Franco zu. »Eindringlinge auf zwölf Uhr.«

Ungefähr hundert Meter vor ihnen, mitten in einem Kaktusfeigendickicht, standen zwei Männer. Der eine war alt, beinahe kahlköpfig, und trug einen staubigen grauen Anzug. Der andere war wesentlich jünger und dicker. Er hatte die Ärmel seines Hemds fast bis zu den Ellenbogen hochgekrempelt und hielt eine Karte in der Hand.

Vor den beiden stand ein dreibeiniges gelbes Stativ, auf das ein seltsames quadratisches Instrument montiert war. Der jüngere Mann schaute immer wieder hindurch und drückte auf Knöpfe, trug dann etwas auf einem Klemmbrett ein und unterhielt sich zwischendurch mit dem Älteren.

»Den Alten kenne ich«, flüsterte Giacomo. »Das ist Fantini, der Fabrikdirektor.«

»Der von der Fensterfabrik?«

»Ja, genau der. Der Fabrikbesitzer, der letztes Jahr meinen Onkel entlassen hat.«

Laerte nickte. »Er hat auch Paolos Vater rausgeschmissen.« Er sprang vom Mäuerchen und duckte sich ebenso wie die beiden anderen Jungen. »Diese Männer befinden sich auf unserem Territorium«, stellte er fest. »Und weil sie nicht von irgendwelchen Verwandten von Paolo begleitet werden, ist es ihnen meiner Ansicht nach nicht gestattet, sich hier aufzuhalten.«

»Was sollen wir tun, General?«

»Habt ihr ein Handy dabei?«

Die beiden Jungen wechselten einen Blick und schüttelten dann beide den Kopf. »Das haben wir bei der Hirtenhütte gelassen.«

Laerte biss sich auf die Lippen und versuchte, sämtliche Möglichkeiten zu durchdenken. Sie könnten einfach so tun, als hätten sie die beiden Männer nicht gesehen, und weggehen. Oder die beiden Herren höflich bitten, das Anwesen der Familie Rizzo zu verlassen. Doch die Männer würden sich sicherlich nicht von ein paar Jungen vertreiben lassen. Entweder sie erfanden eine Ausrede oder aber sie würden den Kindern drohen, sich bei deren Eltern zu beschweren. Sie vom Grundstück zu verjagen würde also nicht funktionieren.

Was aber konnten sie denn sonst tun?

»Folgt mir«, befahl Laerte den beiden anderen ganz leise. »Wir schleichen uns näher heran. Ich will wissen, worüber sie reden.«

Fabrikdirektor Fantini versuchte, die Angaben von dem Entfernungsmesser abzulesen, und fluchte leise vor sich hin, weil er seine Brille zu Hause vergessen hatte und ohne Brille nichts erkennen konnte.

Er drehte sich nach dem Vermessungstechniker um, der in der heißen Nachmittagssonne wie ein Nilpferd schwitzte. »Wie weit sind wir denn?«

Der Vermessungstechniker zog ein riesiges rotes Tuch mit weißen Punkten aus der Tasche und wischte sich damit den Schweiß ab. »Noch etwas Geduld, bitte. Die Schnellmessung ist ein sehr kompliziertes Verfahren, das höchste Sorgfalt erfordert.«

»Ach, gehen Sie mir weg mit der Schnellmessung! Ich habe Sie doch nur beauftragt, das Grundstück auszumessen.«

»Ja, genau deshalb führe ich auch eine Schnellmessung durch.«

Am oberen Teil des Entfernungsmessers war so etwas Ähnliches wie ein Fernglas angebracht, das der Vermessungstechniker auf die Casa Vulía gerichtet hatte. Nun schaute er hindurch, drückte auf mehrere Knöpfe und schrieb wieder ein paar Zahlen auf.

»Es wäre einfacher gewesen, sich an das Katasteramt zu wenden …«, meinte der junge Mann.

Fantini sog die kochend heiße Luft ein. Am liebsten hätte er den dicken Techniker mitten in die stacheligen Kakteen geschubst.

»Glauben Sie, dass ich da nicht selber dran gedacht habe?«, wetterte Fantini und bohrte seinen knochigen Zeigefinger in die speckige Brust des anderen. »Aber ich vertraue den Ämtern nicht, und auch nicht dem Rathaus … oder diesem Palamà. ›Machen Sie sich mal keine Sorgen, ich kümmere mich um alles …‹ Ja klar, aber die Zeit vergeht und ich setze mein Geld aufs Spiel.«

Der Vermessungstechniker starrte den alten Mann verständnislos an. »Palamà? Was hat denn der Bürgermeister damit zu tun?«

Fantini schüttelte den Kopf. »Ach nichts, ich habe nur laut gedacht. Kümmern Sie sich mal lieber um Ihr Entfernungsdingsda.«

Der Mann nickte. Er schaute wieder durch das Objektiv und sagte plötzlich: »Aua!«

»Wie, aua?«

»Mich hat etwas getroffen. Hier, an der Stirn.«

»Autsch!«, schrie Fantini im selben Augenblick.

Ein kleiner Stein hatte ihn schmerzhaft am Ellbogen getroffen.

Ein dritter Stein traf ein Bein des Stativs, das daraufhin gefährlich ins Wanken geriet. Mit einer für sein Alter beachtlichen Geschicklichkeit bekam Fantini den Entfernungsmesser zu fassen, bevor er zu Boden fiel.

»Aaaaah!«, schrie der Vermessungstechniker laut. »Schon wieder ein Stein!«

»Man hat uns entdeckt!«, flüsterte Fantini. »Schnell weg hier.«

»Sie laufen weg«, meldete Franco triumphierend.

»Die haben wir vertrieben!«

Laerte sagte nichts. Er hatte auf die Männer und ihr Stativ zwei Steine geworfen, aber nicht getroffen. Doch nicht das machte ihm Sorgen, er hatte vorher schon gewusst, dass er nicht gut zielen konnte. »Das alles ist total komisch«, meinte er schließlich.

»Was, General?«

Laerte drehte sich nach seinen Begleitern um. »Sie sind weggelaufen, aber nicht wirklich wegen uns. Sie scheinen Angst davor zu haben, dass sie hier jemand entdeckt. Und sie haben seltsame Sachen über das Katasteramt und den Bürgermeister Palamà gesagt.«

»Ich glaube, heute ist auch Enzo zur Hirtenhütte gekommen, der Sohn des Bürgermeisters.«

»Glaubst du, das hat etwas damit zu tun?«, fragte Franco.

»Keine Ahnung. Vielleicht.«

»Und was machen wir jetzt?«

Die drei Jungen schauten einander ratlos an, bis einer der beiden anderen zu Laerte sagte: »*Du* bist der General.«

Klar, dachte Laerte. General, Ritter der Pizza und so weiter. Er musste eine Entscheidung treffen.

»Paolos Vater«, murmelte er. »Ich muss ihm erzählen, was wir gesehen haben.«

»Bist du sicher? Signor Rizzo ist doch gar nicht unser König …«

»Aber Casa Vulía gehört ihm«, befand Laerte. »Und wir haben soeben von seinem Grund und Boden den Mann verjagt, der ihn aus der Fabrik entlassen hat. Ich gehe hin und erzähle es ihm, und ihr zwei lauft zu Paolo und informiert ihn.«

Franco und Giacomo salutierten und liefen zur Hirtenhütte, während Laerte in Richtung Gutshaus ging. Je näher er dem Gebäude kam, desto mehr Erwachsenen begegnete er. Signor Pededecornala, der Chef von Paolos Mutter, der Pizzabäcker Vito Carrozzella und der Maurermeister Totiri hoben hinter dem Gutshaus einen Graben aus, während Paolos Großvater und zwei andere Männer Ziegelsteine sortierten.

Obwohl sie in der Gluthitze schwere Arbeit leisteten, unterhielten sie sich fröhlich über Fußball und scherzten miteinander.

Auch sie haben sich einen Freien Staat geschaffen, dachte Laerte. Sie waren groß und manche von ihnen waren schon alt, wie Paolos Großvater Blasio, und dennoch schienen sie sich so gut zu amüsieren wie Kinder beim Spielen. Möglicherweise hatten sie begriffen, dass die Gesetze, die sich die Kinder gegeben hatten, auch Erwachsenen ein gutes Leben ermöglichten.

Links vom Einfahrtstor zum Gutshof gab es eine Laube, an der sich Wein hochrankte. Jemand hatte einen Tisch und Stühle hineingestellt. Signora Maria schenkte aus einer großen Glaskanne Eistee aus, und Laertes Mutter trank das erfrischende Getränk in kleinen Schlucken.

Schnell zog sich Laerte das warme Sweatshirt über, das er bis dahin um die Taille geknotet hatte, und ging auf die Laube zu. Sobald sie ihn bemerkte, sprang seine Mutter auf und hätte dabei beinahe ihren Stuhl und den Tisch umgeworfen.

»Laerte!«, kreischte sie. »Was hast du angestellt?«

»Nichts, Mama«, erwiderte der Junge leise. Dann schaute er Paolos Mutter an. »Signora, ich muss kurz mit Ihnen und Ihrem Mann sprechen …«

Er konnte den Satz nicht beenden, denn seine Mutter hatte sich auf ihn gestürzt, ihn bei den Schultern ergriffen und schien kurz davor zu sein, in Tränen auszubrechen. »Was ist mit dir geschehen, mein Liebling? Du bist ja ganz schmutzig, deine Hose ist aufgerissen und du *blutest*!«

Laerte schaute an sich hinunter. Tatsächlich war er auf seinem Rundgang nicht gerade sauberer geworden. Sweatshirt und Hose waren voller Staub und Dreck, seine Jeans hatte Grasflecken. An einem Knie hatte sie einen Riss und darunter war eine kleine Abschürfung sichtbar. Vielleicht hatte er sich das Knie angeschlagen, während er den Fabrikdirektor und den Vermessungstechniker beobachtet hatte.

»Lass nur, das ist nicht schlimm. Aber ich muss unbedingt mit Paolos Eltern sprechen, und …«

Das Gesicht seiner Mutter verlor augenblicklich seinen traurigen Ausdruck und wurde zu einer steinernen Maske. »Auf gar keinen Fall!«, rief sie. »Wir fahren sofort nach Hause, ich desinfiziere deine Wunde, und vielleicht fahren wir anschließend gleich ins Krankenhaus …«

Laerte wand sich aus ihrem Griff und lief zu Signora Maria, doch bevor er nur ein einziges Wort herausbrachte, hatte seine Mutter ihn schon wieder gepackt. »Benimm dich!«, schrie sie ihn an. »Ich bin deine Mutter, du musst mir gehorchen!«

Laerte merkte, wie sein Gesicht vor Wut rot anlief, und er verspürte den Drang, wegzulaufen. Doch das durfte er nicht tun, denn er war kein kleines Kind mehr. Der Moment war gekommen, dies auch seiner Mutter klarzumachen. Betont langsam zog er sich das Sweatshirt aus und ließ es zu Boden fallen. Danach öffnete er die obersten Hemdknöpfe und krempelte die Ärmel bis über die Ellenbogen hoch. Sofort fühlte er sich besser.

Leise sagte er: »Mama, schau dich doch mal um. Siehst du all die Leute? Wie viele von ihnen sind bei dieser Hitze so dick angezogen wie ich?«

»Aber du bist besonders anfällig, du wirst so leicht krank, und …«

Laerte schüttelte den Kopf. »Nein, das stimmt nicht. Du glaubst das nur, weil du Angst hast, dass mir etwas Furchtbares zustoßen könnte.« Er holte tief Luft, bevor er hinzufügte: »Wie es Papa zugestoßen ist.«

Signora Annunziata wurde ganz blass. Laerte fühlte sich beinahe ein bisschen schwindelig.

»Papas Krankheit … das war auch für mich nicht leicht, weißt du? Und als er dann starb … Auf einmal gab es nur noch uns beide, und ich schwor mir, dass ich immer bei dir bleiben und versuchen würde, dich zu beschützen, damit wir trotzdem eine Familie bleiben würden. Aber jetzt reicht's!«

»Laerte!«

»Ich glaube, dass Papa ein schönes Leben hatte. Weißt du noch, was er immer sagte, wenn er abends nach Hause kam und sehr müde war oder etwas Unangenehmes erlebt hatte? ›Aber auch heute hat die Sonne geschienen.‹ Doch wir beide gehen vor lauter Angst nie mehr irgendwo hin, niemand kommt uns besuchen. Eigentlich leben wir gar nicht.«

Seine Mutter legte ihm einen Finger auf die Lippen, wie um ihm zu bedeuten, dass er aufhören sollte zu reden, doch Laerte drehte den Kopf weg.

»Jetzt habe ich etwas, was mir wichtig ist. Der Freie Staat der Kinder, meine Freunde, das, was wir gemeinsam aufbauen wollen. Alle, die heute hergekommen sind, haben das begriffen. Wir engagieren uns, ich gehöre dazu, und ich fände es schön, wenn du mich verstehen könntest. Bitte, Mama, versuche mich zu verstehen.«

Laerte schaute seiner Mutter in die Augen, doch er sah nur ihren verwirrten, verständnislosen Blick.

Aus dem Augenwinkel bemerkte er, wie Signora Maria auf sie zuging und die Arme ausbreitete, um seine Mutter zu umarmen, während alle anderen, die in der Nähe waren und alles mitbekommen hatten, verlegen wegschauten.

Laerte drehte auf dem Absatz um, steckte die Hände tief in die

Taschen und ging langsam weg. Er machte ihn traurig, dass er seine Mutter verletzt hatte, noch dazu absichtlich. Er hatte geglaubt, er könnte eine neue Beziehung zu ihr aufbauen, wenn er nur die Mauer einriss, die sich zwischen ihnen auftürmte.

Vielleicht hing das mit dem Erwachsenwerden zusammen, diese Traurigkeit, die ihm schmerzhaft die Brust zusammenzog und die Schultern niederdrückte, dieses Gefühl, dass er etwas Schlimmes getan hatte, etwas Schlimmes mit schlimmen Folgen.

Das Sweatshirt ließ er am Boden liegen. Es war wie eine Zwangsjacke gewesen, wie eine schwere Decke, die ihn zu ersticken gedroht hatte.

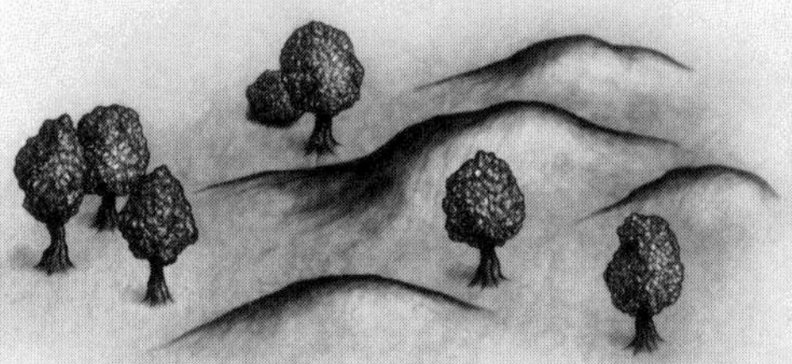

Der Staatsschatz

Sonntag, 6. Juni

Fünf Minuten bevor ihr Wecker klingelte, schaltete Bea die Alarmfunktion aus. Vor Aufregung hatte sie die ganze Nacht nicht schlafen können.

Sie nahm ihr Handy vom Nachttisch und las zum x-ten Mal die Nachricht, die ihr Paolo am Abend geschickt hatte: *Die Feriengäste treffen um neun ein. Willst du kommen?*

Bea hatte nicht darauf geantwortet. Oder besser gesagt, sie hatte stundenlang versucht, ihm zu antworten, und die unterschiedlichsten Nachrichten geschrieben: komplizierte, romantische, unsichere Antworten. Aber sie hatte keine davon abgeschickt, sondern alle gelöscht. Schließlich hatte sie ganz einfach »Ja« geschrieben – allerdings erst um vier Uhr morgens.

Danach hatte sie sich unruhig im Bett gewälzt, und nun war sie einsatzbereit. Sie griff zu dem Make-up-Täschchen, das Elena ihr zusammengestellt hatte. Darin war auch ein Zettel mit einer handgeschriebenen Anleitung: *Umrande die Augen mit feinen Kajal-Strichen* …, und so weiter.

Bea ging ins Bad und schminkte sich vorsichtig.

Als sie in den Spiegel schaute, war das Ergebnis zwar nicht so perfekt wie gestern, doch zumindest sah sie aus, als wäre sie ihre eigene ältere Schwester.

Sie lächelte ihrem Spiegelbild zu: »Paolo, ich bin so schön, dass du mir nicht entrinnen wirst!«

Mit dem Lippenstift in der Hand betrachtete sie dieses attraktive und schon ziemlich erwachsen wirkende Mädchen mit den langen Wimpern. Ja, sie war wirklich schön, und Paolo würde ihr nicht widerstehen können. Wenn sie seine Nachricht von gestern Abend richtig deutete, hatte er ohnehin schon jeglichen Widerstand aufgegeben. Aber falls man in diesem Fall von »Liebe« sprechen konnte – in wen hatte er sich da eigentlich verliebt? In sie selbst, Bea, oder in dieses seltsame schöne Mädchen, das sie aus dem Spiegel ansah?

Beas Mutter sagte ständig, dass sie mit dem Schminken erst mit vierzehn beginnen sollte und dass man sich mit dem Großwerden überhaupt besser etwas Zeit ließ. Doch Bea hatte nicht wirklich auf sie gehört. Zum einen, weil sie sich schon ziemlich erwachsen fühlte, und zum anderen, weil sie bis gestern nicht einmal im Traum daran gedacht hätte, sich zu schminken.

Inzwischen aber begriff sie, worum es dabei ging. Sie hatte die Wirkung auf Paolo und seine Freunde gesehen, und jetzt stand sie früh an einem Sonntagmorgen auf und machte sich fertig, um diese Wirkung erneut zu erzielen.

»Du hast die Wahl«, sagte sie leise zu sich selbst. »Entweder sorgst du dafür, dass sich Paolo in Beas erfundene ältere Schwester verliebt, oder du wirst wieder du selbst und verzichtest auf ihn.«

Ihr fiel eine Folge ihrer Lieblingsserie ein, in der sich Antonella Carli mit ihrem Verlobten gestritten und er sie verlassen hatte.

Tränenüberströmt hatte sich die junge Frau dafür entschieden, weiterzumachen wie bisher, denn …

»Das Wichtigste ist, immer sich selbst treu zu bleiben«, flüsterte Bea ihrem Spiegelbild zu. Ja, genau das waren die Worte der Serienheldin gewesen.

»Hey, was ist los?«, rief ihre Mutter auf der anderen Seite der Badezimmertür. »Führst du da drinnen Selbstgespräche?«

»Ja, entschuldige, ich bin fast fertig, du kannst gleich reinkommen.«

Bea hatte einen Entschluss gefasst. Sie drehte den Wasserhahn auf.

Paolo hockte im Schatten eines Olivenbaums am Straßenrand, ausstaffiert mit seiner Weste und dem Räuberhut. Bea kam die steile Straße hinuntergefahren, trat jedoch weiter in die Pedale, um noch schneller zu sein. Sie nahm die Hände vom Lenker und winkte Paolo zu. Der salzige Meereswind spielte mit ihrem Haar.

»Hier bin ich!«, rief sie. »Tut mir leid, dass ich spät dran bin.«

Sie hielt knapp vor Paolo an, unsicher, ob sie absteigen sollte. Paolo sah sehr ernst aus. War er vielleicht … enttäuscht?

Doch dann sah sie, dass sich seine Mundwinkel nach oben bewegten. Vor lauter Erleichterung musste sie lachen.

»Du hast ganz rote Backen«, bemerkte er.

»Ich bin total schnell gefahren. Sind die Feriengäste denn schon da?«

»Sie kommen aus Mailand und wollten die Nacht durchfahren. Vielleicht haben sie noch mal Pause gemacht.«

»Wir warten auf sie.«

Bea stieg ab und setzte sich neben Paolo in den Schatten. Die Sonne schien schon so heiß, dass ihre Strahlen auf der Haut brannten.

»Weißt du«, sagte Paolo, »ich bin froh, dass du wieder … dass du wieder die von immer bist. Also nicht so wie gestern. Ich … also, ich war gestern ein bisschen verlegen.«

Bea grinste. »Warum? Wegen dem bisschen Schminke?«

»Also, du hast wirklich toll ausgesehen, keine Frage. Aber … Bea, es tut mir leid, ich weiß gar nicht, was man da sagen sollte … Lassen wir das erst mal, okay?«

»Einverstanden«, sagte Bea, obwohl sie nicht wirklich verstand, was ihr Freund meinte. Trotzdem fühlte sie sich irgendwie erleichtert.

»Da ist auch noch was anderes«, fuhr Paolo fort. »Ich glaube, ich weiß jetzt, warum du nach der Krönung verärgert warst und plötzlich nach Hause gehen wolltest. Eigentlich hätte ich schon viel früher draufkommen sollen, aber …«

»Ich habe schon verstanden, du bist ein Idiot.«

Paolo wurde rot. Er drehte sich weg und riss einen langen Grashalm ab, um ihn sich um die Finger zu wickeln.

»Ja«, gab er schließlich zu. »In unserer Clique gibt es nur euch zwei Mädchen. Ich hätte entweder beide fragen sollen, ob sie Prinzessin sein wollen, oder keine. Du hattest allen Grund, beleidigt zu sein.«

Es stimmte, Bea war tatsächlich beleidigt gewesen. Doch jetzt stellte sie fest, dass sie darüber lachen konnte.

»Das war doch nicht schlimm«, meinte sie. »Es ist einfach so, dass ich manchmal ein bisschen zu heftig reagiere.«

»Du und Elena, ihr gehört zur Clique, auch wenn ihr Mädchen seid.«

»Oh, danke, dass du das gemerkt hast.«

Paolo schüttelte den Kopf. »Und es war eine blöde Idee. Elena hat offenbar keine Lust, Prinzessin zu sein, denn seit gestern versucht sie, Ministerin Für Alles Mögliche zu werden. Und du …«

»Soll ich dir ein Geheimnis verraten?«

»Ja, schieß los.«

»Die Tatsache, dass wir Mädchen sind und ihr Jungs seid, ist im Grund nicht so wichtig. Wir sind einfach Freunde. Elena kann sehr viel, das hast du inzwischen mitbekommen. Und ich bin nicht nur eine Streberin.«

Paolo ließ den Grashalm fallen und schaute ihr ins Gesicht. Seine Augen waren sehr dunkel, beinahe schwarz, mit nussbraunen Einsprengseln.

»Ähm …«, sagte er leise, »das habe ich doch schon immer gewusst.«

»Danke«, erwiderte Bea.

Don Ernesto war ein typischer Landpfarrer, ein kräftiger, braun gebrannter Mann, der ordentlich zupacken konnte.

Als Großvater Blasio ihn besuchte, legte er gerade seine Messgewänder ab. Beim Anblick des Besuchers runzelte er die Stirn. »Blasio, du bist nicht zur Messe gekommen«, sagte er tadelnd.

Der Großvater grinste und holte die Weinflasche hervor, die er bis dahin unter seinem Hemd versteckt hatte. »Aber ich habe dir etwas mitgebracht.«

»Ist es nicht noch zu früh dafür?«

»Nein, heute ausnahmsweise nicht. Ich möchte mit dir reden und dich um einen Gefallen bitten.«

Der Pfarrer nickte. Er und Blasio Rizzo waren beinahe gleich alt. Sie waren während des Zweiten Weltkriegs in Pagliarano zur Welt gekommen und ungefähr gleichzeitig dort zur Schule gegangen. Nach dem Schulabschluss hatte Blasio angefangen, auf den Feldern von Casa Vulía zu arbeiten, während Ernesto das Dorf verlassen hatte, um Priester zu werden. Erst nach vielen Jahren war er zurückgekehrt und Pfarrer seiner Heimatgemeinde geworden.

Als Kinder hatten sie zusammen gespielt, und auch wenn sie sich nicht so oft trafen, waren sie bis heute gute Freunde geblieben.

Der Pfarrer hatte seine Messgewänder verwahrt und drehte sich zu Blasio um. »Hier in der Sakristei ist es zu stickig. Wollen wir nach draußen gehen?«

»Gerne.«

Die beiden Männer verließen die Kirche. Don Ernesto ging voraus, in seinem langen schwarzen Priestergewand, dessen Saum am Boden nachschleifte. Sie überquerten die Piazza und erreichten das zweistöckige Pfarrhaus. Neben dem Haus, hinter einer grauen Mauer, lag der gepflegte kleine Garten, in dem unter einem Birnbaum ein Tisch aus Stein und zwei Stühle standen.

Großvater Blasio setzte sich an den Tisch und betrachtete die Tomatenpflanzen und Blumen, die Don Ernestos Haushälterin mit viel Liebe und Sorgfalt pflegte.

Ein paar Minuten später kam der Pfarrer mit zwei Gläsern in der Hand nach.

Schweigend entkorkte Blasio die Flasche, goss in beide Gläser großzügig Wein ein und zündete sich eine Zigarette an.

Don Ernesto prostete ihm zu und nahm einen großen Schluck. »Mhmm, der ist gut«, sagte er.

»Selbstverständlich ist der gut«, erwiderte Blasio ein bisschen beleidigt. »Ich mache ihn ja selbst.« Der Wein war dunkelrot, beinahe schwarz, und schwer wie Likör. Man merkte gleich, dass er aus einer sehr sonnigen, heißen Gegend kam.

»Worüber wolltest du mit mir sprechen?«

Blasio drückte seine Zigarette aus. »Über meinen Enkel Paolo.«

»Ach ja. Der Freie Staat der Kinder.«

Vor Schreck hätte Blasio beinahe sein Glas umgeworfen. »Hat dir jemand aus dem Dorf davon erzählt?«

Der Pfarrer grinste. »Nein, aber es gibt das Internet. Die Website deines Enkels ist ein großer Erfolg, und das hat mich neugierig gemacht.«

Blasio zog ein zerknittertes Blatt Papier aus der Tasche: eine Fotokopie des Briefs des Räuberhauptmanns Giovanni. Paolo hatte ihm das Original nicht mitgeben wollen, doch die Fotokopie war ganz gut geworden.

Blasio legte das Blatt auf den Tisch und strich es glatt, Don Ernesto setzte die Lesebrille auf und las den Brief aufmerksam durch.

»Willst du wissen, ob der Brief echt ist?«

»Der Räuberhauptmann Giovanni ist eine alte Familiensage«,

erwiderte Blasio. »Als ich klein war, erzählte mein Großvater mir dessen Abenteuer. In seinen Geschichten war Giovanni ein Mann, der gegen Unrecht kämpfte und der seiner Familie durch den Gutshof eine Zukunft ermöglichte.«

»Ich verstehe …«

»Von einem Räuberreich oder einem Staat habe ich allerdings noch nie etwas gehört. Und warum haben die Kinder diesen Brief in einer alten Kiste gefunden? Vielleicht ist er dem Gouverneur niemals zugestellt worden. Möglicherweise gibt es da irgendeinen Hintergrund … ein Geheimnis.«

Don Ernesto verschränkte die Finger unter dem Kinn. »Meiner Ansicht nach solltest du dich an die Universität wenden. Frag dort nach einem Historiker, der sich mit der Geschichte unserer Gegend befasst.«

»Vielleicht genügt ja aber auch das Archiv von Don Michele.«

Beide Männer grinsten. Don Michele war Don Ernestos Vorgänger in der Pfarrei gewesen, ein Pfarrer, bei dem beide als Kinder Religionsunterricht gehabt hatten. Er war ein großer, dünner und sehr ernster Mann gewesen, der noch im Zweiten Weltkrieg gekämpft hatte, und jemand, der alles aufhob, was auch nur im Entferntesten wichtig sein könnte.

»Er hat nicht einmal die alten Kassenbons weggeworfen. Ich habe noch einen ganzen Karton voll mit den Quittungen, die er im Laufe seines Lebens erhalten hat«, meinte Don Ernesto.

»Genau deshalb kann uns sein Archiv vielleicht weiterhelfen.«

»In Ordnung.« Don Ernesto füllte die Gläser noch einmal. »Jetzt trinken wir die noch aus und dann machen wir uns an die Arbeit.«

Gegen zehn Uhr morgens trafen zwei große Vans mit Mailänder Kennzeichen ein und blieben neben Paolo und Bea stehen. In beiden Wagen saß am Lenkrad ein müder Vater und auf dem Beifahrersitz eine erschöpfte Mutter. Die Kinder auf der Hinterbank hingegen waren hellwach und putzmunter.

Die Beifahrerin des ersten Vans öffnete das Seitenfenster. »Entschuldigung«, sagte sie mit dem typischen Akzent der Norditaliener. »Könnt ihr uns sagen, wo wir Casa Vulía finden?«

»Sie sind hier genau richtig«, antwortete Paolo. »Wir haben schon auf Sie gewartet.«

Ein Junge beugte sich von der Rückbank aus nach vorne. »Mama«, rief er, »das ist König Paolo. Ich habe dir doch die Fotos gezeigt.«

Er war ungefähr so alt wie Antonios kleiner Bruder Luca. Neben ihm saß ein größeres Mädchen, das einen Kopfhörer aufgesetzt hatte.

Auf ein Zeichen von Paolo hin reichte Bea der Frau ein paar bunte Kärtchen.

»Das sind die Einreisevisa«, erklärte Paolo. »Die Zufahrt markiert die Grenze zum Freien Staat der Kinder. Nachher machen wir Fotos von Ihnen und händigen Ihnen Ihre Pässe aus.«

Das Mädchen schaltete ihren iPod aus, nahm den Kopfhörer ab und lächelte Paolo an. »Ihr macht also wirklich Ernst. Als ich im Internet von eurem Staat las, dachte ich, das sei vielleicht nur ein Scherz.«

»Nein, kein Scherz. Und wenn ihr zwei aussteigen und mit uns kommen wollt, zeigen wir euch gleich das Regierungsgebäude.

Aber erwartet nicht zu viel, denn eigentlich ist es nur eine Hirtenhütte.«

Die beiden Kinder stiegen aus, ebenso wie die drei aus dem zweiten Van. Das Mädchen mit dem Kopfhörer hieß Nadia, ihr kleiner Bruder Claudio. Die anderen drei waren Alessio, Filippo und Caterina. Sie alle hatten diesen Mailänder Akzent, der für Paolo wie Singsang klang.

Er führte die Gäste über die Felder, machte sie auf besonders alte Olivenbäume aufmerksam und erzählte von dem neu gegründeten Staat. Nadia schien ein vernünftiges Mädchen zu sein. Sie hatte ihn noch nicht einmal gefragt, wie weit es denn von Casa Vulía zum Strand war.

Paolo war ziemlich aufgeregt. Es war einfach gewesen, die Freunde und die anderen Jungen und Mädchen aus dem Ort für den Freien Staat zu begeistern, und den Internetauftritt zu verwalten war ein Klacks: Paolo las jeden Abend stundenlang die im Laufe des Tages eingegangenen E-Mails, doch das waren nur Buchstaben auf dem Bildschirm. Diese Touristen aber waren die ersten Ortsfremden, die mitmachen wollten, ohne bisher Casa Vulía oder ihn gekannt zu haben. Vielleicht hatten sie eine vollkommen falsche Vorstellung von dem, was sie hier erwartete.

Paolo hatte Angst, sie zu enttäuschen. Er war der König, aber war er seiner Aufgabe wirklich gewachsen?

»Warum seid ihr jetzt schon hier?«, fragte er, einfach nur um eine Unterhaltung in Gang zu bringen. »Habt ihr da oben in der Lombardei schon Ferien? Bei uns dauert es noch etwas, bis sie endlich anfangen.«

»In diesem Jahr müssen unsere Eltern den größten Teil des Sommers über arbeiten«, antwortete Nadia. »Sie konnten nur jetzt, Anfang Juni, Urlaub nehmen. Deshalb haben sie den Schuldirektor gebeten, uns ein paar Tage früher freizugeben.«

»Schaut mal«, unterbrach Bea sie und zeigte in Richtung Hirtenhütte. »Da ist schon jemand. Es könnte Elena sein.«

»Das ist eine Freundin von uns …«, wollte Paolo erklären, doch Nadia wusste bereits Bescheid.

»Ja, klar, die Prinzessin. Ich habe ihr Foto gesehen. Los, mach uns miteinander bekannt!«

Elena hatte eine große Strandtasche dabei. Paolo stellte ihr die Neuankömmlinge vor und Elena schüttelte allen die Hand. Eine Weile unterhielten sie sich im Schatten der Johannisbrotbäume darüber, wie sie zu Hause jeweils die Nachmittage verbrachten, und darüber, dass Eltern immer viel zu streng sind. Paolo zeigte den Gästen das Innere der Hirtenhütte und das auf einer Wand angebrachte Poster mit den Gesetzen.

»Wow!«, rief Nadia. »Ihr seid ja gut organisiert.«

»In Wirklichkeit fehlt aber noch etwas«, meinte Elena grinsend.

Sie holte die Tasche, die sie am Eingang der Hirtenhütte abgestellt hatte, und öffnete sie.

Paolo schaute hinein, sah aber nur eine Menge kleiner heller Scheiben.

Elena setzte sich mit gekreuzten Beinen ins Gras. »Überlegt doch mal: Was geschieht, wenn man in einen anderen Staat fährt? In einen Staat außerhalb der EU?«

»Man passiert die Grenze …«, murmelte Paolo.

»Und ein Beamter kontrolliert die Papiere«, fügte Bea hinzu.

»Und was noch?«

Nadia schnalzte mit den Fingern. »Wenn es kein EU-Staat ist, dann muss man auch noch Geld wechseln.«

»Genau!«, sagte Elena. »Jeder Staat hat seine eigene Währung, und ich dachte mir, dass unser Staat auch eine haben sollte.« Sie griff in die Tasche, holte eine Handvoll Scheiben heraus und verteilte sie an die anderen.

Paolo betrachtete sie prüfend. Sie waren hart und leicht, hellgrau und so groß wie sein Handteller. Auf der einen Seite war ein Relief von Casa Vulía und einem Olivenbaum zu sehen. Auf der anderen Seite war ein Räuberhut abgebildet, und ringsherum verlief der Schriftzug *Freier Staat der Kinder*.

Paolo war verblüfft. »Elena, ich wusste gar nicht, dass du eine Künstlerin bist!«

»Das sind wirklich tolle Münzen«, meinte Bea. »Wie hast du das nur hinbekommen?«

Elena wurde vor Verlegenheit rot. »Ich habe einiges versucht. Zuerst wollte ich Metall schmelzen und gießen, aber als ich nachgelesen habe, wie man das macht, musste ich einsehen, dass es viel zu schwierig ist. Dann dachte ich an Schokoladengeld.« Als er das hörte, strahlte Nadias kleiner Bruder über das ganze Gesicht.

»Aber das geht auch nicht, weil Schokolade bei dieser Hitze sofort schmilzt. Deshalb wollte ich es mit etwas Einfacherem probieren. Mit Ton.«

Bea kratzte sich an der Nase. »Aber den muss man doch brennen.«

»Ja, und Knete ist zu teuer. Deshalb habe ich Salzteig genommen, denn der trocknet an der Luft und wird trotzdem richtig hart.«

Elena erzählte weiter, wie sie aus dem Salzteig zuerst die Druckformen hergestellt hatte. Nachdem sie sie im Backofen getrocknet hatte, konnte sie mit ihnen die zuvor vorbereiteten Scheiben aus noch feuchtem Salzteig prägen. Während sie die Arbeitsschritte beschrieb, holte sie aus ihrer Tasche die Formen und mehrere sorgfältig in Frischhaltefolie eingewickelte Salzteigklumpen.

»Irre!«, rief Nadia. »Darf ich es auch mal probieren?«

»Klar«, antwortete Elena. »Das wäre super, denn wir brauchen noch viel mehr Münzen. Sobald wir genügend beisammenhaben, können wir vor dem Gutshaus einen Tisch aufstellen und Geld wechseln: Eine Münze ist einen Euro wert. Wenn jemand aus dem Freien Staat ausreist, kann er seine Münzen wieder gegen Euro tauschen.«

»Eine großartige Idee!«, jubelte Bea.

Paolo dagegen sagte nichts. Er hatte nicht geahnt, dass Elena ein wahres Genie war.

Es wurde ein herrlicher Tag. Es kamen immer mehr Leute aus dem Dorf, und Signora Maria wusste bald nicht mehr, wo ihr der Kopf stand.

Die Feriengäste luden ihre Autos aus und stellten auf dem Feld hinter dem Gutshaus ihre Zelte auf. Bald stießen Leute aus dem

Ort hinzu, Eltern und Kinder, die helfen wollten. Weil der Campingplatz von Casa Vulía im Grunde nur ein freies Feld war, mussten provisorische Duschen und Toiletten aufgebaut und elektrische Verlängerungskabel verlegt werden.

Überall halfen Kinder mit gelben Halstüchern mit, und Signora Maria merkte bald, dass ihre Begeisterung ansteckend war.

Sie ließ sich mitreißen und arbeitete für drei: Sie versorgte alle mit Saft und Panini, half beim Verlegen der Leitungen und führte die beiden Familien aus Mailand auf dem Anwesen herum.

Sie war schon ziemlich erschöpft, als ihr einfiel, dass man über den Zeltplatz eine große Plane spannen müsse, um die Zelte der Gäste einigermaßen vor der sengenden Sonne zu schützen.

»Entschuldigen Sie bitte«, sagte sie zu einer der Mütter aus Mailand. »Wie schon am Telefon gesagt, geht es bei uns gerade drunter und drüber …«

»Kein Problem, die Agentur hatte es uns auch schon gesagt. Wir stellen nur unser Zelt auf, dann helfen wir gerne mit.«

Jeden Sommer hatte Casa Vulía Feriengäste aufgenommen, die auf dem Gutshof wohnten und tagsüber an den Strand fuhren. Doch noch nie hatte Signora Maria Gäste gehabt, die trotz der vielen kleinen Unannehmlichkeiten derartig fröhlich und begeistert waren. Sie fragte sich, ob das wohl auch mit dem Freien Staat der Kinder zusammenhing.

Plötzlich hörte sie, wie ein Auto mit quietschenden Reifen an der Vorderseite des Gutshauses anhielt.

Das wird Giovanni sein, dachte sie. Sie musste ihn sofort wegen der Wasserzuleitungen etwas fragen, und er sollte außerdem nachschauen, ob die provisorischen Duschen funktionierten, und vielleicht auch noch Tische und Stühle hinaustragen.

Doch als sie zur Hofeinfahrt ging, blieb Signora Maria wie angewurzelt stehen. Denn vor dem Haus stand nicht der alte Fiesta ihres Mannes, sondern der nagelneue Mercedes von Bürgermeister Palamà. Gerade sprang dessen Sohn Enzo heraus, der sie im Vorbeilaufen grüßte und auf die Hirtenhütte zueilte.

Nach ihm stieg sein Vater aus und setzte sofort eine wichtigtuerische Politikermiene auf.

»Guten Tag, Signora. Ist Ihr Mann da?«

Der Bürgermeister hasste die enge Küche der Casa Vulía. Er war erst am Freitag da gewesen und hätte sich gerne einen zweiten Besuch erspart. Doch sein Sohn Enzo wollte unbedingt mit den Schulkameraden spielen, und Leo Palamà hatte hier ohnehin etwas Wichtiges zu regeln.

Am Vorabend hatte er eine Stunde lang mit dem Fabrikdirektor telefoniert, der außer sich war, weil ihn Kinder aus einem Hinterhalt heraus mit Steinen beworfen hatten. Was für ein Idiot dieser Mann doch war! Wie konnte er sich nur ohne Erlaubnis der Eigentümer mit einem Vermessungstechniker auf das Gelände begeben? Es war ein Wunder, dass ihn keiner erschossen hatte!

»Vielen Dank!«, sagte der Bürgermeister und nahm von Signora Maria ein Glas Wasser entgegen. Er trank einen Schluck, seufzte erleichtert, als wäre er am Verdursten gewesen, und versuchte, auf dem Küchenhocker eine einigermaßen bequeme Position zu finden. »Wann kommt Giovanni zurück?«

»Das weiß ich nicht, irgendwann später. Aber Sie können auch mit mir sprechen.«

Doch Palamà hatte nicht die leiseste Absicht, mit Paolos Mutter zu reden. Seiner Ansicht nach waren Frauen nicht wirklich in der Lage, Geschäftliches zu verstehen. Nicht einmal seine eigene Frau Annina, die ihn ständig nur kritisierte. Deshalb hatte er mit der Umsetzung seiner Pläne gewartet, bis sie mit ihren Freundinnen verreist war.

»Ach, es ist gar nicht so wichtig …«

»Hat es vielleicht mit dem Angebot zu tun, das Sie uns gemacht haben?«

Leo Palamà erhob sich und lächelte die Frau gönnerhaft an. Eigentlich war er mit einer ganz bestimmten Absicht hergekommen: Er wollte Paolos Vater treffen und ihm einen schweren Schlag versetzen. Jetzt blieb ihm nichts anderes übrig, als Giovanni Rizzos Frau einzuschüchtern und zu hoffen, dadurch noch mehr Wirkung zu erzielen.

»Nein, nicht wirklich«, antwortete er und wandte sich zur Küchentür, durch die er die vielen geschäftigen Erwachsenen und Kinder sehen konnte. »In letzter Zeit ist hier einiges los«, meinte er.

»Ja, Ihr Sohn Enzo ist auch hier«, erwiderte Maria unbeeindruckt.

»Er hat mir eine seltsame Geschichte erzählt … Er hat gesagt, Casa Vulía sei jetzt ein unabhängiges Territorium, ein eigener Staat oder so etwas in der Art. Natürlich sind das Sachen, die Kinder eben so erfinden. Dennoch scheinen sie viele Leute hierhergelockt zu haben, und sogar Feriengäste.«

Maria sagte nichts darauf, worüber sich Leo Palamà wunderte. Er hatte erwartet, dass ihn die Signora Maria sofort beschwichtigen und sagen würde, das seien doch nur Kindereien. Sie hätte ihm bestätigen müssen, dass Casa Vulía kein unabhängiger Staat geworden war und deshalb immer noch dem Rathaus von Pagliarano und damit ihm unterstand, dem Bürgermeister des Hauptortes. Stattdessen schwieg die Frau und schaute ihn herausfordernd an.

»Ziemlich viele Touristen«, fuhr Palamà fort. »In der Agentur der Brüder Paradiso habe ich erfahren, dass im Juli an die zwanzig Familien herkommen wollen, aus ganz Italien. Ganz schön viele, nicht wahr?«

Maria stemmte die Hände in die Hüften. »Worauf wollen Sie hinaus, Bürgermeister? Wir haben unsere Steuern immer bezahlt, niemand kann uns etwas vorwerfen.«

»Sie dürfen zwar Ferienwohnungen vermieten«, bestätigte der Bürgermeister. »Aber Sie können hier kein Landhotel eröffnen und auch keinen Campingplatz.«

Eine Weile herrschte in der Küche vollkommene Stille. Eine Stille, die dem Bürgermeister vielversprechend erschien.

»Na ja«, brach Signora Maria dann ihr Schweigen. »Wie Sie schon gesagt haben, ist Casa Vulía ein unabhängiges Territorium, ein autonomer Staat. Und deshalb benötigen wir keine Genehmigung … die wir im Übrigen schon vor Jahren bei Ihnen beantragt, aber nie erhalten haben.«

Leo Palamà setzte ein sehr ernstes Gesicht auf. Der Moment war gekommen, seine Autorität ins Spiel zu bringen. »Finden Sie das lustig, Signora? Sie müssten doch in der Lage sein, zwischen

Kinderspielen und Wirklichkeit zu unterscheiden. Man kann nicht einfach eines Morgens aufwachen und beschließen, von nun an ein König zu sein. Sie und wir alle unterstehen Gesetzen, und ich bin hier der Bürgermeister. Ich lasse Ihnen bis morgen Zeit, die Touristen umzusiedeln und alle Leute wegzuschicken, die sich hier auf Ihrem Anwesen herumtreiben.«

»W… was?«

»Ansonsten sehe ich mich gezwungen, Maßnahmen zu ergreifen. Sie haben einen illegalen Campingplatz angelegt und vielleicht sogar einen illegalen Freizeitpark. Außerdem laufen zahlreiche Minderjährige herum, die nicht von dafür ausgebildeten und autorisierten Erwachsenen beaufsichtigt werden. Morgen komme ich wieder, aber nicht alleine. Ich empfehle Ihnen, hier auszuziehen und mein großzügiges Angebot für Casa Vulía anzunehmen, denn sonst wird es schlimm für Sie ausgehen!«

Der Bürgermeister drehte sich um und verließ grußlos die Küche.

Das Geheimnis des Räuberhauptmanns

Bea trat aus der halbdunklen Hirtenhütte und blieb stehen, bis sich ihre Augen an das blendende Sonnenlicht gewöhnt hatten.

Antonio und Laerte übten zusammen mit den Mitgliedern der Patrouillen, unter denen auch Mattia und seine Kumpane waren, verschiedene Kampftechniken ein.

Im Schatten der Bäume entstand die neue Währung des Freien Staats der Kinder: Elena, Nadia und andere Touristenkinder saßen im Kreis und waren mit Salzteig, Modellierstäben und Formen zugange. In der Mitte lag eine Decke, auf der immer mehr Münzen zum Trocknen ausgelegt wurden. Wenn jede einen Euro wert war, hatten sie richtig viel Geld.

Bea setzte sich neben Elena und schaute ihr eine Weile bei der Arbeit zu. »Wenn jemand dieses Geld stiehlt und verlangt, dass wir es in Euro umtauschen, dann sind wir ruiniert.«

»Ich habe schon mit Paolo und seiner Schwester darüber gesprochen«, erwiderte Elena lächelnd. »Wir machen allerhöchstens Münzen für fünfhundert Euro, und wir haben genügend Geld, um diese Summe abzudecken.«

»Und was ist mit Falschmünzern? Was ist, wenn es jemandem gelingt, genau gleiche Münzen herzustellen?«

»Das wird nicht gehen.« Elena zog ein paar vergoldete Bastfäden aus der Tasche. »Die habe ich zu Hause gefunden. Ich glaube, meine Mutter hatte sie mal für die Krippe gekauft. Wir stecken in jede Münze einen solchen Bastfaden, und das ist ein Geheimnis, das nur wir Münzer und die Regierung kennen. Der Staatsschatz wird im Keller des Gutshauses verwahrt, während Paolos Schwester Elisa auf die eingewechselten Euros aufpasst.«

»Wahnsinn! Du hast wirklich an alles gedacht.«

Elena und Bea standen auf und gingen zur Hirtenhütte, um gemeinsam aufs Dach zu klettern. Da oben war es furchtbar heiß und es tat weh, die glühend heißen Steine zu berühren. Doch der Scirocco wehte hier stärker und brachte den Duft des Meeres mit.

Elena setzte sich so, dass ihr die Sonne ins Gesicht schien, und schloss die Augen. »Du hast dich heute gar nicht geschminkt«, stellte sie fest.

Bea lächelte. »Ich bin heute Morgen schon ziemlich früh aufgewacht und gleich ins Bad gelaufen, um mich nach deiner Anleitung zurechtzumachen … Aber mittendrin habe ich gemerkt, dass es nicht zu mir passen würde. Ich wollte so sein wie du, und das Ergebnis war ein Mädchen, das weder Elena noch Bea war, sondern nur ein Niemand …« Sie verstummte, weil sie befürchtete, etwas sehr Dummes gesagt zu haben.

»Und wie hat Paolo darauf reagiert?«

»Wir haben uns eine Weile unterhalten, er war sehr nett. Weißt du, ich mache mir keine Hoffnungen … Aber vielleicht ist es auch gar nicht so wichtig.«

Elena schaute Bea direkt in die Augen. »Bei mir lief es irgendwie ähnlich. Du hast mir den Tipp mit der Konvention von Montevideo und den Grenzen gegeben. Es waren geniale Ideen, aber es waren *deine* Ideen, und die anderen starrten mich an, als könnten sie gar nicht glauben, dass ich das vorgeschlagen hatte. Deshalb habe ich mir, als ich gestern Abend wieder zu Hause war, überlegt, was *ich* wirklich kann. Ich habe eine Weile gezeichnet, und dann sind mir die Münzen eingefallen.«

Elena streckte ihrer Freundin den kleinen Finger entgegen, und die hakte ihren kleinen Finger ein.

»Wir sind beide super.«

»Das kannst du laut sagen.«

Giovanni Rizzo ließ sich auf einen Stuhl fallen. Seine Frau und seine Tochter schauten ihn besorgt an. »Und was machen wir jetzt?«

Sie saßen unter dem Vordach der Casa Vulía. Gegenüber von ihnen stand der weiße Pritschenwagen, den ihnen der Maurermeister geliehen hatte.

Giovanni war dabei gewesen, die Kartons mit den Fliesen und Rohren auszuladen, die er für den Umbau eingekauft hatte, als Maria aus dem Haus gekommen war und ihm vom Besuch des Bürgermeisters berichtet hatte. Palamà wollte sie zum Aufgeben zwingen.

»Wir können uns von diesem kriminellen Bürgermeister nicht austricksen lassen«, sagte Signora Maria. »Aber es sieht so aus, als hätten wir keine andere Wahl. Kannst du dir vorstellen, was los ist, wenn morgen wirklich die Polizei kommt und das Grundstück räumt?«

»Der Sohn des Polizeichefs war gestern hier und hat mit den Kindern mitgemacht«, fügte sie hinzu. »Und Enzo, der Sohn des Bürgermeisters, war auch da.«

»Wir müssen mit den Feriengästen reden«, meinte Giovanni. »Ich werde ihnen helfen, Hotelzimmer zu finden. Oder aber sie ziehen auf den Campingplatz von Santa Maria di Leuca um. Wir geben ihnen ihr Geld zurück …«

Elisa schüttelte heftig den Kopf. »Ihr habt überhaupt kein Vertrauen zu Paolo. Ist euch denn nicht klar, dass Casa Vulía tatsächlich ein unabhängiger Staat sein könnte? Großvater Blasio ist heute Morgen zu Don Ernesto gegangen, um im Archiv zu stöbern, und …«

»Willst du das morgen den Polizisten sagen? Oder hast du vielleicht vor, Italien den Krieg zu erklären?«

»Nein, so habe ich das nicht gemeint. Aber ihr Erwachsenen habt die Gesetze des Freien Staats akzeptiert, weil sie euch vernünftig erschienen. Das zweite Gesetz verpflichtet alle Bürger, auch die erwachsenen, die Gründe für ihr Tun und Handeln zu begründen. Deswegen finde ich, dass ihr das Problem erst einmal mit Paolo und seinen Freunden besprechen solltet.«

Giovanni fuhr sich mit der Hand durchs Haar. »Morgen ist Montag. Die Kinder sind dann alle in der Schule und bekommen nicht mit, was hier passiert. Wenn sie am Nachmittag herkommen, erklären wir ihnen, was geschehen ist. Wenn sie wollen, können sie mit ihrem Freien Staat der Kinder ja weitermachen, aber es muss ihnen klar sein, dass das nur ein Spiel ist.«

Elisa war weder damit einverstanden, noch bereit nachzugeben.

»Du hast dich doch gefreut, dass der Freie Staat Touristen anzog! Und dass das halbe Dorf hergekommen ist, um dir beim Umbau zu helfen.«

»Ich …«

»Elisa hat recht«, sagte Maria und zwang sich zu einem Lächeln. »Ich fürchte auch, dass wir die Gäste informieren und Palamà nachgeben müssen … Doch davor müssen wir mit Paolo sprechen. Wir werden eine Generalversammlung einberufen, an der alle Kinder und Erwachsenen teilnehmen können, und gemeinsam über alles reden.«

»Du tust, als ob er schon groß wäre …«, versuchte Giovanni zu protestieren.

»Wir haben ihn alle behandelt, als ob er schon groß wäre, und er hat unser Vertrauen nicht enttäuscht.«

»Wann sollen wir es ihm sagen?«, fragte Giovanni.

»Beim Mittagessen. Wir veranstalten ein schönes Fest, bei dem alle dabei sind, und diskutieren dann darüber.«

Staatsoberhaupt zu sein war wesentlich anstrengender, als Paolo gedacht hatte. Ständig wollte jemand etwas von ihm, hatte eine Frage oder irgendeine tolle Idee. Paolo war den eintreffenden Feriengästen bis zur Hauptstraße entgegengegangen, hatte Elena bei der Organisation der Münzproduktion geholfen und gemeinsam mit Laerte und Antonio die Armee inspiziert. Dann hatte er Luca helfen müssen, die jüngeren Kinder zu versammeln und ihnen kleine Aufgaben anzuvertrauen.

Anschließend war er zum Gutshaus hinübergegangen, um den

Erwachsenen ein paar Euro in neue Münzen umzutauschen. Er hatte gesehen, wie seine Eltern und Elisa sich unter dem Vordach unterhielten, doch noch bevor er zu ihnen gehen konnte, sprach ihn ein Junge an, den er nicht einmal kannte, weil der Drucker anstatt der dringend benötigten Ausweise nur noch weiße Blätter ausspuckte.

Nachdem er die Farbpatrone gewechselt hatte, musste er sich um die vielen Mails kümmern. Zwischendurch hatte er einen Anruf der Agentur Paradiso entgegengenommen, sowie den eines Journalisten, der mit Paolos Eltern sprechen wollte. Der reine Irrsinn! Und das alles an einem einzigen Vormittag!

Als er alles erledigt hatte und gerade mal niemand etwas von ihm wollte, ging Paolo durch die Olivenplantage zur Hirtenhütte. Es war wieder ein sonniger, heißer Tag und es duftete nach Basilikum und Lavendel. Am liebsten hätte sich Paolo auf sein Rad geschwungen und wäre mal schnell zum Meer geradelt, hineingesprungen und mit Maske und Schnorchel in eine Grotte im Fels getaucht, die nur er kannte. Aber das ging natürlich nicht, denn er konnte seine Freunde nicht im Stich lassen, es gab einfach viel zu viel zu tun.

Bei der Hirtenhütte angekommen spähte er hinein, doch anstatt dort wie erwartet Antonio und Laerte anzutreffen, sah er, dass Mattia und seine Kumpane drinnen saßen und sich unterhielten.

Mattia und die Bande der Bösen. Paolo zog schnell den Kopf wieder zurück, doch Mattia hatte ihn bereits gesehen und forderte ihn auf, hereinzukommen.

Zögernd trat Paolo ein. Er nahm den Hut ab, damit er ihm nicht von dem niedrigen Türbogen vom Kopf gestoßen wurde. »Was macht ihr denn hier?«, fragte er.

Mit einem fetten Grinsen zeigte Mattia auf das Poster an der Wand. »Wir haben die Gesetze des Freien Staats studiert«, antwortete er.

Der Chef der Bösen hatte die Sonnenbrille abgenommen und Paolo erschrak vor dem kalten Blick seiner Augen. Obwohl Mattia ein Bürger des Freien Staats geworden war, traute Paolo ihm nicht. Ganz im Gegenteil.

»Das sind echt gute Gesetze«, fuhr Mattia fort. »Am besten gefällt mir das hier: *Niemand darf einen Bürger beleidigen, ihm etwas Schlechtes antun oder ihm Schaden zufügen …*«

Beinahe wäre Paolo in hysterisches Kichern ausgebrochen. Dieses Gesetz passte ausgezeichnet zu einem Schulhoftyrannen wie Mattia.

»Aber das hier ist auch toll: *König ist der, der die Krone trägt.* Die Krone, das ist doch der Hut, den du da in der Hand hältst, oder? Gehörte er deinem Vorfahren, dem, der Räuberhauptmann war?«

Paolo packte seinen Hut fester. Dieses Gespräch nahm eine Wendung, die ihm nicht gefiel.

»Darf ich ihn mir mal näher anschauen?«, fragte Mattia.

Paolo wich unwillkürlich einen Schritt zurück und Mattia lachte hämisch. »Du hast doch wohl nicht Angst, dass ich ihn dir wegnehme?«

»Nein, es ist nur …« Er brauchte ganz dringend eine Entschuldigung. »Mich ruft jemand. Ich muss los.«

»Ich habe aber nichts gehört.«

»Doch, da draußen.«

Es rief tatsächlich jemand. Paolo glaubte, die Stimme seiner Schwester zu erkennen. Er drehte auf dem Absatz um und verließ schnell die Hirtenhütte. Es ging ihm gegen den Strich, sich so feige zu verhalten, doch er hatte keine andere Möglichkeit gesehen.

Er setzte sich den Hut auf, nahm den Olivenholzstock, den er vor der Hütte auf den Boden gelegt hatte, und ging rasch auf Elisa zu.

Der fensterlose Keller des Pfarrhauses war als Archiv eingerichtet. Von der Decke hingen mehrere Lampen, und an sämtlichen Wänden standen Regale der unterschiedlichsten Machart: Metallregale, Holzregale, hohe, niedrige, breite, schmale Regale … vollgestellt mit Büchern, Nachschlagewerken, Kartons, Ordnern und Mappen. Auf den niedrigen Holzbänken vor den Regalen lagen dicke Papierstapel und übereinandergeschichtete zusammengerollte Papierbögen.

Alles war von einer dicken Staubschicht bedeckt, und die Luft roch unangenehm muffig und nach altem Papier.

»Was für ein Chaos«, sagte Blasio und hielt sich ein Taschentuch vor die Nase.

»Von wegen«, widersprach Don Ernesto. »Das ist alles nach Erscheinungs- oder Ausstellungsdatum geordnet, und alphabetisch noch dazu. Don Michele war da sehr penibel.« Der Pfarrer zeigte auf einen kleinen Schreibtisch, der in einer Ecke stand und mit einer Leselampe ausgestattet war.

»Hier findest du alles über die Geschichte von Pagliarano seit dem Beginn des neunzehnten Jahrhunderts. Unterlagen aus der Zeit der Einigung Italiens und beider Weltkriege, über alle hier geschlossenen Ehen, alle getauften Kinder, alle Sterbefälle …«, zählte Don Ernesto ehrfürchtig auf.

»Der Brief des Räuberhauptmanns Giovanni ist auf 1861 datiert«, sagte Blasio. »Das ist das Jahr, in dem Italien geeint wurde.«

»Ich bin mir sicher, dass wir hier auch andere Dokumente aus jener Zeit finden«, meinte der Pfarrer. »Lass uns mal anfangen.«

Er setzte sich an den Schreibtisch und schaltete die Leselampe an, während Blasio suchend an den Regalen entlangging.

»Nimm mal das Buch da … Nein, das andere …«

Bald hatte Blasio jegliches Zeitgefühl verloren. Seine Hände waren voller Staub, seine Kleidung voller Spinnweben. Die beiden Männer arbeiteten schweigend. Nur noch Blasios Schritte und das Rascheln von Papier waren zu hören.

»Vielleicht haben wir etwas gefunden«, rief plötzlich Don Ernesto und hielt ein kleines, in rotes Leder gebundenes Notizbuch hoch.

»Sieht wie ein Tagebuch aus«, meinte Blasio.

»Stimmt genau. Es ist das Tagebuch von Don Tarcisio, in dem er alles notierte, was er in diesem Dorf erlebte. Das war der Pfarrer, der den Räuber Giovanni als Kind adoptierte und ihn aufzog wie einen eigenen Sohn.«

»Bis er ermordet wurde …«

»Ja, im Jahr 1858. Sein Mörder war ein gewisser Mimmo Prospero, ein Großgrundbesitzer, dem Ländereien außerhalb von Pagliarano gehörten.«

»Das steht alles da drin?«

Don Ernesto nickte. Er blätterte in dem Tagebuch herum. »Nach Don Tarcisios Tod wurde die Pfarrei Don Biasi anvertraut, der das Tagebuch offenbar weiterführte. Die Obrigkeit nahm damals an, dass Giovanni den Pfarrer ermordet habe. Doch der wirkliche Mörder hatte Don Biasi bei der Beichte sein furchtbares Geheimnis anvertraut.«

Blasio schlug sich mit der flachen Hand auf den Oberschenkel. »Wenn Don Biasi den wahren Mörder kannte, warum hat er ihn dann nicht angezeigt?«

Don Ernesto schaute ihn vorwurfsvoll an. »Du vergisst das Beichtgeheimnis. Als Pfarrer musste er es wahren und litt deshalb unter schweren Schuldgefühlen. Aber dann ...« Don Ernesto las rasch weiter. »Giovanni hatte eine Räuberbande gegründet, die unter den reichen Leuten des Salento Angst und Schrecken verbreitete. Er behauptete, die Ehre des abgesetzten Bourbonenkönigs Franz II. verteidigen zu wollen, und deshalb wurde er von Anhängern der alten Monarchie unterstützt. Der Gouverneur von Otranto aber wollte Giovanni unbedingt verhaften und hatte ein hohes Kopfgeld auf ihn ausgesetzt. Eines Abends ...«

Hektisch blätterte Don Ernesto um.

»... schlich sich der Räuberhauptmann gemeinsam mit zwei seiner Männer zu Don Biasi und bat den Pfarrer, ihnen bis zum Morgengrauen Unterschlupf zu gewähren. Giovanni und der Pfarrer verbrachten die nächsten Stunden bei einer Flasche Wein und unterhielten sich, und dabei kam das Gespräch auf Don Tarcisio. ›Du weißt, dass ich ihn nicht umgebracht habe, ich liebte ihn wie einen Vater‹, sagte Giovanni. Don Biasi schreibt hier, dass er zu dem Zeitpunkt vielleicht schon zu viel getrunken und sich nicht mehr ganz unter Kontrolle hatte, sodass der Sinn für Gerechtigkeit über seine Skrupel siegte. Tatsache ist, dass der Pfarrer dem Räuberhauptmann den Namen des wahren Mörders von Don Tarcisio verriet.«

»Mimmo Prospero.«

»Genau«, bestätigte Don Ernesto.

»Und was geschah dann?«

»Der Räuberhauptmann war außer sich vor Wut.« Don Ernesto blätterte weiter. Jetzt waren nur noch wenige Seiten übrig. Blasio fiel auf, dass der Pfarrer seine Stirn immer stärker runzelte, je weiter er las, und dass er jetzt blasser wirkte als zuvor.

»Ja, hier«, sagte Don Ernesto schließlich leise. »Hier beschreibt er, was an den folgenden Tagen geschah, und er erwähnt sogar den Brief, den der Räuberhauptmann Giovanni dem Gouverneur schickte. Es stimmt tatsächlich: Dein Ururgroßvater erklärte Casa Vulía zu einem unabhängigen Staat. Und weißt du, warum?«

Blasio schüttelte den Kopf. Der Pfarrer reichte ihm das Tagebuch.

»Vielleicht solltest du das selbst lesen.«

Auf der freien Fläche vor dem Gutshaus liefen die Vorbereitungen für das große gemeinsame Mittagessen auf Hochtouren.

Es dauerte fast eine Stunde, bis Paolo alle Leute gezählt hatte, die sich auf dem Anwesen aufhielten, und sie gefragt hatte, ob sie noch Angehörige dazuholen wollten. Die meisten Eltern ließen sich gerne einladen, sogar die Mutter von Laerte. Schließlich verkündete Paolo in der Küche, dass mit zweiundsiebzig Gästen zu rechnen sei.

Zweiundsiebzig Leute! Paolos Mutter wurde kreidebleich, doch Elisa machte ihr Mut: »Wir haben viele Helfer, du wirst sehen, es wird gar nicht so schwierig sein.«

Paolos Vater nahm den Pritschenwagen von Maurermeister Totiri und fuhr in den Ort, um sich Tische und Stühle auszuleihen. Elena, Antonio und viele andere stapelten einen Berg von Frise aufeinander, während die Tochter des Bäckers bei ihrem Vater frisches Brot und knusprige Tarallini bestellte.

Kurze Zeit später fuhr Signor Pignata mit dem gut gefüllten Lieferwagen vor, und als er sah, was hier vorbereitet wurde, meinte er, dass er und seine Frau gerne an dem Fest teilnehmen wollten.

Also würden sie zu vierundsiebzigt sein. Nein, zu siebenundsiebzigt, denn bald darauf schauten Signora Marianna vom Kleidergeschäft und die beiden Brüder von der Agentur Paradiso vorbei.

Zwischendurch fuhr der Supermarktbesitzer Signor Duelire vor, weil er seine Enkel abholen wollte. Doch als er mitbekam, dass hier gefeiert wurde, stellte er die halbe Lieferwagenladung Mozzarella und Tomaten zur Verfügung, die er eigentlich in den Laden hatte bringen wollen, und blieb zum Essen. Während er darauf wartete, dass es losging, rief er seinen Freund Vito Carrozzella an, und der kam mit großen Kartons voller Pizza.

Schließlich erschien auch noch Mattias Vater, der Metzger Presti, mit Unmengen von Schnitzeln, Spießchen und Würsten. Paolos Mutter wollte ihm unbedingt etwas zahlen, und Elena bot an,

Münzen des Freien Staats beizutragen, die mittlerweile auch von vielen Feriengästen eingetauscht worden waren.

Paolos Vater kam zurück mit Tischen und Stühlen, und die Kinder halfen ihm, alles auszuladen und es vor der Toreinfahrt aufzustellen: sechs unterschiedliche Tische, die sie hintereinander zu einer langen Tafel aufreihten, und jede Menge Stühle, vom einfachen Klappstuhl aus Plastik bis hin zum supermodernen Swinger mit Lederpolstern.

Laerte traf mit seiner Armee ein, und bald stürzten sich alle auf die Tabletts und Platten mit den leckeren Sachen.

Mattias Vater stand an dem gemauerten Grill, um sachkundig das Fleisch und die Würste zu braten, während der Gemüsehändler im Schatten der Olivenbäume bei einem Glas Wein mit Laertes Mutter plauderte. Überall sah man nur fröhliche Leute, die sich angeregt unterhielten und dabei viel lachten.

Nur bei Paolo wollte keine Feststimmung aufkommen. Er hockte an einer schattigen Stelle, nagte an seinen Fingernägeln herum und wurde das Gefühl nicht los, dass irgendetwas nicht stimmte.

Anstatt das Essen zu genießen, saß seine Schwester Elisa drinnen und telefonierte seit über einer Stunde mit einem Freund aus Bologna, einem Rechtsanwalt. Paolos Mutter lief immer wieder in die Küche und an Paolo vorbei, ohne ihn anzuschauen, und der Vater saß grübelnd vor einem leeren, unbenutzten Teller an einem der Tischenden.

Was war los? Paolo hatte nicht die leiseste Ahnung, aber er wollte es unbedingt herausfinden.

Der Kriegsrat

Paolo hatte noch nie gut mit seinem Vater reden können. Giovanni Rizzo war ein wortkarger Einzelgänger, der sich schon unter normalen Umständen oft unklar ausdrückte. Mit seiner Mutter kam Paolo wesentlich besser zurecht, vielleicht weil er ihr ziemlich ähnlich war.

Aber es musste sein. Deshalb wusste sich Paolo jetzt nicht anders zu helfen, als zu seinem Vater hinüberzugehen und ihm einen Teller zu bringen, auf dem zwei frisch gegrillte Würstchen vor sich hin brutzelten.

»Du hast noch gar nichts gegessen«, sagte Paolo und fügte hinzu: »Kannst du mir erklären, was hier gerade passiert?«

Giovanni Rizzo nahm den Teller, schnitt ein Stück von einem Würstchen ab, steckte es sich in den Mund und kaute gründlich. »Es ist noch nicht der richtige Zeitpunkt, um darüber zu sprechen«, meinte er schließlich.

»So wie immer«, entfuhr es Paolo. »Warum sagst du mir nicht alles, anstatt den Geheimnisvollen zu spielen? Vielleicht fühlst du dich nachher ja besser. Und möglicherweise kann ich dir sogar helfen. Hast du gesehen, wie viele Leute gekommen sind? Und eigentlich habe ich sie hergeholt. Hast du gesehen, wie viele dir beim Umbau helfen wollen?«

Wortlos stand der Vater auf und ging weg.

»Ich ertrage es nicht, wenn er das tut«, sagte Paolo verärgert vor sich hin.

Eine Hand berührte seinen Nacken. Paolo zuckte zusammen, aber es war nur seine Schwester Elisa.

»Ärgere dich nicht …«

»Hey, hast du endlich fertig telefoniert? Könnte mir endlich mal jemand verraten, warum sich meine Familienangehörigen in deprimierte Zombies verwandelt haben, während sich alle anderen bestens amüsieren?«

Elisa lächelte verlegen. Sie hielt ihr Handy immer noch in der Hand. Dann sah sie zu den Eltern hinüber, die gerade aus der Küche kamen und zu den Tischen gingen.

Giovanni Rizzo warf seinem Sohn einen schuldbewussten Blick zu, während Signora Maria beide Hände hob und laut verkündete: »Hört mal alle her. Wir wollen mit euch sprechen … und euch, falls möglich, um eure Hilfe bitten.«

Es dauerte ein paar Minuten, bis endlich alle still waren und sich auf die zierliche Signora Maria konzentrierten.

Als sie merkte, dass alle Blicke auf sie gerichtet waren, lächelte sie. »Ich danke euch, dass ihr gekommen seid. Sowohl euch hier aus dem Dorf wie auch unseren Gästen aus Mailand. In diesen Tagen habt ihr uns beigestanden und wir sind euch dafür sehr dankbar. Doch leider ist jetzt ein ernsthaftes Problem aufgetreten.«

Signora Maria berichtete von den Forderungen des Bürgermeisters und der drohenden Räumung des Anwesens. Unwillkürlich drehte sie sich dabei zu dem Tisch um, an dem Enzo, der Sohn des Bürgermeisters, saß. Enzo war ein nicht besonders großer Junge mit Segelohren, und als er sich jetzt auch noch von den vielen Leuten angestarrt fühlte, wurde er rot und senkte den Blick.

»Und jetzt wissen wir nicht mehr, was wir machen sollen«, sagte Maria am Ende ihrer Rede.

Paolo sah der Reihe nach Elena, Bea, Antonio und Laerte an. Im Grunde waren nur wenige Tage vergangen, seit er und seine Freunde den Brief des Räuberhauptmanns Giovanni gefunden hatten, und doch kam es ihm vor, als sei es schon viele Jahre her. Sie alle hatten sich verändert, aber nicht nur, weil sie auf einen Schlag die bekanntesten Kinder von Pagliarano und vielleicht des ganzen Internets geworden waren. Es ging auch noch um anderes: Laerte hatte endlich den Mut aufgebracht, seiner Mutter zu widersprechen. Antonio fürchtete sich nicht mehr vor Mattia und der Bande der Bösen. Bea hatte sich trotz Brille und Zahnspange zu einem attraktiven Mädchen entwickelt. Und Elena hatte gezeigt, was sie alles draufhatte.

Sie konnten jetzt nicht aufgeben. Unmöglich.

»Mein Mann und ich hatten ursprünglich unsere eigene Entscheidung treffen wollen«, sagte Maria gerade. »Schließlich ist Casa Vulía unser Zuhause. Dann aber haben wir begriffen, dass dieses Problem nicht nur unsere Familie betrifft, sondern uns alle. Abgesehen davon verlangen die Gesetze des Freien Staats, dass wir den Kindern erklären, mit welchen Schwierigkeiten wir zu kämpfen haben. Wir müssen gemeinsam eine Lösung finden.«

Paolo musste lächeln. Er wollte schon das Wort ergreifen, als ihm Nadias Vater zuvorkam, ein sehr ruhiger Mensch, der wie ein Banker aussah.

»Entschuldigt bitte«, sagte er. »Ich weiß, dass wir erst vor ein paar Stunden hier angekommen sind. Aber ich habe im Urlaub noch nie so viel Spaß gehabt. Es ist einfach toll, hier zu sein, und wir haben uns schon mit mehreren Leuten angefreundet. Deshalb muss ich ganz klar sagen, dass ich überhaupt keine Lust habe, in ein Hotel umzuziehen.«

»Das hast du super gesagt, Papa!«, lobte ihn sein Sohn Claudio.

»Und ich sage, dass uns keiner dazu zwingen kann, das Gelände zu räumen«, rief Metzger Presti mit seiner dröhnenden Bassstimme. »Wenn mein Sohn hier bei seinen Freunden bleiben will, dann bleibe ich eben auch!« Er schwenkte eine lange Grillgabel, als wäre sie ein Schwert.

An der langen Tafel brach ein wahres Tohuwabohu aus. Alle redeten aufgeregt durcheinander, entwarfen Pläne und machten die verrücktesten Vorschläge.

Paolo, der bisher noch nichts dazu hatte sagen können, hörte hinter sich jemanden flüstern: »He, Eure Majestät!«

Es war Laerte. Er schaute hinter einer Ecke des Badezimmeranbaus hervor. Neben ihm stand Enzo Palamà, der Sohn des Bürgermeisters.

»Was ist denn?«, fragte Paolo. »Siehst du nicht, dass ich beschäftigt bin? Wir müssen entscheiden …«

»Zuerst kommst du mal mit mir mit«, flüsterte Laerte.

Sie entfernten sich vom Gutshaus, bis das Stimmengewirr der vielen Menschen nur noch so laut wie das Zirpen der Zikaden klang.

Sie kamen zu einem dicken Olivenbaum, an dem zwei Rechen lehnten. Neben dem Stamm standen einige kopfüber aufgestellte Eimer, auf die sie sich setzten. Paolo merkte, dass Laerte sehr aufgewühlt war, und Enzo sah aus, als würde er jeden Moment losheulen.

»Es gibt da etwas, das ich dir noch nicht gesagt habe«, begann Laerte. »Ich wollte es tun, aber als ich vorhin beim Gutshaus war, habe ich meine Mutter getroffen, und ich musste unbedingt etwas klarstellen, das ich schon lange aufgeschoben hatte. Und nachdem ich ihr endlich gesagt hatte, was ich ihr sagen musste, war ich so fertig, dass ich das andere, was ich mit dir besprechen wollte, vergessen habe.«

Paolo begann ungeduldig zu werden. »Kannst du es mir vielleicht so erklären, dass ich es auch verstehe?«

Laerte erzählte zuerst zögernd, doch nach und nach mit immer sichererer Stimme davon, wie er mit seiner Patrouille Fabrikdirektor Fantini und einen Vermessungstechniker beim Vermessen des Grundstücks ertappt und in die Flucht geschlagen hatte. »Als sie sich unterhielten, erwähnte Fantini den Bürgermeister Palamà«, sagte Laerte zum Schluss.

»Der Bürgermeister hat meinen Eltern ein Angebot für Casa Vulía gemacht«, sagte Paolo nachdenklich. »Aber ich verstehe nicht, was der Fabrikdirektor damit zu tun hat. Warum interessiert sich der Mann, der meinen Vater entlassen hat, plötzlich für uns?«

Enzo hatte bisher nur zugehört und dabei ausgesehen, als würde er sich am liebsten unsichtbar machen. Jetzt aber schaltete er sich in die Unterhaltung ein. »Ich … ich weiß es vielleicht«, sagte er zögernd.

Paolo und Laerte schauten ihn gleichzeitig an, und ihre Mienen erschienen Enzo so bedrohlich, dass er die Hände schützend vor das Gesicht hob, als erwarte er Schläge. »Nein, bitte nicht …«

»Keine Angst, wir würden dir nie etwas tun«, sagte Paolo, bemüht, geduldig zu klingen. »Aber spuck es aus, es könnte wichtig sein.«

»Papa erzählt zu Hause nie von der Arbeit«, berichtete Enzo leise. »Aber manchmal … Es war vor etwa anderthalb Jahren. Als ich vom Schwimmtraining nach Hause kam, haben sich meine Eltern gerade gestritten. Meine Mutter hat meinen Vater angeschrien, dass er so etwas nicht machen könne, dass er ganze Familien ins Elend stürzen würde, dass er ein schlechter Mensch sei, wenn er es tue. Sie hat ein Blatt Papier vom Tisch genommen und es herumgeschwenkt, und Papa hat es ihr aus der Hand gerissen und es in einer Schublade weggeschlossen.«

Paolo zuckte mit den Schultern, weil er nicht begriff, was dieser Streit im Hause Palamà mit ihrem eigenen Problem zu tun hatte, doch Laerte hob beschwichtigend eine Hand. Und Enzo erzählte weiter.

»Ich kann mich an diesen Streit deshalb so gut erinnern, weil meine Eltern danach beinahe einen Monat lang nicht mehr miteinander gesprochen haben. Meine Mutter ist sogar für eine Weile zu ihren Eltern nach Bari gefahren. Weil ich wissen wollte, warum

Mama so böse auf Papa war, habe ich, als ich mal alleine zu Hause war, die Schublade aufgeschlossen und mir dieses Blatt Papier angesehen. Es war eine Liste.«

»Eine Liste?«, fragte Paolo verwundert. »Eine Liste wovon?«

»Von Namen«, antwortete Enzo. »Eine lange Liste von Namen, von denen einige rot angestrichen waren. Darunter der Name deines Vaters Giovanni Rizzo, der von Biasio Stoppani, der von Signore Ciospola, von Signore Campana …«

»Das waren alles Kollegen meines Vaters, die mit ihm in der Fabrik gearbeitet haben«, stellte Paolo fest.

Laerte schnippte mit den Fingern. »Nicht nur das. Ich glaube, die wohnen auch alle hier in der Nähe: Campana gehört die kleine Villa an der Küste, und Stoppani ist der Besitzer des Weinbergs, der an das Grundstück von Casa Vulía angrenzt.«

»Und Ciospola …« Paolo schlug sich mit der flachen Hand gegen die Stirn. »Jetzt hab ich's! Diese Männer … das sind nicht nur Kollegen von Papa, die sind auch alle gleichzeitig mit ihm entlassen worden!«

Schweigend dachten die drei Jungen eine Weile über die seltsamen Zusammenhänge nach. Paolo dämmerte, dass es da ein Muster gab, ein Komplott, das Bürgermeister Palamà und der Fabrikdirektor geschickt geschmiedet hatten: Fantini hatte aus seiner Fabrik lauter Arbeiter entlassen, die hier in dieser Gegend wohnten und Land besaßen. Er wusste, dass sie dadurch verarmen würden. Und bald nach der Entlassung trat Palamà auf den Plan und bot an, ihnen ihr Land und ihre Häuser abzukaufen. Aber was hatten der Bürgermeister und der Fabrikdirektor damit vor?

»Wir müssen herausfinden, was die beiden planen, und dann brauchen wir Beweise«, meinte Paolo schließlich.

Enzo sprang auf. »He, ich wollte euch helfen … Aber ihr könnt doch nicht von mir verlangen … Ich meine, schließlich ist er mein Vater! Ich will nicht, dass …«

»Enzo, beruhige dich!«

»Nein, es war ein Fehler, ich hätte euch nichts sagen dürfen! Papa hat mich gewarnt, dass man euch nicht trauen kann, ich hätte auf ihn hören sollen. Und jetzt gehe ich, ich muss nach Hause!« Bevor sie ihn aufhalten konnten, rannte der Sohn des Bürgermeisters davon.

Paolo und Laerte schauten einander verwundert an. »Was machen wir jetzt? Laufen wir ihm hinterher?«

»Lieber nicht. Wir suchen Antonio und versammeln die Regierung und die anderen Freunde. Wir müssen uns überlegen, was zu tun ist.«

Die Erwachsenen blieben noch den halben Nachmittag an der langen Tafel sitzen und führten extrem langweilige Gespräche, ohne eine Lösung zu finden.

Paolo saß dabei, wurde jedoch von niemandem nach seiner Meinung gefragt. Seine Mutter schaute ihn nur einmal kurz an, um ihm mitzuteilen, dass am nächsten Tag Montag war und er deshalb wie immer zur Schule gehen würde.

Zur Schule.

Der Freie Staat war in Gefahr, und dennoch sollten Paolo und seine Freunde bis um eins im Klassenzimmer herumsitzen. Während eine Delegation von Erwachsenen zusammen mit Paolos Eltern ins Rathaus gehen und mit dem Bürgermeister verhandeln wollten. Sie wollten ihn dazu überreden, seine Drohungen zurückzunehmen und Casa Vulía in Ruhe zu lassen.

Als er das hörte, hätte Paolo beinahe einen Lachanfall bekommen: Falls sich der Bürgermeister tatsächlich mit Fabrikdirektor Fantini abgesprochen hatte und die beiden seit über einem Jahr planten, Casa Vulía und die Grundstücke ringsherum in ihren Besitz zu bringen, würde eine harmlose kleine Delegation mit Sicherheit nichts erreichen können. Und nicht nur das: Wenn die Kinder alle in der Schule und die Erwachsenen im Rathaus waren, würde das Grundstück mehrere Stunden lang unbewacht sein. Was, wenn die Polizei das ausnutzte? Warum begriffen die Erwachsenen denn nicht, dass ihr Vorhaben von Anfang an zum Scheitern verurteilt war? Paolo verdrehte seufzend die Augen. Dann sah er sich nach seinen Freunden um. Laerte saß mit genervter Miene neben seiner Mutter, Antonio hatte Luca einen Arm um die Schultern gelegt, und der kleine Junge sah aus, als würde er gleich einschlafen. Aber Bea und Elena unterhielten sich angeregt und schüttelten hin und wieder den Kopf.

Paolo stand von seinem unbequemen Klappstuhl auf. Viele Jungen und Mädchen schauten ihn erwartungsvoll an, während die Erwachsenen keine Notiz von ihm zu nehmen schienen. Wie immer waren sie so sehr in ihre eigenen Gedanken vertieft, dass sie ihre Kinder gar nicht wahrnahmen.

Paolo hockte sich vor die beiden Mädchen. »Wie denkt ihr darüber?«, fragte er sie leise.

»Das ist doch alles Quatsch«, flüsterte Elena. »Glauben sie denn wirklich, sie können Palamà dazu überreden, nett zu ihnen zu sein? Reine Zeitverschwendung! Und während wir in der Schule sind und nichts machen können, wird hier einiges passieren.«

»Es sei denn, wir bleiben hier und kämpfen«, meinte Paolo grinsend.

Erstaunt nahm Bea ihre Brille ab. »Du willst schon wieder schwänzen?«

Mit dem Saum ihres T-Shirts putzte sie ihre Brillengläser, und Paolo dachte, dass sie einfach immer das brave Mädchen bleiben würde, die Vorzeigeschülerin eben.

Doch als sich Bea die Brille wieder aufgesetzt hatte, sagte sie: »Ich mache mit.«

Bevor Paolo etwas sagen konnte, hörte er das wohlbekannte Rattern des alten Autos seines Großvaters. Es blieb knapp vor der langen Tafel stehen und hüllte alle, die in seiner Nähe saßen, in eine stinkende Abgaswolke. Großvater Blasio stieg aus und schwenkte ein in rotes Leder gebundenes Notizbuch.

Paolo lief ihm entgegen. Sein Großvater lächelte triumphierend.

»Ich war bei Don Ernesto, und wir haben im Kirchenarchiv nach Informationen über den Räuberhauptmann Giovanni und seinen Brief gesucht. Und jetzt habe ich wichtige Neuigkeiten!«

»Sag schon!«, forderte ihn Paolo ungeduldig auf.

Der Großvater suchte sich einen freien Stuhl und goss sich erst einmal ein Glas Wasser ein. Dann begann er zu erzählen.

»Vor hundertfünfzig Jahren schrieb der Räuberhauptmann Giovanni tatsächlich an den Gouverneur, um die Unabhängigkeit von Casa Vulía zu erklären. Insgesamt waren es drei Briefe: Einen behielt der Räuberhauptmann, der zweite wurde an den Gouverneur in Otranto geschickt, den dritten bekam Don Biasi, der damalige Pfarrer von Pagliarano. Der Gouverneur antwortete nicht auf den Brief, doch er hörte auf, die Räuber verfolgen zu lassen, und unternahm nichts mehr gegen sie, sodass sie auf dem Gelände der Casa Vulía in Ruhe leben konnten. Giovanni nahm Abschied vom Räuberleben, widmete sich der Landwirtschaft und gründete eine Familie. Unsere. Seither ist viel Zeit vergangen …«

Paolos Schwester Elisa unterbrach ihn. »Großvater Blasio hat mir das alles vorhin schon am Telefon erzählt, und ich habe gleich einen Freund von mir angerufen, der Anwalt ist. Er sagt, so eine seltsame Geschichte habe er im Leben noch nicht gehört. Doch wenn wir tatsächlich Beweise dafür haben, dass unser Grundbesitz bereits zu Zeiten der Einigung Italiens einen autonomen Staat darstellte, dann können wir diesen Status vielleicht von den Behörden anerkennen lassen.«

Ein paar junge Leute begannen zu klatschen.

Paolo flüsterte Bea und Elena zu: »Sagt Laerte, Antonio und Luca Bescheid, aber unauffällig. In einer Viertelstunde treffen wir uns an der Hirtenhütte. Der Moment ist gekommen, die Regierung zu versammeln, um uns auf die Schlacht vorzubereiten.«

Die Kinder setzten sich in der Hirtenhütte auf den Boden. Die gesamte Regierung des Freien Staats war vertreten, außerdem gab es noch einige geladene Gäste: Annalisa, Franco und Giacomo, sowie Nadia als Vertreterin der Feriengäste.

Paolo bat Laerte, allen zu erzählen, was er am gestrigen Nachmittag erlebt hatte. Anschließend berichtete Paolo, was Enzo Palamà ihm gesagt hatte. Als er fertig war, wurde Empörung laut.

»Das sind ja Verbrecher!«

»So eine Gemeinheit!«

»Davon müssen alle erfahren!«

Paolo hob die Hände und bat um Ruhe. »Ich bin ganz eurer Meinung«, sagte er. »Wenn Fantini die Arbeiter nur deshalb entlassen hat, um sich nachher ihre Häuser und Grundstücke unter den Nagel zu reißen, und wenn ihm Palamà dabei hilft, dann müssen wir das öffentlich machen. Aber das ist eine schwere Anschuldigung, wir brauchen Beweise. Wir dürfen keine Fehler machen, dafür ist die Sache viel zu ernst.«

»Was hast du vor?«, erkundigte sich Elena.

»Enzo Palamà hat von einer Liste mit Namen gesprochen, die der Bürgermeister zu Hause in einer Schublade aufbewahrt. Wahrscheinlich hat er zu Hause auch noch andere heikle Unterlagen. Wir müssen sie in unseren Besitz bringen.«

»Aber wer beschützt bis dahin Casa Vulía?«, fragte Antonio.

Die Antwort kam gleichzeitig von allen Seiten: »Wir.«

»Wir bilden Teams«, schlug Paolo vor. »Antonio, du leitest gemeinsam mit Elena und Franco die Erste Verteidigungslinie.«

»Super!« Antonio rieb sich begeistert die Hände.

»Nadia und Giacomo: Ihr kümmert euch um die Logistik. Ihr bereitet die Waffen vor, versorgt die Kämpfenden mit Munition und organisiert ein Botensystem für die Überbringung von Nachrichten.«

»Und ich?«, fragte Laerte.

»Du und Bea, ihr bekommt eine besonders knifflige Aufgabe: Ihr nutzt das Chaos, das morgen Vormittag entstehen wird, um euch in die Villa des Bürgermeisters zu schleichen und nach den Unterlagen zu suchen, die wir als Beweise gegen ihn verwenden können.«

Die beiden starrten Paolo an, als wäre er verrückt geworden, doch er grinste. »Keine Sorge, ich weiß auch schon, wie ihr das anstellt. Es wird leichter sein, als es jetzt klingt. Ich kümmere mich um die zweite Verteidigungslinie und um die allgemeine Koordination, während du, Luca, gemeinsam mit Annalisa die vielleicht schwierigste Aufgabe erfüllen wirst.«

Luca strahlte stolz.

»So, und jetzt an die Arbeit!«

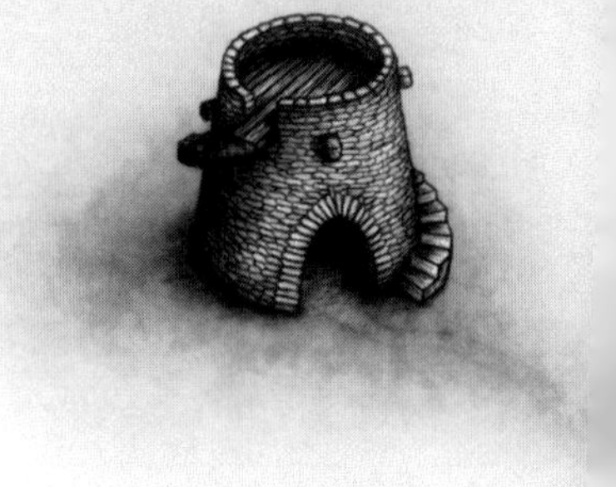

Vor der Schlacht

Gegen sechs Uhr abends hatten sich die Erwachsenen müde geredet und begannen aufzubrechen. Die Eltern schickten ihren in der Hirtenhütte versammelten Kindern SMS-Nachrichten, Freiwillige deckten den Tisch ab und machten sich an den Abwasch.

Immer wenn er im Laufe der letzten Stunden an der langen Tafel vorbeigekommen war, war Paolo betont langsam gegangen, sodass er den Erwachsenen nicht aufgefallen war. Erst hinter der nächsten Ecke war er losgeflitzt, denn er hatte viel zu tun und keine Zeit zu verlieren.

Bald würden alle nach Hause fahren und am morgigen Vormittag in die Schule gehen müssen … oder vielleicht auch nicht.

Zum verabredeten Zeitpunkt traf sich Paolo hinter dem Gutshaus mit Laerte, der bei seinem Anblick Habachtstellung annahm: »Majestät, wir sind für die Schlussinspektion bereit.«

»Sehr gut«, erwiderte Paolo, bemüht, ernst zu bleiben. »Wo fangen wir an?«

»Mit dem Munitionsdepot.«

»Also im Keller.«

Zum Glück konnte man in den Keller gelangen, ohne an der Vorderseite des Gutshauses oder an der Küche vorbeigehen zu müssen, nämlich durch die noch unverglasten Fensteröffnungen einer Ferienwohnung im Erdgeschoss, die umgebaut wurde. Paolo und Laerte schauten sich verstohlen um, bevor sie hindurchkletterten. Schnell liefen sie durch den Raum, in dem es anstelle von Möbeln nur Betonsäcke und Werkzeug gab, und stiegen die Treppe in den Keller hinunter.

An den Wänden des fensterlosen Raums waren zwei Metallregale voller Einmachgläser, auf dem Fußboden standen zahlreiche Zweiliterkanister voller Olivenöl: grüne Blechdosen mit einem aufgemalten gelben Olivenzweig.

Giacomo, Nadia und fünf weitere Jungen und Mädchen hockten auf dem Fußboden und bastelten Munition: Einer nahm aus einem Beutel Luftballons und steckte in die Öffnung einen kleinen Trichter, ein zweiter füllte die Ballons mit Öl. Danach wurden sie fest zugeknotet und zu den bereits gefüllten gelegt.

»Rapport über den Stand der Munitionsherstellung?«, forderte Laerte im Befehlston.

»Sofort, Herr General!«, antwortete Nadia beflissen. »Wir haben eine große Menge Bomben hergestellt. Die grünen sind mit Öl gefüllt, die roten mit Seifenwasser und die kleinen mit Wasser und Mehl.«

»Wasser und Mehl?«, fragte Paolo neugierig.

Kichernd wies Giacomo auf Nadias jüngeren Bruder, der leere Luftballons der Farbe nach sortierte. Sein Haar war mit einer weißen, klumpigen, Fäden ziehenden Masse verklebt.

»Das ist die Wirkung dieser Waffe, Majestät. Claudio hat sich freiwillig als Versuchskaninchen angeboten.«

Claudio stand schnell auf und nahm Habachtstellung an, und Paolo konnte nicht anders, er musste einfach lachen. »Ausgezeichnet«, lobte er. »Macht noch eine halbe Stunde lang weiter, dann hört ihr auf.«

»Ich schließe dann die Tür ab, richtig?«, erkundigte sich Nadia. »Hier im Keller befinden sich auch neue Münzen. Wenn die wegkämen, wäre das ziemlich schlimm.«

»Sehr gute Idee!«

Antonio stand am Zufahrtsweg und beobachtete aufmerksam die Soldaten des Freien Staats, die hin und her marschierten und eifrig den Nahkampf trainierten. Jeder Soldat hatte sich ein gelbes Tuch um den Hals gebunden.

»Ich weiß nicht«, flüsterte Paolo Laerte zu, während sie zu Antonio gingen. »Morgen könnten hier echte Polizisten auftauchen. Was ist, wenn jemand verletzt wird?«

Laerte zwinkerte ihm zu. »Vertrau mir. Ich kann dir garantieren, dass alles gut wird. Wenn es zum Kampf kommt, wird es ein Kampf nach unseren Regeln werden.«

»Und die wären?«, fragte Paolo.

»Wir werden angreifen, uns verstecken und dann wieder angreifen. Du hast doch die Bomben im Keller gesehen. Sobald die Polizisten merken, dass sie mit unseren genialen Bomben beworfen werden, ziehen sie sich zurück.«

»Oder aber sie werden wütend«, widersprach Paolo leise. Dann legte er Laerte die Hände auf die Schultern. »Morgen kommt es auf dich und Bea an: Ihr müsst Palamàs Machenschaften entlarven. Wenn ihr in seinem Haus Beweise findet, wird es gar nicht erst zu einer Schlacht kommen, und das wäre für alle das Beste.«

»Ich verspreche, dass ich mein Möglichstes tun werde!«

Gemeinsam mit Antonio nahmen sie die Parade der Ersten Verteidigungslinie ab. Auf Antonios Befehl hin führten die Kinder ihre Kampftechnik in Schaukämpfen vor, robbten über den Boden und versteckten sich hinter Olivenbäumen.

Nach der kleinen Vorführung verabschiedeten sich Paolo und Laerte und machten sich auf den Weg zur Hirtenhütte. Die Sonne ging allmählich unter, und Paolo merkte, dass er endlich aufgehört hatte zu schwitzen. Es war frischer geworden.

»Weißt du«, vertraute er Laerte unterwegs an, »am liebsten würde ich morgen ebenfalls mit in die Villa des Bürgermeisters kommen. Ich bin mir sicher, dass ich euch nützlich sein könnte, und …«

»Du bist der König und musst hierbleiben. Es könnte zu Komplikationen kommen, und dann kannst nur du vermitteln. Bea und ich schaffen das schon, du wirst sehen.«

Bea suchte sich eine Beschäftigung nach der anderen, nur um ja keine Zeit zum Nachdenken zu haben. Die Hirtenhütte war in eine Waffenfabrik verwandelt worden, in der Jungen und Mädchen mithilfe ihrer Taschenmesser aus Stöcken Speere machten.

Hier werden Waffen hergestellt, dachte Bea, und alle die mitmachen, wollen morgen nicht in die Schule gehen und stattdessen in einer Schlacht kämpfen. Sind denn alle verrückt geworden?

Bea hatte Angst, große Angst. Sie wollte ja Polizistin werden und hatte daher immer versucht, sich absolut korrekt zu verhalten, doch jetzt … Nein, es war nicht der richtige Zeitpunkt, um darüber nachzudenken. Irgendwie spürte sie, dass sie das Richtige tat. Ihre Freunde setzten alles aufs Spiel, um den Freien Staat der Kinder zu retten, und auch sie musste ihren Teil beitragen.

»Was machen die denn da?«, fragte Paolo, nachdem er in die Hütte eingetreten war.

»Bea kann es dir sagen«, meinte Laerte. »Sie leitet diese Abteilung.«

Bea lächelte, doch dann fiel ihr ein, dass sie einfach furchtbar aussehen musste. Sogar ihre Brillengläser waren von einer dicken Staubschicht überzogen.

»Wir stellen Waffen her«, erklärte sie. »Nach Plänen, die Elena gezeichnet hat. Sie ist draußen und gibt Schießunterricht. Ich vertrete sie hier, bis sie wiederkommt.«

»Was sind das für Waffen?«, wollte Paolo wissen.

Bea beugte sich zu einem blonden Jungen herunter, der am Boden hockte, und ließ sich von ihm das Gerät geben, an dem er gerade arbeitete.

Es handelte sich um einen Ast in Y-Form. Um den Griff war ein dickes Stück Stoff gewickelt, an den Enden der beiden Arme war ein festes schwarzes Gummiband befestigt.

Es war eine Schleuder. Paolo versuchte, das Gummiband zu spannen, und Bea stellte zufrieden fest, dass er dafür einige Kraft aufwenden musste.

»Wo habt ihr das Gummiband her?«, fragte er.

»Das ist ein Streifen von einem Fahrradschlauch«, antwortete sie. »Franco ist dafür extra nach Pagliarano gefahren. Er hatte vor ein paar Tagen einen Platten und hat uns seinen kaputten Schlauch gebracht.«

Bea gab dem blonden Jungen die Schleuder zurück. Dann flüsterte sie Paolo zu: »Wir hätten gerne auch Bögen gebaut, aber weil wir nicht das richtige Holz dafür haben, geht das nicht.«

»Das macht doch nichts«, versuchte Paolo sie zu trösten. »Die Schleudern werden sicherlich reichen.«

»Warum probierst du nicht mal eine aus?«, schlug Bea vor.

Die Ziele waren auf eine halbhohe Trockenmauer gestellt worden: leere Getränkedosen, leere Klopapierrollen, Plastikflaschen und Ähnliches mehr.

In etwa zwanzig Schritt Entfernung hatte eine lange Reihe von mit Schleudern bewaffneten Kindern Aufstellung genommen. Sie hatten die Hosentaschen voll kleiner Kieselsteine.

Elena schritt die Reihe ab, studierte die Körperhaltung der Schützen und gab hier und da Tipps für genaues Zielen. Paolo und Laerte gingen zu ihr hin.

»Ich habe dir das Kommando über die Erste Verteidigungslinie zugeteilt«, meinte Paolo lachend, »aber ich hatte nicht erwartet, dass du wirklich wie ein Junge kämpfst.«

»Haha«, erwiderte sie. »Guter Witz. Jetzt zeige ich dir mal, was ich kann.«

Elena lieh sich eine Schleuder aus und nahm einen kleinen runden Stein. Sie entfernte sich ein paar Schritte, legte den Stein ein, spannte mit einer eleganten Bewegung das Gummiband und ließ es los. Der Stein flog zischend in die Luft und traf eine Getränkedose, die scheppernd auf der Erde aufschlug.

Alle klatschten.

»Du kannst das aber gut!«, sagte Laerte bewundernd. »Wo hast du das denn gelernt?«

»Nirgendwo«, antwortete Elena stolz. »Ich will ja nicht angeben, aber ich glaube, ich bin ein Naturtalent. Aber auch die anderen hier sind gute Schützen, ich habe sie persönlich ausgewählt. Sie treffen im Durchschnitt jedes zweite Mal, auf eine Entfernung von fünfundzwanzig Schritt.«

»Äh … fantastisch«, lobte Paolo. Er hatte noch etwas hinzufügen wollen, wurde aber von einem atemlosen Antonio unterbrochen, der auf sie zugerannt kam.

»Eure Majestät!«, keuchte der Junge.

»Ist etwas passiert?«

»Wir … wir müssen gehen. Die Erwachsenen wollen nach Hause und sammeln ihre Kinder ein.«

Tatsächlich war es schon sieben Uhr vorbei. Die Zeit reichte bei Weitem nicht, eigentlich hätten sie für ihre Vorbereitungen noch ein paar Tage gebraucht.

Paolo nickte mit ernster Miene. »Und dein Bruder Luca?«

»Morgen früh treffen er und Annalisa sich auf dem Weg zur Schule. Du wirst sehen, sie werden ihre Sache gut machen. Wir werden es schaffen.«

Der Weg zur Schule. Wenn der morgige Tag ein normaler Montag gewesen wäre, hätte Paolo bei Signor Bambino Unterricht gehabt, anschließend zwei Stunden Sport und zwei Stunden Mathe.

Doch stattdessen würden die meisten Klassen leer bleiben. Die Direktorin würde einen Tobsuchtsanfall kriegen, ebenso wie die Eltern. Doch das, wofür die Kinder kämpften, war es wirklich wert.

»Gut, Leute«, sagte Paolo. »Wie sehen uns dann morgen früh. Alle, die morgen Aufgaben außerhalb von Casa Vulía ausführen, sollten heute Nacht unbedingt ihre Handys aufladen, damit wir tagsüber in Kontakt bleiben können. Ich wünsche uns allen viel Glück!«

Am Abend wurde im Gutshaus wenig gegessen, nur etwas Gemüse, das vom Mittagessen übrig geblieben war. Signora Maria hatte einen langen Tisch unter das Vordach gestellt, und alle saßen wieder draußen. Nach einem derartig intensiven Tag hatte niemand mehr Lust, viel zu reden. Gegen acht Uhr brachen die Feriengäste zu einem Folkloreabend nach San Gregorio auf.

Paolo lächelte Nadia zu, und sie formte mit den Lippen lautlos ein »Bis morgen!«.

Langsam brach die Dunkelheit herein. Signora Maria zündete ein paar Zitronellenkerzen an, um die Mücken fernzuhalten. Paolo und Elisa deckten den Tisch ab.

Bald darauf verstummten die Zikaden.

Die Eltern zogen sich zurück, um schlafen zu gehen, nach und nach erloschen im Gutshaus die Lichter. Am Tisch blieben nur noch Paolo, Elisa und ihr Großvater sitzen.

Der Großvater zog ein Päckchen Zigaretten aus der Brusttasche, zündete sich eine an und bot nach kurzem Zögern auch Elisa davon an, die dankend annahm.

»Du solltest nicht rauchen«, brummelte der Großvater. »Es ist schädlich. Bei mir ist es egal, ich bin ja schon alt …«

Elisa sagte nichts darauf.

»Gehst du heute Abend nicht aus?«, fragte Paolo.

Elisa zündete sich die Zigarette an. »Nein. Meine Freunde sind noch in Bologna, sie kommen erst in einer Woche oder so. Bis dahin kann ich meine Familie in vollen Zügen genießen.«

Der Großvater bekam einen kleinen Lachanfall. »Gut so. Eigentlich aber bist du nur neugierig darauf, zu erfahren …«

»Was zu erfahren?«, unterbrach Paolo ihn.

»… zu erfahren, was du und deine Freunde den ganzen Nachmittag lang gemacht habt.« Der Großvater reckte sich und verschränkte die Hände im Nacken. »Ihr habt versucht, möglichst unauffällig zu sein, aber ich habe gesehen, was ihr im Keller mit dem Öl getrieben habt … Wenn dein Vater entdeckt, dass seine Olivenölkanister geöffnet wurden, kannst du was erleben.«

Elisa grinste. »Ich bin heute Nachmittag ein bisschen spazieren gegangen und habe Antonio und andere Jungs dabei beobachtet, wie sie zwischen den Bäumen modernen Tanz aufgeführt haben, oder Zumba oder so etwas in der Art. Und ein Stück weiter hat Elena mit der Schleuder geübt.«

»Ihr irrt euch …«, behauptete Paolo zögernd.

Beide schauten ihn gleichzeitig fordernd an. Sie wollten die Wahrheit hören, und zwar sofort.

Ihm blieb nichts anderes übrig, als zu beichten. Die geheime Mission von Laerte und Bea erwähnte er nicht, doch er erklärte, dass sie etwas gegen den Bürgermeister unternehmen wollten und dass sämtliche Schüler am morgigen Tag nicht in die Schule, sondern zur Casa Vulía kommen würden, um das Territorium des Freien Staats zu verteidigen.

»Ich finde das nicht gut«, befand der Großvater, als Paolo geendet hatte.

»Es lässt sich jetzt nicht mehr stoppen«, sagte Paolo trotzig. »Wir haben die Aktion gründlich durchdacht, wir haben alles vorbereitet und sind überzeugt davon, das Richtige zu tun.«

»Ich glaube …«, versuchte Elisa zu vermitteln. »Ich glaube, dass Großvater gegen den Einsatz von Gewalt ist.«

»Und zwar aus zwei überzeugenden Gründen«, bestätigte der alte Mann. »Zum einen werdet ihr es mit erwachsenen Männern zu tun haben, die vielleicht sogar bewaffnet sind. Ihr wisst nicht, wie sie auf eure Kriegserklärung reagieren. Sie könnten sie für bare Münze nehmen. Es könnte Verletzte geben.« Der Großvater schaute Paolo sehr ernst an. »Vor allem aber löst man Probleme eben nicht mit Gewalt.«

Paolo überkam wieder dieses unangenehme Gefühl, das er am Nachmittag verspürt hatte, als er Antonio und die anderen Jungen mit Stöcken hantieren sah.

»Was sollen wir denn sonst tun?«

»Wir könnten uns auf der Zufahrt zur Casa Vulía versammeln«, meinte Elisa. »Unsere Eltern und die anderen Erwachsenen gehen nach Pagliarano, um mit dem Bürgermeister zu verhandeln. Und währenddessen bewachen wir das Grundstück und organisieren einen friedlichen Widerstand. Gemeinsam. Ich bin mir sicher, dass wir auf diese Weise mehr erreichen.«

Paolo nickte erleichtert. Gleich darauf musste er so stark gähnen, dass er sich dabei beinahe den Unterkiefer ausgerenkt hätte. Es war ein anstrengender Tag gewesen und er musste unbedingt schlafen gehen.

Er verabschiedete sich vom Großvater und von Elisa und stieg die Außentreppe hinauf. Schnell zog er sich aus, schlüpfte in den Pyjama und ließ sich aufs Bett fallen.

Es würde alles gut gehen, dachte er. Auch Elisa und der Großvater glauben fest daran. Er musste nur noch eine Sache erledigen …

Doch noch bevor ihm wieder einfiel, worum es ging, war er auch schon eingeschlafen. Und das sollte sich später als großer Fehler erweisen.

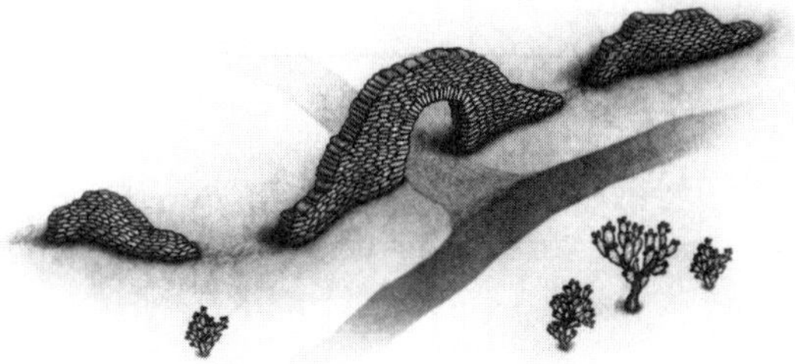

Die Kriegserklärung

Montag, 7. Juni

Als Bürgermeister Leo Palamà an diesem Morgen erwachte, war es noch nicht mal sieben Uhr. Vor dem Schlafengehen hatte er vergessen, die Fensterläden zu schließen, und jetzt schien ihm die Sonne direkt in die Augen und machte das Wiedereinschlafen unmöglich. Normalerweise hätte er sich darüber schwarz geärgert, an diesem Tag aber war er viel zu fröhlich, als sich von einer derartigen Kleinigkeit die Laune verderben zu lassen.

Er stand auf, schlüpfte in die bereitstehenden Pantoffeln und seufzte zufrieden: »Heute ist ein herrlicher Tag!«

Um halb neun wollte er Fabrikdirektor Fantini anrufen, um mit ihm die letzten Einzelheiten zu besprechen. Endlich würde er ihm sagen können, dass das Problem gelöst war und Casa Vulía bald ihnen beiden gehörte.

Um halb zehn stand eine Besprechung mit dem Polizeichef von Pagliarano auf dem Programm. Der war nicht begeistert von der Idee, Palamà seine Männer zur Verfügung zu stellen, doch der Bürgermeister war sein Vorgesetzter, und deshalb musste er dessen Anordnungen befolgen.

Und danach würde der Bürgermeister sozusagen im Triumphzug zur Casa Vulía fahren, um ein für alle Male mit diesem ewigen Störenfried Giovanni Rizzo abzurechnen und ihm Haus und Hof abzuknöpfen. Der würde Augen machen, wenn er ein paar Jahre später die luxuriöse Hotelanlage sah, die auf seinen dürren Feldern entstehen sollte.

Am besten aber fand der Bürgermeister, dass seine Frau von all dem nichts mitbekam. Als Annina damals herausgefunden hatte, dass ihr Mann den Fabrikdirektor zur Entlassung der Arbeiter überredet hatte, war sie zu einer wahren Furie geworden. Leo Palamà hatte sich viel Mühe geben müssen, um sie zu versöhnen, und er hatte gewusst, dass er es niemals wieder zu einem derartigen Streit kommen lassen durfte.

Heute aber würde es keinerlei Probleme geben, er hatte alles perfekt organisiert. Das hatte auch sein müssen, denn dieser Montag war ein sehr wichtiger Tag und es durfte keinesfalls zu unvorhergesehenen Zwischenfällen kommen.

Zufrieden vor sich hin pfeifend machte sich der Bürgermeister im Bad fertig und zog seinen besten Anzug an. Zwar war es schon jetzt am Morgen zu heiß, um ein Jackett anzuziehen, aber für manche Anlässe muss man eben tadellos gekleidet sein.

Mittlerweile war auch sein Sohn Enzo aufgewacht, der Bürgermeister hörte ihn im Haus rumoren. Gestern Abend hatte er gemerkt, dass Enzo traurig aussah. Vielleicht ließen ihn die anderen nicht mitspielen, aber durch die Räumung von Casa Vulía und die Abschaffung des Freien Staats der Kinder würde auch dieses Problem gelöst sein.

Der Blick der Mutter glitt prüfend über ihre beiden Söhne. Dann drückte sie Luca einen Kuss auf die Stirn und richtete Antonios Jackenkragen.

»Ich vertraue dir Luca an«, sagte sie zu ihrem ältesten Sohn. »Bring ihn bitte wirklich bis zum Schultor und warte, bis er hineingegangen ist. Und ich wünsche euch beiden einen schönen Schultag!«

»Ja, Mama«, erwiderte Antonio mühsam beherrscht. Er war so nervös, dass ihm das Stillstehen schwerfiel.

Die Mutter lächelte. »Schau nicht so grimmig, ihr habt doch nur noch drei Tage Schule, dann fangen die Ferien an.«

»Er ist doch nicht deswegen so aufgeregt«, meinte Luca. »In Wirklichkeit …«

Antonio stieß ihn schnell mit dem Ellbogen an und Luca zuckte zusammen.

Zum Glück hatte die Mutter nichts gemerkt. Sie verabschiedete ihre beiden Söhne und sah zu, wie Antonio das Fahrrad aus der Garage holte und zusammen mit Luca aufbrach.

»Du hast uns beinahe in Schwierigkeiten gebracht«, meinte Antonio.

»Nein, ich wollte nur sagen, dass du dich in der Schule in ein Mädchen verliebt hast und deshalb so komisch bist. Du hast noch nicht mal gefrühstückt, und das hätte Mama misstrauisch machen können.«

Antonio murmelte etwas Unverständliches. Sein Bruder hatte recht, aber er war viel zu angespannt gewesen, um etwas herunterzubekommen.

»Außerdem«, fuhr Luca fort, »habe ich heute die wichtigere Aufgabe als du. Ich muss ins Rathaus gehen und dem Bürgermeister den Krieg erklären. Ich bin der Botschafter des Freien Staats.«

»Aber du wirst nicht allein sein, Annalisa geht ja mit. Ihr gebt die Kriegserklärung gemeinsam ab. Weißt du denn auch noch genau, was du sagen sollst?«

Luca nickte ernst. Den gesamten gestrigen Nachmittag hatte er die kleine Rede, die er im Rathaus halten sollte, immer wieder leise wiederholt. »Ich, Luca, der Botschafter des Freien Staats der Kinder, bin gekommen, um offiziell zu verkünden, dass Seine Majestät Paolo I. der Gemeinde Pagliarano den Krieg erklärt.«

Anstatt den üblichen Weg zur Schule einzuschlagen, gingen die beiden Jungen zum Rathaus – auf Schleichwegen, um nicht gesehen zu werden. Bei der Konditorei Vabbé sollten sie sich mit Annalisa treffen. Die Konditorei war winzig klein, mit ein paar Tischchen an der Straße, und lag strategisch gut: in einer Seitengasse, in der wenig los war, aber in unmittelbarer Nähe des Rathauses.

Annalisa wartete schon auf sie. Sie saß an einem der Tischchen und biss von einem Hörnchen ab, bei dessen Anblick Antonios Magen zu knurren begann.

»Hey, ihr zwei!«, begrüßte Annalisa die beiden. »Bereit für den großen Tag?«

Antonio beobachtete misstrauisch Signora Vabbé, die gerade die Theke abwischte.

»Nicht so laut …«

»Keine Angst«, beruhigte ihn Annalisa. »Ich habe mit ihr gesprochen, sie ist auf unserer Seite. Sie hat gesagt, sie ist auch mal jung gewesen und weiß, wie langweilig die letzten Schultage vor den Ferien sind. Sie wird nicht verraten, dass wir schwänzen.«

»Sehr gut.«

Antonio gab seinem Bruder einen Klaps auf die Schulter und wollte gerade auf sein Fahrrad steigen, als Annalisa ihr Hörnchen hochhielt. »Willst du nicht erst mal frühstücken?«

»Äh, ich will nicht zu spät kommen …«, stammelte Antonio, doch sein Magen knurrte in diesem Augenblick so laut, dass auch die anderen es hörten.

Alle drei lachten, und Antonio gab sich geschlagen. »Okay, aber nur ganz schnell. Wir haben ja noch Zeit, die anderen werden erst gegen halb neun bei der Casa Vulía eintreffen.«

Wie an jedem Morgen verließ Paolo das Haus mit dem Schulrucksack auf dem Rücken, stieg aufs Rad und fuhr schnell die Zufahrt entlang.

Er bog auf die Hauptstraße ab, doch nach hundert Metern bremste er, versteckte das Rad im Gebüsch und kehrte zu Fuß über die Felder nach Hause zurück. Er hockte sich hinter ein Kaktusfeigendickicht und überwachte von seinem Versteck aus die Zufahrt und die Hauptstraße.

»Pssst«, flüsterte Nadia. Sie lief zu Paolo und setzte sich schnell neben ihn hinter die Kakteen. »Mission erfüllt. Ich war beim Keller und habe die Tür geöffnet, damit wir schnell an die Munition kommen. Und …«

Paolo bedeutete ihr, leiser zu sprechen. »Und deine Eltern fahren weg?«

»Ja, zum Meer. Mein Bruder hat ihnen gesagt, dass er unbedingt an einen Sandstrand will, deshalb fahren sie bis Torre Vado.«

Paolo nickte zufrieden. Bis Torre Vado waren es über zwanzig Kilometer auf engen kurvenreichen Straßen. Sie würden erst am Abend zurück sein.

»Und du durftest ohne Weiteres hierbleiben?«

»Ich habe ihnen gesagt, dass es mir gerade nicht so gut geht und dass ihr dann am Nachmittag kommt.«

Die beiden warteten geduldig. Nach ungefähr zwanzig Minuten trafen die ersten Kinder aus Pagliarano in kleinen Gruppen ein. Sie unterhielten sich und lachten ausgelassen.

Als auch Elena eintraf, bat Paolo sie, alle bei der Hirtenhütte zu versammeln. Er musste versteckt bleiben, bis seine Eltern Casa Vulía verließen.

Also wartete er weiter. Ihm war, als würden sich die Zeiger auf dem Zifferblatt kaum bewegen. Immer wieder hielt er seine Uhr ans Ohr, um sich zu überzeugen, dass sie noch tickte.

Bea und Laerte sollten sich an der Straße nach Tricase Porto treffen, im Schatten einer berühmten riesigen Eiche, die dort wuchs. Bea erreichte die Stelle als Erste. Sie kletterte über das Mäuerchen, das den gewaltigen Baum umgab. Ein Schild erklärte, dass er über siebenhundert Jahre alt sei und dass einer Sage zufolge König Friedrich II. und hundert seiner Ritter bei einem heftigen Unwetter unter der Krone dieser Eiche Schutz gefunden hätten.

Bea fand, dass dies der richtige Ausgangspunkt war, um ihren Beitrag zur Rettung von Casa Vulía zu leisten. Vielleicht würde er ihr den Mut verleihen, den sie jetzt dringend brauchte. Sie wusste sehr wohl, dass es gegen das Gesetz war, ungebeten in fremde Häuser einzudringen.

Doch in diesem Fall ist es für einen guten Zweck, dachte sie, und vermutlich ist der Bürgermeister wirklich ein Krimineller.

»Ist das nicht ein irrer Baum?«, meinte Laerte, als er sein Fahrrad im Schatten der Eiche abstellte. »Als ich noch klein war, kam mein Vater oft mit mir her und erzählte mir jedes Mal eine Geschichte über einen der hundert Ritter. Wahrscheinlich hat er sie sich selbst ausgedacht, aber …« Unvermittelt wechselte Laerte das Thema, so, als wolle er die Traurigkeit vertreiben, die ihn zusammen mit der Erinnerung an seinen Vater ergriff. »War es für dich schwierig, herzukommen?«, fragte er.

»Nein, überhaupt nicht«, erwiderte Bea. »Mal abgesehen davon, dass ich jetzt eigentlich im Klassenzimmer sitzen müsste und deshalb furchtbare Schuldgefühle habe. Und du?«

»Meine Mutter ist heute sehr früh aus dem Haus gegangen. Sie musste ins Büro, um sich für ein paar Stunden beurlauben zu lassen, damit sie nachher zusammen mit Paolos Eltern ins Rathaus gehen kann.«

»Sehr gut. Also, wollen wir los?«

Sie stiegen auf ihre Räder und fuhren zum Haus des Bürgermeisters. Auf der Strecke kam ihnen ein Mercedes entgegen, und in einer kurzen Panikreaktion wollte sich Bea beinahe kopfüber ins Gebüsch am Straßenrand stürzen, um sich zu verstecken, doch das Auto war viel zu schnell. Sie konnten gerade noch erkennen, dass es vom Bürgermeister Palamà gelenkt wurde.

»Glaubst du, er hat uns bemerkt?«, fragte Bea, der das Herz bis zum Hals hinauf klopfte.

»Ich glaube nicht. Er grinste vor sich hin. Wahrscheinlich war er ganz in seine Gedanken vertieft. Außerdem war Enzo nicht bei ihm. Wir liegen gut im Zeitplan.«

Sie traten kräftiger in die Pedale und gelangten bald in Sichtweite der Villa.

Sie lag inmitten von Olivenplantagen, Kapernsträuchern und Tabakfeldern. Die Villa und ihr Garten waren von einer hohen Mauer umgeben. Das Eisentor war so dicht mit geschmiedeten Ranken und Ornamenten besetzt, dass man nicht hindurchschauen konnte.

»Im Garten soll ein riesiger Swimmingpool sein«, flüsterte Laerte.

»Und eine Gartenzwergsammlung. Aber ich weiß nicht, ob die Gerüchte alle stimmen.«

»Wir hätten Enzo fragen sollen.«

»Er hätte es uns nicht gesagt. Er redet ohnehin nicht viel, dazu ist er viel zu schüchtern.«

»Kein Wunder, bei dem Vater … Aber wir werden ja gleich sehen, ob die Gerüchte stimmen.«

Laerte schaute sich aufmerksam um. Vielleicht würden sie ein Versteck brauchen, um den Sohn des Bürgermeisters aus dem Hinterhalt zu überfallen. Oder vielleicht lieber nicht. Sie durften Enzo keine Zeit lassen, zu reagieren.

Am Nachmittag zuvor hatte Paolo seinen Plan erklärt, und

Laerte hatte ihn leicht durchführbar und sogar ein bisschen lustig gefunden. Jetzt aber, wo es ans Umsetzen ging, kam er ihm unrealistisch vor. Vielleicht war Enzo ja gar nicht allein zu Hause, vielleicht wurden sie von jemand anderem gesehen …

»Die Frau des Bürgermeisters ist verreist«, beruhigte Bea ihn, als hätte sie seine Gedanken erraten.

»Und …«

Er verstummte, denn soeben hatte das Tor begonnen, sich knarzend zu öffnen.

Laerte schaute Bea an. Sie nickte. Er holte tief Luft und rannte durch das halb offene Tor.

Aus den Augenwinkeln sah er einen verschlafenen, mit Schulrucksack beladenen Enzo, der sein Fahrrad schob. Und noch bevor Enzo merkte, was geschah, hatte Laerte ihn erreicht und gepackt.

»Aua!«, schrie Enzo. »Was tust du da? Wer bist du?«

Bea lief hinzu, um Laerte zu unterstützen.

Als menschliches Knäuel rollten sie alle drei über den Rasen.

Enzo Palamà war klein, doch er verteidigte sich mit einer Entschlossenheit, die Laerte ihm gar nicht zugetraut hätte.

Laerte bekam einen Ellbogenstoß in den Magen, umklammerte aber dennoch sein Opfer mit beiden Beinen und biss ihm in den Polohemdkragen. »Ähgibdcih!«, rief er.

»WAS?«, fragte Enzo.

»Er hat gesagt: *Ergib dich!*«, erklärte Bea. Sie ergriff Enzos Arm und drehte ihn dem Jungen auf den Rücken. Enzo schrie vor Schmerz auf, schaffte es aber dennoch, Laerte mit dem anderen Arm einen zweiten Ellbogenstoß zu versetzen, dieses Mal ins Gesicht.

Laerte ließ los, denn Bea hatte Enzo jetzt fest im Griff. Er atmete auf. Das Gartentor hatte bereits begonnen, sich automatisch zu schließen, sodass von außen keine Störungen zu befürchten waren. Der Garten der Villa war sehr gepflegt, der kurz geschnittene Rasen fühlte sich weich wie Samt an. Das Gerücht um die Gartenzwerge stimmte: Es gab eine riesige Schar rotbemützter Gesellen, es konnten gut und gerne an die siebzig sein.

Enzo Palamà hatte angefangen zu weinen. »Du tust mir weh …«

»Wenn ich dich jetzt loslasse, versprichst du dann, nicht wegzulaufen?«, fragte Bea.

»Ja wie denn? Ihr seid zwei gegen einen, ihr Feiglinge.«

Bea ließ Enzos Arm los und der Junge zog die Nase hoch und massierte sich das Handgelenk. »Was wollt ihr von mir? Ich habe euch nichts getan.«

»Es war nur ein Versuch, dich dazu zu überreden, mit uns zusammenzuarbeiten«, sagte Laerte, der sich mittlerweile ziemlich fies vorkam. »Du musst uns einen Gefallen tun.«

»Ich? Aber ich kann doch nicht …«

»Ach, es ist wirklich nur eine Kleinigkeit«, schaltete Bea sich ein. »Wir wollen ins Haus und die Unterlagen deines Vaters durchsehen.«

In Enzos Augen blitzte eine Erkenntnis auf, und er begann, am ganzen Körper zu zittern. Laerte seufzte. Er konnte es kaum erwarten, die Villa wieder zu verlassen und dieses Abenteuer zu beenden.

Es waren so viele Jungen und Mädchen gekommen, dass sie gar nicht alle unter das Vordach des Gutshauses passten. Deshalb hatten sie sich in der prallen Sonne versammeln müssen, und ihnen lief bereits jetzt der Schweiß herunter. Paolo stieg auf einen Stuhl und versuchte, sie zu zählen. Doch dieses Vorhaben erwies sich als unmöglich, denn niemand blieb lange genug an einem Platz stehen. Ein Rudel Schüler aus der Sechsten spielte zwischen den Olivenbäumen Fangen, Mädchen schlenderten plaudernd von Gruppe zu Gruppe, andere Kinder hatten sich bereits mit Speeren, Schleudern und präparierten Luftballons ausgerüstet und liefen damit herum. Mattia Presti und ein paar Leute seiner Bande standen beisammen und schauten sich etwas auf einem Handy an, Giacomo und Franco liefen hin und her und versuchten, Ordnung in die Menge zu bringen.

Paolo schätzte, dass zwischen siebzig und hundert Leute gekommen waren. Also mindestens die halbe Schule. Was wohl die Direktorin für ein Gesicht machen würde, wenn die Lehrer zu ihr kamen und ihr von leeren Klassenzimmern berichteten?

Paolos Eltern hatten das Haus kurz vor neun verlassen, der Großvater und Elisa aber waren geblieben und schauten von der Küchentür aus zu.

König Paolo winkte zu ihnen hinüber. Dann wandte er sich an Elena: »Hast du Antonio schon gesehen?«

»Bis jetzt hat er sich nicht blicken lassen. Vielleicht ist ihm etwas dazwischengekommen.«

Paolo stöhnte leise. Es war neun Uhr vorbei und seine Untertanen wurden allmählich unruhig. Sie schwänzten die Schule und hätten jetzt genauso gut schon am Strand sein können. Sie waren wegen der Schlacht zur Casa Vulía gekommen, weil sie glaubten, das könne lustig werden. Stattdessen standen sie nur herum und langweilten sich zu Tode.

»Hey, Leute, Leute, hört mal zu!«, rief Paolo jetzt laut und schwenkte die Arme, um sich Aufmerksamkeit zu verschaffen. »Ich muss mit euch reden.« Er schaffte es nicht, sie zum Schweigen zu bringen, aber wenigstens war der Lärmpegel gesunken. »Ich habe eine wichtige Bekanntmachung. Hört mir bitte gut zu: Heute wird es keine Schlacht geben!«

Sofort erklangen laute Protestrufe und schrille Pfiffe.

»Was sagst du denn da?«, rief ein Mädchen mit halblangem Haar. »Machst du Witze?«

»Und wozu haben wir die Schleudern?«, fragte einer.

»Und die Wasserbomben?«

Paolo schüttelte den Kopf. »Es werden weder Schleudern noch Luftballonbomben eingesetzt. Seid jetzt bitte mal still! Meine Eltern und viele andere Erwachsene sind zum Rathaus gegangen, um Palamà umzustimmen. Wenn sie damit keinen Erfolg haben, könnte die Polizei herkommen. Wollt ihr wirklich gegen Polizisten kämpfen?«

»Ja!«

»Mit Wasserbomben und Ölbomben!«

Paolo schüttelte den Kopf. »Nein, nein, nein!«, rief er. »Wir sind friedliche Menschen, wir lösen Probleme nicht mit Gewalt. Wir setzen auf gewaltfreien Widerstand. Wir werden eine Menschenkette bilden und zuvor Schilder schreiben. Wenn die Polizisten kommen, überreden wir sie zum Gehen. Ich will nicht, dass jemand verletzt wird.«

Wieder reagierten seine Untertanen mit Pfiffen. Paolo fing Elenas entgeisterten Blick auf und stieg resigniert von seinem Stuhl herunter.

»Sie haben es nicht gut aufgenommen, was?«, fragte sie.

»Offenbar nicht.«

Antonio war völlig außer Puste, seine Waden schmerzten, er schaffte es einfach nicht, seinem verflixten Klapprad ein schnelleres Tempo abzuringen. Das grelle Sonnenlicht blendete ihn, es war entsetzlich heiß und die Kleider klebten ihm am Körper.

»Ich bin wirklich dumm«, stöhnte er leise, während er die Straße entlangstrampelte, die von Pagliarano zur Casa Vulía führte. »Ausgerechnet heute musste ich mich verspäten.«

Allerdings war das nicht ausschließlich seine Schuld. Er hatte in der Konditorei Vabbé nur ein einziges Puddingtörtchen gegessen. Natürlich hatte er sich auch ein wenig mit Luca und Annalisa unterhalten. Antonio hatte nicht geahnt, dass dieses Mädchen so nett war, denn in der Schule hatten sie nie viel miteinander zu tun gehabt. An diesem Morgen aber stellte er fest, dass sie eine lustige Person war und wunderschöne Augen und ein sehr sympathisches Lächeln hatte. Und weil sie sich so gut unterhielten, hatte er sich ein zweites Törtchen geben lassen.

Dann war plötzlich der Zeitpunkt für ihren Einsatz gekommen: Sie hatten gesehen, wie sich vor dem Rathaus immer mehr Autos angesammelt hatten. Antonio erkannte den Fiesta von Paolos

Eltern und den Fiat Panda von Laertes Mutter. Die Erwachsenen waren im Rathaus eingetroffen, um mit dem Bürgermeister zu verhandeln.

Luca war von seinem Stuhl aufgesprungen, Annalisa hatte genickt. Antonio hatte auf die Uhr geschaut und festgestellt, dass es furchtbar spät geworden war. Und jetzt radelte er so schnell er konnte zur Casa Vulía.

Um seine Kraft besser einsetzen zu können, hob er den Hintern vom Sattel und trat im Stehen. Dabei geriet er ein wenig aus dem Gleichgewicht und das Rad scherte auf das Bankett aus. Antonio lenkte es auf die geteerte Straße zurück, doch schon nach ein paar Metern merkte er, dass etwas nicht stimmte. Das Vorderrad verhielt sich komisch, und er hörte etwas zischen.

»Oh nein!«, rief er, bremste, stieg ab und befühlte den vorderen Reifen. Er fühlte sich weich an und verlor weiter Luft, und bald hatte Antonio auch den schmalen Glassplitter entdeckt, der in Mantel und Schlauch eingedrungen war. Er hatte einen Platten! Was für ein unglaubliches Pech, und noch dazu an einem so wichtigen Tag!

Antonio dachte kurz nach. Dann versteckte er sein Rad im Gebüsch am Straßenrand und rannte los.

Im Rathaus war es angenehm kühl, und dennoch kam es Signor Giovanni vor, als bekäme er keine Luft mehr. Am liebsten hätte er sich das Jackett ausgezogen und das Hemd aufgeknöpft.

Er hatte die ganze Nacht nicht schlafen können. Und jetzt war der entscheidende Moment gekommen: die Unterredung mit Palamà.

»Mach dir keine Sorgen, Liebster, es wird alles gut gehen«, beruhigte ihn Maria und berührte leicht seinen Arm.

Giovanni nickte. Er war ja auch nicht allein: Ein knappes Dutzend Leute waren gekommen, Freunde und Eltern anderer Kinder, und sie alle waren auf seiner Seite. In seiner Eigenschaft als Familienoberhaupt musste er heute gelassen und souverän auftreten. Denn schließlich ging es um Casa Vulía und die Zukunft seiner Familie.

»Ja, es wird schon gut gehen«, wiederholte er, als er die Marmortreppe des Rathauses hinaufstieg, doch es klang nicht sehr überzeugt.

Sie gelangten in einen breiten Flur mit Türen zu beiden Seiten, an dessen Ende ein Empfangstresen stand. Dahinter saß eine Frau mittleren Alters mit einer Lesebrille auf der Nase.

»Oh, so viele Leute!«, meinte sie, als sie die Gruppe auf sich zukommen sah. »Was kann ich denn für Sie tun?«

»Wir müssen mit dem Bürgermeister reden«, erklärte Signor Giovanni und bemühte sich dabei, mit fester Stimme zu sprechen.

»Sie alle zusammen?«

»Ja«, antwortete Signora Maria. »Und sagen Sie ihm bitte, dass es dringend ist.«

»Warten Sie hier.«

Die Sekretärin verschwand hinter einer massiven Holztür, kam beinahe sofort wieder zurück und verkündete: »Er kann Sie jetzt gleich empfangen.«

Giovanni trat als Erster ein, gefolgt von seiner Frau und den anderen: Signora Annunziata, Signor Pededecornala, Signor

Cispola, Signor Campana, Maurermeister Totiri, Pizzabäcker Carrozzella und Metzger Presti.

Giovanni fand ihre Anwesenheit beruhigend.

Das Büro des Bürgermeisters war klein, aber sehr hell, mit einem großen Fenster und eleganten Möbeln. Palamà saß hinter dem Schreibtisch und schien mit Unterlagen beschäftigt zu sein. Als er die vielen Menschen eintreten sah, setzte er ein herzliches Lächeln auf, doch Giovanni bemerkte, dass der Blick so eisig war wie immer.

»Willkommen«, begrüßte Palamà seine Besucher. »Also, Signor Giovanni, haben Sie sich dazu durchgerungen, mein Angebot anzunehmen und den Vertrag zu unterzeichnen?«

Giovanni antwortete nichts darauf.

Jetzt merkte der Bürgermeister, dass sich die Situation anders entwickelte, als er erwartet hatte.

»Offenbar haben Sie Verstärkung mitgebracht. Gibt es denn ein Problem?«

Giovanni wollte etwas sagen, doch Maria kam ihm zuvor. Aus ihrer Handtasche nahm sie einige Papiere und legte sie dem Bürgermeister vor. »Hier sind die Beweise, dass Casa Vulía seit 1861 ein unabhängiger Staat ist, gegen den weder der Gouverneur von Otranto noch dessen Nachfolger jemals vorgegangen sind. Deshalb geht unser Anwalt davon aus, dass in diesem Fall ein stillschweigendes Einverständnis vorliegt. Abgesehen davon haben wir nicht die Absicht, zu verkaufen. Ganz im Gegenteil, wir wollen …«

»Hahahaha!« Der Bürgermeister lachte lauthals. »Ist das Ihre Strategie? Sie behaupten, in einem eigenen Staat zu leben?«

»Ja«, erwiderte Signor Giovanni leise.

Leo Palamà hörte auf zu lachen, schaute kurz auf die Papiere und gab sie zurück.

»Vielleicht haben Sie ja recht«, meinte er. »Wer weiß. Aber selbst wenn es stimmt, müssen Sie das erst einmal vor Gericht beweisen, und es ist nicht gesagt, dass Ihnen der Richter am Ende zustimmt. Unumstößlich aber sind die Tatsachen, dass Sie einen illegalen Campingplatz eingerichtet haben sowie einen Schülerhort ohne autorisiertes Personal. In meiner Eigenschaft als Bürgermeister muss ich beide Einrichtungen schnellstmöglich schließen. Ich habe bereits die Polizei verständigt, die sich um die Durchführung meiner Anordnungen kümmern wird.«

»Das können Sie doch nicht machen!«, rief Signora Annunziata schrill und bahnte sich einen Weg zum Schreibtisch. »Das ist nicht fair.«

»Es entspricht den gesetzlichen Vorgaben«, entgegnete Palamà.

Giovanni merkte, dass der Bürgermeister ihn die ganze Zeit über ansah.

»Signor Rizzo, ich habe versucht, Ihnen so weit wie möglich entgegenzukommen und Ihnen einen Ausweg aus dem Dilemma zu bieten. Ich weiß, dass Ihre Entlassung aus der Fensterfabrik ein harter Schlag für Sie war, und in meiner Eigenschaft als Bürgermeister dieses Ortes habe ich versucht, Ihnen auf jede erdenkliche Weise zu helfen. Doch Sie müssen verstehen: Wenn Sie meine Hilfe ablehnen, bleibt mir keine andere Wahl. An mein Amt sind bestimmte Verpflichtungen geknüpft und ich muss den Vorgaben gemäß handeln.«

Giovanni wollte gerade etwas erwidern, als draußen im Flur laute Schreie der Sekretärin erklangen und das Geräusch schneller Schritte.

Die Tür ging auf und Antonios kleiner Bruder Luca kam hereingelaufen.

»Was willst du denn hier?«, fragte Signora Annunziata. »Solltest du jetzt nicht in der Schule sein?«

Luca lächelte sie an, mit vom Laufen geröteten Wangen. Dann wandte er sich dem Bürgermeister zu: »Ich … ich bin hier als Botschafter des Freien Staats der Kinder«, sagte er laut. »Ich bin gekommen, um im Namen von König Paolo I. zu verkünden, dass der Freie Staat der Kinder der Gemeinde Pagliarano den Krieg erklärt. Wir sind viele, wir sind bewaffnet und ihr müsst euch ergeben!«

»Wa… was?«, fragte Signor Giovanni entgeistert. Jetzt verstand er gar nichts mehr.

Luca wiederholte: »Ich, Luca, der Botschafter des Freien Staats der Kinder, bin gekommen, um offiziell zu verkünden, dass Seine Majestät Paolo I. der Gemeinde Pagliarano den Krieg erklärt. Ergebt euch!«

Signora Annunziata und Signora Maria beugten sich zu dem Jungen hinunter. »Ist das dein Ernst? Wer hat dir gesagt, dass du herkommen sollst?«

»Paolo …«

Auf einmal redeten alle durcheinander. Krieg? Waffen? Was trieben ihre Kinder nur? Sie müssten doch jetzt, am Vormittag, eigentlich in der Schule sein.

Wieder hörten sie draußen die Sekretärin schreien, wieder wurde die Tür aufgestoßen. Die Schuldirektorin trat ein, mit Signor Bambino auf den Fersen.

»Ach, zum Glück sind Sie hier!«, rief die Direktorin außer Atem. »Die Konditorin hat Sie alle hier reinkommen sehen ... Ich muss Ihnen unbedingt sagen ... Also, es ist niemand gekommen.«

»Wohin ist niemand gekommen?«

»In die Schule! Heute sind keine Kinder in die Schule gekommen! Die Klassenzimmer sind leer!«

Die Erwachsenen schauten einander fassungslos an. Giovanni Rizzo seufzte resigniert.

»Es reicht!«, rief der Bürgermeister und schlug mit der flachen Hand auf die Schreibtischplatte. »Ich habe diesen ganzen Blödsinn satt! Wir fahren jetzt alle zur Casa Vulía und beenden das Ganze! Und wenn Sie nicht brav mitkommen und den Mund halten, werden Sie alle verhaftet.«

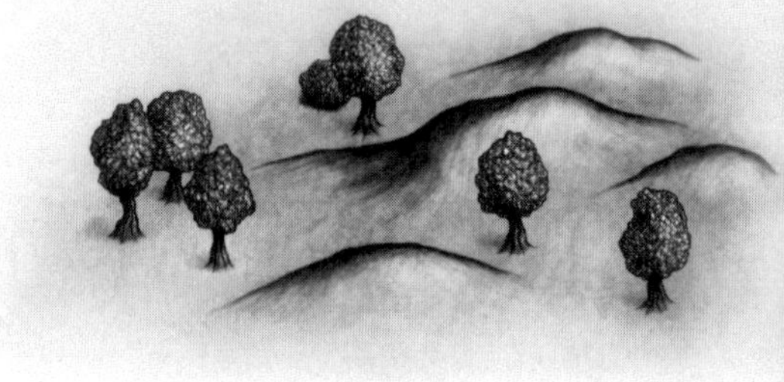

Ein Staatsstreich

Es war zehn Uhr morgens und alles ging den Bach runter.

Auf dem Vorplatz vor dem Gutshaus drehte sich Paolo langsam um die eigene Achse. Unter dem Vordach, im Innenhof, vor dem Badezimmeranbau – überall sah er Leute, die lange Gesichter machten.

Es war von Anfang an eine dumme Idee gewesen. Wie hatte er nur die anderen Schüler dazu anstacheln können, nicht in die Schule zu gehen, sondern zum Gutshaus zu kommen, um es zu verteidigen? Und überhaupt: gegen wen zu verteidigen? Es war bisher niemand aufgetaucht.

Paolo hatte erwartet, dass ihm die anderen immer und überallhin folgen würden, wie einem echten König. Gestern war alles anders gewesen, als sie mit den Vorbereitungen beschäftigt waren. Aber heute?

Elena lief auf ihn zu. »Sie gehen wieder!«, rief sie entsetzt.

»Wer?«

»Die Mädchen aus der Achten. Sie haben gesagt, dass es Zeitverschwendung wäre, noch länger zu bleiben. Sie wollen ans Meer.«

»Aber das können sie nicht, ich …«

Franco kam mit der nächsten Hiobsbotschaft. »Fünf Jungs haben schon ihre Räder geholt. Sie fahren zurück ins Dorf.«

Paolo wusste nicht, was er tun sollte. Warum verhielten sich die anderen so? Warum blieben sie nicht hier und geduldeten sich noch ein paar Stunden?

»Das hätten wir uns auch selbst denken können«, tröstete Elena ihn. »Es ist eine Sache, an einer großen Schlacht teilzunehmen … Aber hier sinnlos herumzustehen, bei dieser Hitze, ist etwas anderes.«

Paolo wischte sich mit dem Saum seines T-Shirts den Schweiß von der Stirn. Sein Großvater beobachtete ihn immer noch von der Küche aus. Warum griff er nicht ein?

»Antonio!«, rief Franco.

Paolo wirbelte herum und beschattete mit einer Hand die Augen. Es war wirklich Antonio, der da auf sie zugetrabt kam. Vielleicht brachte er wichtige Nachrichten!

»Wo warst du nur so lange?«, schimpfte Paolo. »Weißt du, wie spät es ist?«

»Ich … pfff … Das Rad … pfff … Platten … Konditorei …«, keuchte Antonio.

»Was sagst du?«

»Ich hatte … Die Schlacht … Sind wir bereit?«

Wütend stampfte Paolo mit dem Fuß auf. »Es wird keine Schlacht geben«, verkündete er. »Ich habe es gerade den anderen gesagt. Wir organisieren stattdessen eine gewaltfreie Demonstration, doch vielen passt das nicht und deshalb wollen sie gehen.«

»Wie … Was … Aber …?«

»Jetzt fang du nicht auch noch an!«

Antonio machte eine abwehrende Handbewegung. »Nein, nein. Ich wollte sagen: Mein Bruder Luca ist vor Kurzem ins Rathaus gegangen, um dem Bürgermeister den Krieg zu erklären.«

Vor Schreck blieb Paolo die Luft weg. *Das* war die dringende Erledigung, die ihm gestern Abend vor dem Einschlafen nicht mehr eingefallen war! Er hatte vergessen, Luca zu benachrichtigen, dass er niemandem den Krieg erklären und stattdessen zusammen mit den anderen herkommen sollte.

Mittlerweile hatten sich die anderen neugierig um Paolo und Antonio versammelt. Elena, Nadia, Franco, Mattia Presti und die Mitglieder seiner Bande schauten ihren König erwartungsvoll an. Antonio stand vornübergebeugt und musste immer noch Luft holen.

»Das darf nicht sein!«, schrie Paolo aufgeregt. »Wir müssen im Rathaus anrufen und sagen, dass es ein Irrtum war und dass es keinen Krieg geben wird, und …«

»Aber das stimmt doch überhaupt nicht«, widersprach Mattia Presti. »Den Krieg wird es geben.« Er hob die Hand und versetzte Paolo eine leichte Ohrfeige.

Der Hut des Räuberhauptmanns flog durch die Luft. Mattia fing ihn geschickt und setzte ihn sich selbst auf.

»Was hast du da gerade gesagt?«, fragte Paolo verblüfft. »Und warum hast du den Hut …?«

Die Bande der Bösen scharte sich um ihren Anführer und bildete augenblicklich eine dichte Mauer aus teuren T-Shirts und glitzernden Goldkettchen.

Mattia breitete die Arme aus. »Ich habe nur gesagt, dass es Krieg geben wird. *Ich* trage jetzt den Hut des Räuberhauptmanns und deshalb bin *ich* der neue König. Und der König ist derjenige, der entscheidet.«

Paolo, Antonio und Elena machten gleichzeitig einen Schritt auf ihn zu, doch die Bösen schoben sich dichter zusammen und verschränkten vielsagend die Arme vor der Brust.

»Kannst du dich denn nicht an die Gesetze erinnern?«, fragte Mattia hämisch. »Solltest du aber, denn schließlich hast du sie geschrieben. Das sechste Gesetz lautet: *König ist der, der die Krone trägt.* Und weil jetzt ich diesen albernen Hut auf dem Kopf habe, bin ich der König.«

»Aber so ist es doch gar nicht!«, protestierte Paolo.

Mattia lachte. »Ach nein? Wer weiß, wie deine Untertanen darüber denken.« Er drehte sich nach den Jungen und Mädchen um, die inzwischen näher gekommen waren. »Habt ihr gehört?«, rief er. »Paolo behauptet, das Gesetz würde nicht gelten. Und dass ich nicht König sein kann, obwohl ich jetzt den Hut des Räuberhauptmanns trage!«

Die Stille, die daraufhin auf dem Vorplatz des Gutshaus herrschte, schockierte Paolo. Als er vorhin versucht hatte, zur Menge zu sprechen, hatte er laut schreien müssen, um sich Gehör zu verschaffen. Nun aber schienen alle gespannt darauf zu warten, was der Chef der Bande der Bösen zu sagen hatte.

»Ich gebe zu, dass ich dieses Gesetz ziemlich dämlich finde«, fuhr Mattia fort. »Aber ratet mal, wer es beschlossen hat?«

Vereinzelt wurde in der Menge gelacht, manche stupsten kichernd ihre Nachbarn an: Die Bürger des Freien Staats der Kinder machten sich über ihren König lustig! Was war aus dem Beifall und den Glückwünschen der Anfangszeit geworden?

»Deshalb will ich, dass *ihr* entscheidet, wer König sein soll. Paolo hatte euch aufgefordert, nicht zur Schule zu gehen. Ihr seid an diesem herrlichen Sommertag hergekommen, und alles, was ihr bisher tun konntet, war … warten. Ihr habt nichts zu tun und noch nicht mal was zu trinken. Und jetzt sagt Seine Majestät, dass es keinen Krieg geben wird, weil er Schiss bekommen hat, und das, obwohl ihr so hart gearbeitet habt, um die Schlacht vorzubereiten!«

Unglaublich, aber wahr: Einige begannen zu klatschen, und allmählich wurde der Applaus lauter.

Paolo erinnerte sich an den gestrigen Nachmittag, als Mattia ihn gebeten hatte, sich den Hut ansehen zu dürfen. Und daran, wie Mattia und seine Freunde das Poster mit den Gesetzen studiert hatten. Das alles war ein abgekartetes Spiel. Nur deshalb wollten Mattia und seine Bande Bürger des Freien Staats werden: damit Mattia die Macht an sich reißen konnte.

»Wenn ihr euch dazu entschließt, mich zum neuen König zu erklären, wird der heutige Tag für euch zu einem unvergesslichen Erlebnis werden. Ihr könnt an der unglaublichsten Schlacht der Geschichte teilnehmen. Wir werden tun und lassen, was wir wollen, und niemand wird uns daran hindern. Und das ist noch nicht alles! Ich habe nämlich außerdem beschlossen, den Staatsschatz unter euch aufzuteilen!«

Die Menge ließ eine Gasse frei, und Paolo sah, wie einer der

Bösen zu seinem Chef gelaufen kam. In der Hand hielt er einen dicken Stoffsack.

Zuerst erfasste Paolo die Situation nicht, doch Elena half ihm auf die Sprünge: »Die Münzen … In dem Sack ist der Vorrat an unseren selbst geprägten Münzen.«

Jetzt reicht es aber, dachte Paolo. Mit dem Zeigefinger wies er auf Mattia: »Lass sofort den Sack da los. Er gehört nicht dir! Die Münzen darin haben einen Wert, so wie echtes Geld. Dafür stehen wir ein, und …«

»Habt ihr das gehört?«, rief Mattia laut. »Der König will den Schatz nicht mit euch teilen!«

»BUUUUUH! SCHÄM DICH!«, kreischten die Versammelten.

Die Bandenmitglieder öffneten den Sack und warfen Münzen in die Luft, und die Jungen und Mädchen fingen sie auf.

»Also«, rief Mattia, »entscheidet jetzt: Wer ist euer König?«

Sofort und ohne zu zögern schrie die Menge: »MATTIA! MATTIA! MATTIA!«

Aus den Augenwinkeln bemerkte Paolo, dass der Großvater und Elisa auf ihn zukamen. Paolo war richtig schlecht geworden, er kam sich vor, als säße er in einem Karussell, das sich immer schneller drehte.

»Großvater, hast du das gehört? Du musst etwas unternehmen«, flehte ihn Paolo an.

»Es ist euer Staat, mit euren Gesetzen«, entgegnete der Großvater. »Ihr müsst dieses Problem selbst lösen.«

»Der Tattergreis hat recht!«, rief Mattia und lachte.

Paolo sah, wie in den Augen seines Großvaters Zorn aufblitzte, aber der alte Mann beherrschte sich.

»Hört mal alle her!«, rief Mattia, von seiner Bande wie von einer eingeschworenen Leibgarde umgeben. »Ich als euer neuer König finde, dass wir jetzt langsam mal Spaß haben sollten. Holt die Luftballonbomben, die Schleudern und all die anderen Waffen, die wir gestern vorbereitet haben. Der Feind wird bald anrücken … und wird es bitter bereuen.«

Das Wohnzimmer der Villa von Palamà war luxuriöser als alles, was Laerte bisher gesehen hatte. Eine Wand war ganz aus getöntem Glas. Elegante Terrakottafliesen bedeckten den Boden. Eine ganz besondere Treppe führte in den ersten Stock: Ihre Stufen waren Holzbretter, die direkt aus der Wand ragten. Die Einrichtung bestand aus zwei bequem aussehenden Ledersofas, einem Perserteppich und einem riesigen Flachbildschirm.

»Wow!«, sagte er anerkennend. »Dann hast du bestimmt auch Spielkonsolen!«

»Ja, eine Xbox und eine PlayStation«, antwortete Enzo, der immer noch sehr verängstigt aussah. »Aber ich darf nur auf dem Fernseher in meinem Zimmer spielen.«

»Wow!«, wiederholte Laerte. »Du hast wirklich Glück …« Er hätte auch gerne einen eigenen Fernseher gehabt, doch seine Mutter wollte davon nichts hören.

Bea unterbrach ihn streng.

»Wir sind nicht hergekommen, um zu plaudern«, sagte sie. »Wir müssen die Unterlagen suchen.«

Enzo ließ sich auf ein Sofa fallen. »Ich habe euch doch gesagt, dass ich nicht weiß, wo mein Vater sie aufbewahrt.«

»Aber als du gestern mit mir und Paolo geredet hast, hast du von einer bestimmten Schublade gesprochen … Und dass die hier wäre, im Wohnzimmer.«

Laerte und Bea wechselten einen kurzen Blick und begannen zu suchen.

Sie schauten in der Hausbar nach und in den Regalen der Schrankwand.

Zwischendurch sah Laerte immer wieder Enzo an, weil er befürchtete, der Junge könnte fliehen, doch der Sohn des Bürgermeisters schien vor lauter Angst nicht einmal zu wagen, vom Sofa aufzustehen.

Offensichtlich war der Bürgermeister sehr gewissenhaft, denn alles war sorgfältig geordnet und verwahrt. Laerte fand einen Packen Quittungen, die von einem Gummiband zusammengehalten wurden, und etliche Unterlagen, deren Bedeutung er nicht verstand. Aber nichts, das mit Casa Vulía zu tun hatte.

»Die Sachen sind gar nicht hier«, meinte schließlich Bea bedrückt. »Vielleicht hat der Bürgermeister alles ins Rathaus mitgenommen.«

»Oder aber sie sind woanders im Haus«, sagte Laerte. »Enzo, hat dein Vater hier ein Arbeitszimmer?«

Der Junge wurde kreidebleich. »Es ist verboten, es zu betreten, ich darf da auch nicht rein. Wenn mein Papa merkt, dass jemand sein Arbeitszimmer durchsucht hat, wird er schrecklich wütend sein.«

»Ach ja?«, meinte Bea leichthin. »Und wo ist dieses Arbeitszimmer?«

Enzo beantwortete ihre Frage nicht, doch Laerte fiel auf, dass er kurz in Richtung Treppe schaute.

Also oben.

»Los!«, befahl er.

Die Kolonne rollte langsam die Straße entlang, die von Pagliarano zur Küste führte. Vorneweg fuhren zwei Polizeiautos, mit Blaulicht, aber ohne Sirenen.

Es folgte der Mercedes des Bürgermeisters, dahinter kamen der Fiesta von Familie Rizzo, der Lieferwagen des Metzgers und die Autos einiger weiterer Familien. Den Schluss bildete Signor Bambinos Mofa, die Schuldirektorin war seine Beifahrerin. Beide trugen leuchtend bunte Helme.

»Sehr gut«, sagte der Bürgermeister zu sich selbst und beobachtete die ihm folgenden Fahrzeuge im Rückspiegel.

Sein Handy klingelte, mit der Melodie von Richard Wagners *Walkürenritt*. Die Fanfaren der Hörner, Trompeten und Posaunen schienen Palamà so gut zu dieser Situation zu passen, dass er sie erst eine Weile anhörte, bevor er das Gespräch annahm.

Ein Beamter im Polizeiauto vor ihm bemerkte es und hob warnend den Zeigefinger, doch Palamà ignorierte ihn: Er würde es schon nicht wagen, dem Bürgermeister wegen Telefonierens am Steuer einen Strafzettel zu verpassen. Außerdem war es ein wichtiges Gespräch: Fabrikdirektor Fantini rief an.

»Palamà, gibt es Neuigkeiten?«

»Ja, ganz ausgezeichnete«, erwiderte der Bürgermeister fröhlich. »Ich fahre gerade zur Casa Vulía, mit Polizeieskorte.«

»Sehr gut.«

»Jetzt haben wir sie. Ich habe schon mit dem Polizeichef gesprochen: Wir werden dem Ehepaar Rizzo ein bisschen Angst machen, und ich bin mir sicher, dass ich schon in ein paar Stunden den unterschriebenen Vertrag in der Hand halte. Dann können wir beide unsere Geschäfte regeln.«

Der Bürgermeister beendete das Gespräch und ließ sein Handy auf den Beifahrersitz fallen. Plötzlich leuchteten die Bremslichter des Polizeiautos vor ihm auf und gleich darauf die Warnblinkanlage.

Sie hatten die Zufahrt zur Casa Vulía erreicht.

Die Kolonne blieb stehen, während das vorderste Polizeiauto auf den von zwei Mäuerchen gesäumten Schotterweg einbog.

Unvermittelt knallte ein seltsamer Gegenstand gegen die Windschutzscheibe des Mercedes und explodierte. Eine ölige Flüssigkeit rann am Glas herunter.

Instinktiv ging Palamà auf die Bremse. Er lenkte scharf nach rechts und sein sündteures Auto landete mit der Vorderseite im Gebüsch.

»Aber … Was …?«

Zum Glück hatte sich der Airbag nicht geöffnet.

Palamà hörte hinter sich vielfaches Reifenquietschen und vor sich einen dumpfen Aufprall. Das zweite Polizeiauto war auf das erste aufgefahren.

»Verdammt noch mal!« Der Bürgermeister löste seinen Sicherheitsgurt und stieg schimpfend aus. »Was ist denn hier los, zum Teufel?«

Ein prall gefüllter kleiner Ballon flog präzise auf ihn zu. Dann sah Palamà nichts mehr: Er war mitten auf die Stirn getroffen worden und eine nach Veilchen duftende Flüssigkeit lief ihm über das Gesicht.

»Aaaah!«, schrie er und stolperte, weil er nichts mehr sehen konnte.

»Gehen Sie in Deckung!«, befahl der Polizeichef. »Wir stehen unter Beschuss.«

Ein schrilles Pfeifen. Ein weiterer Ballon traf den Bürgermeister mit so viel Wucht, dass er das Gleichgewicht verlor und zu Boden ging.

Leo Palamà rutschte in seinem teuren Anzug auf dem Hintern hinter den Mercedes und tupfte sich mit dem Taschentuch die Augen ab, bis er wieder etwas sehen konnte. Die Wagenkolonne war mitten auf der Straße stehen geblieben. Die Polizisten hatten hinter ihren Autos Schutz gesucht und schauten sich unsicher um. Was war hier los?

Palamà fiel auf, dass das Ehepaar Rizzo und die anderen Eltern ebenso überrascht wirkten wie die Polizisten und er.

Aus den Baumkronen drang ein Lachen zu ihnen herüber: »Hahahaha!«

Der Bürgermeister spähte vorsichtig hinter seinem Auto hervor, konnte aber nur einen grünen Filzhut ausmachen.

»Ergebt euch!«, rief die Stimme aus den Baumkronen. »Wir kennen kein Erbarmen!«

Palamà starrte Giovanni Rizzo wütend an und knurrte: »Jetzt stecken Sie wirklich in Schwierigkeiten!« Laut rief er: »Kommandant, kommen Sie sofort her! Wir greifen das Gutshaus an!«

Voller Entsetzen musste Paolo beim Angriff zusehen. Die Luftballonbomben flogen in hohem Bogen hinter den Mäuerchen und den Stämmen der Olivenbäume hervor und trafen klatschend ihre Ziele. Öl, bunte Wasserfarbenbrühe und Seifenwasser flossen über Windschutzscheiben und Karosserien. Kein Auto wurde verschont, weder die Polizeifahrzeuge, noch das Auto des Bürgermeisters, das seiner Eltern oder das des Metzgers Presti. Das zweite Polizeiauto war in den Kofferraum des ersten gekracht, und Polizeichef und Bürgermeister standen diskutierend daneben.

Paolo bemerkte, dass seine Eltern mit den Blicken die Baumkronen absuchten, als hielten sie nach ihm Ausschau. Vielleicht war ihnen der Räuberhut aufgefallen, den nun Mattia trug. Mattia, der neue König, der Befehle gab und ständig zwischen seinen Truppen hin und her flitzte. Widerwillig musste Paolo zugeben, dass der neue König ein ausgezeichneter General war. Die Erwachsenen schienen vor Schreck immer noch wie gelähmt zu sein. In einer anderen Situation hätte Paolo nur gelacht und sich begeistert ins Getümmel gestürzt. Doch spätestens nach dem Auffahrunfall der Polizeiautos hatte er gemerkt, dass das hier nicht mehr Spiel und Spaß war. Der Angriff würde schlimme Folgen haben, und irgendwie war Paolo dafür verantwortlich, dass er zustande gekommen war.

Er kauerte sich hinter eines der Mäuerchen, die das Grundstück von Casa Vulía zur Straße hin abgrenzten. Zwischen den Olivenbäumen hinter ihm wimmelte es von Jungen und Mädchen mit geschwärzten Gesichtern, die wild herumschrien und mit Stöcken oder Luftballonbomben bewaffnet waren.

Paolo sah sie wieder zielen.

»Stopp!«, rief er, so laut er konnte. »Ihr bringt uns alle in Gefahr …«

Doch sie achteten nicht auf ihn. Mattias Befehl: »Zielt! Feuer!«, übertönte Paolos Stimme.

Ein Hagel von Geschossen flog über Paolo hinweg und traf die Erwachsenen mit voller Wucht.

Ob die Polizisten wohl Pistolen dabeihatten? Paolo wusste es in dem Augenblick nicht. Er konnte nur hoffen, dass es niemandem einfiel, mit einer echten Waffe zu schießen. Nicht auszudenken, was noch alles passieren konnte.

Er sah seine Schwester auf die Autokolonne zulaufen und zwei aus der Bande der Bösen, die den Weg mit gekreuzten Stöcken versperrten. Elisa war vor Wut ganz rot im Gesicht. Paolo sah, dass sie etwas schrie, war aber zu weit entfernt, um es zu verstehen.

Von der Wagenkolonne her erklang eine Megafonstimme: »Hier spricht der Kommandant der Polizei von Pagliarano. Stellt sofort das Feuer ein und kommt mit erhobenen Händen raus. Zwingt uns nicht dazu, Gewalt anzuwenden.«

Mattias Antwort bestand darin, einen weiteren Angriff zu befehlen. Wieder flogen pralle Ballons durch die Luft. Die Straße war inzwischen eine einzige ölige, seifige Pfütze.

Paolo hatte sich auf den Bauch gerollt und robbte nun vorwärts.

Dabei bemühte er sich, mit äußerster Konzentration nachzudenken. Was konnte er tun?

»He, pssst!« Hinter dem knorrigen Stamm eines Olivenbaums kam Elenas Nase zum Vorschein. Sie hatte ihr Haar zum Pferdeschwanz zusammengebunden. Ihr Gesicht war mit roter Wasserfarbe verschmiert.

»Lässt du dich jetzt auch von Mattia herumkommandieren?«, fragte Paolo leise.

»Rede keinen Quatsch! Folge mir lieber.«

Paolo ließ sich das nicht zweimal sagen. Geduckt rannte er auf sie zu. Jemand warf einen Stein, der ihn an einer Hand traf. Er unterdrückte einen Schmerzensschrei. Hinter einem Kaktusfeigendickicht traf er auf Elena.

»Was machen wir jetzt?«, keuchte er.

»Wir lösen das hier auf.«

Die Blätter der Johannisbrotbäume bewegten sich träge in der leichten Brise. Die Hirtenhütte wirkte verlassen. Doch auf einen Pfiff von Elena hin schlüpften einige Gestalten durch den niedrigen Eingang ins Freie.

Es waren Antonio, Franco, Giacomo, Nadia, ein paar aus der Achten und der Junge mit dem Nasenpiercing aus der Oberstufe. Insgesamt fünfzehn Leute.

Paolo wusste nicht, was er sagen sollte. In seinem Kopf lief der Angriff von Mattia und den anderen auf die Wagenkolonne wie ein Film in Endlosschleife ab. Zwischendrin tauchten Bilder der Polizeiautokollision und seiner besorgt dreinschauenden Mutter vor seinem geistigen Auge auf. Dies alles beschäftigte sein Gehirn so sehr, dass er nicht mehr klar denken konnte.

Antonio hielt sich an dem Olivenholzstock fest, den Paolo bei der Krönung als Zepter verwendet hatte. Mit einem schwachen Lächeln warf er den Stock jetzt seinem Freund zu, und der fing ihn auf. »Als wir gemerkt haben, dass es schiefläuft, haben wir uns in die Hütte geflüchtet und Elena losgeschickt, um dich zu holen.«

»Wa… warum?«

Antonio schaute ihn an, als ob er von allen guten Geistern verlassen wäre. »Wie, *warum?*«, polterte er. »Du bist schließlich der König, hast du das etwa vergessen? Mattia hat dir den Hut weggenommen und ist dabei, alles zu zerstören, was wir aufgebaut haben. Wir dürfen jetzt nicht aufgeben. Wie du siehst, hast du immer noch eine kleine Armee zur Verfügung. Wir könnten einen Überraschungsangriff machen und Mattia den Hut vom Kopf reißen. Vielleicht hören die anderen dann wieder auf dich.«

Antonios Worte holten Paolo in die Wirklichkeit zurück. Sein Freund hatte recht, sie durften jetzt nicht kampflos den Bösen ihren Staat überlassen. Das hier war sein Zuhause, die anderen hatten es ihm weggenommen und er musste es zurückerobern.

Nachdem er eine Weile nachgedacht hatte, fragte er: »Wie viele Leute haben sich mit Mattia und seiner Bande zusammengetan? Und über wie viel Munition verfügen sie? Wie sind sie organisiert?« Elena setzte sich zu ihm.

Paolo merkte, wie erleichtert seine Freunde darüber waren, dass er wieder zu sich gekommen und bereit war, die Verantwortung zu übernehmen.

»Sie sind nicht viel zahlreicher als wir«, sagte Elena. »Etliche waren schon gegangen, bevor dir Mattia den Hut abgenommen hat, weil ihnen langweilig war. Außerdem …«

Franco beendete ihren Satz: »Außer der Bande der Bösen sind nur ein paar Spinner dabei, die wirklich aggressiv kämpfen. Viele von den anderen bekommen es langsam mit der Angst zu tun und gehorchen Mattia nur deshalb, weil er sie bedroht. Wenn wir ihn stoppen können, werden die meisten von ihnen wieder auf unsere Seite wechseln.«

»Okay, okay. Und die Munition?«

»Sie haben ungefähr die Hälfte von dem, was im Keller war, aber zum Glück haben sie sich nicht alle Schleudern geholt.«

Paolo sah einen Hoffnungsschimmer heraufdämmern. »Mattia wird keinen weiteren Nachschub holen können.«

Antonio lachte. »Da kannst du drauf wetten! Dein Großvater hat sich im Haus verbarrikadiert. Er ist mit einem Besen bewaffnet und lässt niemanden von ihnen durch.«

Mit einem Zweig ritzte Paolo den Grundriss von Casa Vulía in die Erde. Sein Gehirn funktionierte wieder tadellos.

»Wenn mein Großvater die Toreinfahrt und diesen Bereich hier kontrolliert … Meine Schwester Elisa ist ja auch bei ihm, und ich habe vorhin gesehen, wie wütend sie ist … Also, um in den Keller zu kommen, müssen Mattias Leute zwangsläufig durch die unverglasten Fenster der Ferienwohnung reinklettern.«

»Richtig«, bestätigte Elena.

»Mattia kann nur einen kleinen Trupp losschicken, denn sonst würden sie zu stark auffallen. Wir verstecken uns auf der Baustelle. Sie rechnen nicht mit uns und außerdem sind wir in der Überzahl.«

Paolo erhob sich und klopfte sich den Staub aus der Kleidung. »Elena, ich brauche dich, weil du so gut mit der Schleuder umgehen kannst. Aber euch anderen brauche ich auch alle. Danke, dass ihr weiterhin zu mir haltet. Und macht euch keine Sorgen: Jetzt habe ich einen Plan!«

Bea schaute von einem dicken Papierstapel auf. Sie schlug die Mappe zu, in die er verpackt war, und eine Staubwolke flog auf. »Hier ist nichts dabei!«, stellte sie fest.

Laerte nickte. Das private Arbeitszimmer des Bürgermeisters war voller Unterlagen, Dokumente, Pläne, Fotokopien, Architektenentwürfe … Ein Meer von Papier.

»Ich glaube inzwischen auch, dass wir es hier niemals finden werden«, sagte Laerte.

»Dann könnt ihr ja gehen«, rief Enzo schrill. Er traute sich nicht, das Arbeitszimmer seines Vaters zu betreten, und beobachtete sie die ganze Zeit über verschreckt von der Schwelle aus.

»Vielleicht hat Enzo recht«, meinte Laerte. »Ich würde jetzt gerne zur Casa Vulía zurückkehren.«

Antonio hatte sie per SMS über die Entwicklungen auf dem Laufenden gehalten.

Laerte hoffte von ganzem Herzen, dass Mattia es nicht wagen würde, auch das Auto seiner Mutter unter Beschuss zu nehmen, denn sonst würde wohl er, Laerte, die Konsequenzen tragen müssen und Hausarrest bekommen, bis er volljährig war.

»Wir können nicht einfach so hier weggehen, mit leeren Händen«, widersprach Bea. »Wenn wir nicht beweisen können, dass der Bürgermeister Paolos Vater reinlegen will …«

»Mein Vater will niemanden reinlegen!«, kreischte Enzo.

Ohne ihn zu beachten, fuhr Bea fort: »… dann kann der Bürgermeister machen, was er will, und Casa Vulía wird verkauft.«

»Ich habe schon seit zehn Minuten keine Nachrichten mehr von Antonio bekommen. Es könnte etwas passiert sein!« Laerte kniff die Lippen zusammen und schaute plötzlich sehr konzentriert, als würde er lauschen. Als Bea etwas entgegnen wollte, bedeutete er ihr, still zu sein. Er hatte etwas gehört. Geräusche im Erdgeschoss: ein Schlüssel, der sich im Schloss drehte, und eine Tür, die aufsprang.

»Hast du das auch gehört?«, wisperte er. Die beiden schlichen sich aus dem Arbeitszimmer zur Treppe und schauten hinunter. Enzo folgte ihnen auf den Fersen.

Neben dem einen Sofa stand jetzt ein smaragdgrüner Hartschalenkoffer auf Rollen. An seinem Griff hing eine Papierschlaufe, wie sie auf Flughäfen beim Einchecken am Gepäck befestigt wird.

Enzo erholte sich schnell von seinem Schreck und rief laut: »Mama! Mama, bist du zurückgekommen?«

Aus der Küche antwortete ihm eine Frauenstimme. »Schätzchen? Was machst du denn jetzt zu Hause, warum bist du nicht in der Schule?«

An Laerte und Bea vorbei flitzte Enzo die Treppe hinunter und verschwand in der Küche.

Die beiden Eindringlinge schauten sich an.

»Und jetzt?«, flüsterte Laerte. Sie hörten, wie sich Enzo und seine Mutter leise unterhielten.

»Es gibt keinen Ausweg«, stellte Bea fest. »Wir müssen kapitulieren. Es ist vorbei.«

Schicksalsergeben stiegen sie die Treppe hinunter.

Die Abrechnung

In der offenen Fensteröffnung erschien ein Schuh. Ein mit Erde verschmierter, sehr nachlässig geschnürter Sneaker. Gleich darauf wurde ein weißes Frotteesöckchen sichtbar, dann ein gut durchtrainiertes Bein.

Paolo verlor keine Zeit damit, sich zu fragen, zu wem es wohl gehörte. Er gab Antonio und Franco ein Zeichen.

Alle drei hechteten gleichzeitig auf den Eindringling zu. Paolo packte das Bein, Antonio den Oberkörper. Gemeinsam zerrten sie den Jungen in den Raum hinein. Es war schon der sechste, und bei jedem Mal wurden sie geschickter. Das Opfer packen, auf den Fußboden werfen, Arme und Beine festhalten, mit Isolierband fesseln.

Paolo hasste, was er da machte, aber er fand, es musste getan werden, sie hatten keine andere Wahl. Erst als er mit dem Fesseln fertig war, schaute er nach, wen sie da gefangen hatten.

Es war ein Junge mit einer Igelfrisur und einem teuren Marken-T-Shirt. Paolo kannte den Jungen nicht, er war nicht in seiner Klasse. Dennoch hatte er ihn schon so oft gesehen, dass er mit Sicherheit wusste, ein Mitglied der Bande der Bösen vor sich zu haben.

»Wie heißt du?«, fragte er barsch.

»Fa… Fabio.«

»Warum bist du hier?«

»Mattia hat schon ein paar andere losgeschickt, sie sollten Munition holen, aber es ist keiner zurückgekommen … Ich soll nachschauen, was hier los ist.«

Paolo nickte. »Sehr gut. Dann hat er ja gar nicht mehr so viele Leute.«

Der Gefangene schüttelte heftig den Kopf. »Du verstehst gar nichts! Wir stecken in Schwierigkeiten, in sehr schlimmen Schwierigkeiten! Ohne Munition können wir die Autos nicht mehr angreifen, und dann kommen uns die Polizisten holen. Palamà hat Verstärkung angefordert, jetzt rücken auch noch die Carabinieri an. Das hat er vorhin durchs Megafon angedroht.«

Paolo seufzte. Die Schlacht war komplett außer Kontrolle geraten und entwickelte sich in eine Richtung, die er sich gestern niemals hätte träumen lassen. Jetzt galt es, keine Zeit zu verlieren.

Rasch filzte er Fabio und fand dessen Smartphone, ein hyper aktuelles Modell. Paolo durchsuchte die Kontaktliste.

Paolo fand den Eintrag und schickte ihm eine Nachricht: *Munition gefunden, aber hier gibt es ein Problem. Komm sofort her!*

»Mattia ist kein Idiot, der fällt auf so was nicht rein!«, meinte Fabio hämisch.

Paolo tat, als hätte er es nicht gehört. »Elena, Antonio, Nadia: Kommt mit mir mit.«

Signora Annina Palamà war eine hochgewachsene, braun gebrannte Frau mit feuerrotem Haar, einer schweren Goldkette und zahlreichen Ringen an den Fingern. Sie saß kerzengerade auf einem Küchenstuhl und hatte sich reglos und ohne zu unterbrechen den Bericht ihres Sohnes angehört.

Laerte hätte am liebsten laut geschrien, er hätte sich sogar auf die Knie geworfen und um Gnade gebettelt, nur um der Frau irgendeine Reaktion zu entlocken. Auch Bea neben ihm schien äußerst nervös und zwirbelte unablässig an ihren Haaren herum.

»... und das ist alles«, schloss Enzo und senkte den Kopf.

»Dann will ich das mal zusammenfassen«, sagte Annina Palamà leise. »Anstatt zur Schule zu gehen, seid ihr in mein Haus eingedrungen. Ihr habt meinen Sohn geschlagen und bedroht und in den Unterlagen meines Mannes herumgewühlt. So weit richtig?«

Laerte warf Enzo einen wütenden Blick zu. Der kleine Feigling hatte wirklich nichts ausgelassen.

Bea war es, die auf die Frage der Frau antwortete: »Ja.«

»Sehr gut«, meinte Signora Palamà. »Ihr seid euch sicherlich darüber im Klaren, dass das, was ich gerade aufgezählt habe, strafbare Vergehen sind. Es handelt sich um Hausfriedensbruch, Körperverletzung, Erpressung und Verletzung des Briefgeheimnisses. Wenn ihr volljährig wärt, würde das für eine schöne lange Gefängnisstrafe reichen. Angesichts eures Alters werden es wohl eher eure Eltern sein, die jetzt Schwierigkeiten bekommen.«

Bei diesem Gedanken fing Bea zu zittern an. »Ja«, wiederholte sie leise.

Laerte überlegte, ob er weglaufen könnte. Vom Stuhl aufspringen, mit einem Ellenbogenstoß die große Fensterscheibe zerschlagen, durch den Garten hasten, die Mauer erklimmen und endlich wieder frei sein …

Nach dem Gespräch mit seiner Mutter am Vortag hatte er geglaubt, dass sich zwischen ihnen alles ändern würde. Sie schien allmählich zu begreifen, dass er kein kleiner Junge mehr war. Vielleicht hätte sie angefangen, ihm zu vertrauen. Doch nach dem, was er sich jetzt geleistet hatte … Alles würde mindestens wie früher sein, wenn nicht noch viel schlimmer.

»Ich will nur noch eines wissen«, sagte Signora Palamà mit entschiedener Stimme. »Warum? Warum habt ihr das gemacht? Wonach habt ihr gesucht?«

Bea schaute Laerte an, denn eigentlich musste er jetzt antworten. Er war es gewesen, der Fantini und den Vermessungstechniker auf dem Grundstück von Casa Vulía überrascht hatte.

Laerte schluckte. »Es ist eine lange Geschichte«, begann er.

Mattia Presti kam mit drei seiner treuesten Kumpane zum Gutshaus geschlichen. Sie waren mit Stöcken bewaffnet und sahen wütend und gleichzeitig verängstigt aus.

Paolo hockte oben auf dem offenen Balkon vor seinem Zimmer und hielt das Kletterseil in der Hand. Nun beugte er sich vorsichtig vor, um Mattia und seinen Trupp beobachten zu können, ohne selbst gesehen zu werden.

Sie näherten sich dem Gutshaus von hinten, um zu den Fensteröffnungen im Erdgeschoss zu gelangen. Die befanden sich genau unter der Treppe, über der Paolo jetzt lauerte.

Von seinem Ausguck aus konnte Paolo über die Kronen der Olivenbäume hinweg bis zur Straße sehen, wo die Blaulichter aufblitzten. Sein Gefangener Fabio hatte die Wahrheit gesagt. Zwei schwarze Einsatzwagen der Carabinieri waren hinzugekommen. Er hörte die Schreie der kämpfenden Kinder und die Megafonstimme, doch Paolo konnte nicht verstehen, was sie sagte.

Dieser Wahnsinn musste endlich aufhören.

Paolo wusste, dass Mattia nicht dumm war. Arrogant und herrisch, das auf jeden Fall, doch die Art und Weise, in der er Paolo die Macht entrissen hatte, zeugte von Intelligenz.

Aber jetzt hatte Mattia ein Problem: Er hatte sieben Leute ausgeschickt, um Munition zu holen, und keiner war zurückgekehrt. Fabio, der letzte, hatte ihn sogar gebeten, zu Hilfe zu kommen.

Mattia folgte der Aufforderung, weil ihm keine andere Wahl blieb: Langsam gingen ihnen die Luftballonbomben aus. Doch war er schlau genug und rechnete damit, dass ihm eine Falle gestellt wurde. Und genau darauf setzte Paolo.

Jetzt duckte sich Paolo noch tiefer, obwohl sich die Betonplatte in der prallen Sonne so aufgeheizt hatte, dass jeder Kontakt mit ihr wehtat. Er sah, wie Mattia ein paar Meter vor dem Haus stehen blieb und sich mit seinen Begleitern beriet. Immer wieder zeigte Mattia auf die leeren Fensteröffnungen, immer wieder schaute er sich nervös um. Ganz offensichtlich befürchtete er einen Hinterhalt.

Schließlich schien er einen Entschluss zu fassen. Er bellte einen Befehl und seine Leute liefen alle gleichzeitig brüllend auf das

Fenster zu und schwangen ihre Stöcke. Gleich darauf hörte Paolo einen lang gezogenen Pfiff.

Das war das Signal.

Schnell ließ er das Seilende los und rutschte am Seil herunter. Die Handflächen brannten, aber er zwang sich, nicht darauf zu achten, sondern sich auf sein Vorhaben zu konzentrieren.

Mattia bemerkte ihn einen Sekundenbruchteil zu spät. Er wich einen Schritt zurück und hielt seinen Stock schützend vor den Körper, doch Paolo ließ sich davon nicht abschrecken. Sobald seine Füße den Boden berührten, schwang er sich Mattia entgegen, und gleich darauf rollten sie eng umschlungen über den Boden. Mattia war stark. Wie viel Kraft sein Gegner hatte, merkte Paolo, als sich dessen Hände um seinen Hals schlossen und zudrückten. Er bekam keine Luft mehr, war aber noch imstande, sich mit kräftigen Tritten und Schlägen zur Wehr zu setzen, sodass Mattia ihn schließlich loslassen musste.

Der Hut des Räuberhauptmanns flog Mattia vom Kopf und rollte über den Boden. Paolo warf sich darüber, doch Mattia packte ihn an einem Knöchel.

»Wo willst du hin?«

Anstatt ihm zu antworten, schrie Paolo nur: »Feuer frei!«

Elena und Nadia, die sich bis zu diesem Zeitpunkt im zweiten Stock versteckt hatten, traten auf den Balkon hinaus und nahmen Mattia mit ihren Schleudern unter Beschuss.

Mit einem Steinchen erwischten sie Paolo so hart im Rücken, dass ihm einen Augenblick lang die Luft wegblieb. Die meisten Geschosse trafen jedoch Mattia, der sich zuvor mit seinem ganzen

Gewicht auf Paolo geworfen hatte und ihm nun unfreiwillig als Schutzschild diente. Als Mattia instinktiv versuchte, den Kieselhagel abzuwehren, konnte sich Paolo befreien. Er kroch schnell zu dem Hut hin, setzte ihn sich fest auf den Kopf und rief: »Feuer einstellen!«

Die beiden Mädchen gehorchten ihrem König sofort. Mattia kniete keuchend auf dem Boden. Sein T-Shirt war zerrissen, und auf seinen Armen und sogar im Gesicht hatte er etliche Striemen.

»Ergibst du dich? Denn wenn nicht, werden sie wieder schießen«, drohte Paolo.

»Ja … ja …«

»Sehr gut. Antonio!«

Sein Freund kletterte schnell durch ein Fenster der Ferienwohnung und kam zu Paolo gelaufen. Antonio hatte ein blaues Auge und eine aufgeplatzte Unterlippe. In der Hand hielt er eine Rolle silberfarbenes Isolierband.

»Alles in Ordnung?«

»Gewiss, Eure Majestät«, antwortete Antonio grinsend und salutierte. »Die anderen Bösen wurden unschädlich gemacht und Franco bewacht sie. Der Freie Staat ist wieder in unserer Hand.«

»Ausgezeichnet, General. Fessle jetzt bitte diesen Staatsverräter.«

Mattia knurrte seinen Widersacher drohend an, doch als Paolo den Gefangenen daran erinnerte, dass die Schleudern der beiden Mädchen immer noch auf ihn gerichtet waren, gab er auf. Er streckte die Arme vor und ließ zu, dass Antonio seine Handgelenke mit Isolierband umwickelte.

Elena und Nadia liefen die Außentreppe hinunter. »Und was machen wir jetzt mit ihm?«

»Wir bringen Mattia rein zu seinen Freunden und einer von uns bleibt da und passt auf sie auf. Alle anderen kommen mit mir. Es ist höchste Zeit, diesen absurden Krieg zu beenden.«

Mit dem Räuberhut auf dem Kopf ging Paolo die Zufahrtsstraße entlang, eskortiert von Großvater Blasio und Elisa.

Hinter ihnen gingen Antonio, Elena, Franco und Nadia, die mit Stöcken und Schleudern bewaffnet waren, und mehrere andere Kinder. Alle hatten sich gelbe Tücher umgebunden und so viele Luftballonbomben mitgenommen, wie sie nur tragen konnten.

Die meisten Leute, die an Mattias Seite gekämpft hatten, hatten dessen Abwesenheit genutzt, um zu verschwinden. Nur noch ein paar Getreue bemühten sich, die Erwachsenen auf Abstand zu halten.

Insgesamt war die Lage allerdings wesentlich schlimmer, als Paolo gedacht hatte. Der Straßenabschnitt vor der Zufahrt war zu einem schäumenden bunten Sumpf geworden, der in der Hitze zu gären begonnen hatte und nun ekelhaft stank. Auch die hinzugekommenen schwarzen Autos der Carabinieri waren voller Seifenwasser und Olivenöl.

Der einst so elegante Anzug von Bürgermeister Palamà war reif für die Mülltonne. Paolo sah den Polizeichef, Laertes Mutter, die Direktorin, Signor Bambino – und seine Eltern, die buchstäblich vor Wut kochten.

Annalisa und Luca, die im Lieferwagen des Metzgers Presti gesessen hatten, stiegen aus und liefen ihnen entgegen.

Hinter Paolos Rücken wurde eine Luftballonbombe geworfen. Sie traf jedoch nur ein Mäuerchen und zerplatzte.

Paolo begrüßte die beiden Freunde und bedeutete ihnen, zu den anderen zu gehen. Dann rief er laut: »Schluss. Wir sind hier, um zu verhandeln.«

Genau darauf hatten die Erwachsenen gewartet. Bürgermeister Palamà gab einen Triumphschrei von sich, und zwei Carabinieri kamen hinter ihrem Auto hervor und liefen auf die Kinder zu.

Sofort luden Elena und Nadia ihre Schleudern und richteten sie auf die Erwachsenen.

Paolo versuchte, die Situation unter Kontrolle zu halten. »Ruhe bitte! Keine schnellen Bewegungen, sonst kämpfen wir weiter.«

Es wurde so still, dass Paolo auf einmal wieder das Singen der Zikaden hörte. In der kochenden Mittagshitze schwitzte er unter dem dicken Filzhut.

Jetzt war der Moment gekommen, sich wie ein richtiger König zu verhalten.

Die Erwachsenen berieten sich kurz. Dann schickten sie ihrerseits Unterhändler los: den Bürgermeister, den Polizeichef, den Carabinieri-Offizier sowie Paolos Eltern und Laertes Mutter.

Paolo gab Antonio und Elena ein Zeichen, und die beiden begleiteten ihn bis vor zur Straße.

Er sah seinen Eltern an, dass sie ihn am liebsten an sich gerissen und ihm eine saftige Ohrfeige verpasst hätten, doch angesichts der auf sie gerichteten Schleudern hielten sie sich zurück.

Paolo zuckte entschuldigend mit den Schultern. Sie konnten ihn ja später bestrafen, wenn der Spuk hier vorbei war.

»Du kannst dir gar nicht vorstellen, was für ein Chaos du angerichtet hast, Kleiner«, sagte der Carabinieri-Offizier. Er war ein untersetzter, nicht besonders großer Mann mit einem dicken schwarzen Schnurrbart.

Paolo hielt seinem Blick stand und erwiderte: »Ja, vielleicht.«

Palamà bekam einen hysterischen Lachanfall. »Du hast wohl keine Vorstellung davon, was euch blüht. Ihr habt die Polizei angegriffen, einen Autounfall verursacht. Ihr habt so viele Vergehen auf dem Kerbholz, da ist Schule schwänzen noch das Geringste. Und wer ist deiner Meinung nach an all dem schuld?«

Paolo atmete tief durch und hoffte, dass seine Stimme bei dem, was er gleich sagen würde, fest genug klang. »*Sie* sind an all dem schuld, Bürgermeister«, schleuderte er dem Mann entgegen. »Ich weiß, dass Sie sich mit dem Fabrikdirektor Fantini abgesprochen haben. Gemeinsam haben Sie beschlossen, dass Fantini meinen Vater entlässt, damit er dazu gezwungen ist, Ihnen Casa Vulía zu verkaufen. Sie wollen diese Grundstücke für eigene Zwecke nutzen.«

Palamà presste die Kiefer zusammen. Er versuchte, Paolo zu packen, doch der wich ihm aus.

»Das ist die Wahrheit.«

»Paolo«, schaltete Signor Giovanni sich ein. »Was hast du da gerade gesagt?«

Der Carabinieri-Offizier wechselte einen Blick mit dem Polizeichef und kratzte sich am Kopf. »Das sind sehr schwere Anschuldigungen, Kleiner. Hast du dafür Beweise?«

»Nein …«

Der Bürgermeister lachte laut auf, und Paolo begriff, dass er endgültig verloren hatte. Weil er keine schriftlichen Beweise vorlegen konnte, hatte er sich in eine nur noch schlimmere Situation manövriert.

Als er noch verzweifelt nach Worten suchte, um seine Anschuldigungen zu rechtfertigen, erklang lautes Hupen. Ein Jeep kam in hohem Tempo auf sie zugefahren.

»Vorsicht!«, rief der Polizeichef und wich von der Straße zurück, und alle anderen taten es ihm sogleich nach.

Mit quietschenden Reifen hielt der Jeep knapp hinter den Autos der Carabinieri. Die Türen wurden aufgerissen und Laerte, Bea, Enzo und die Frau des Bürgermeisters sprangen aus dem Wagen.

Paolo grinste: Endlich war Verstärkung eingetroffen.

»A… aber Annina … Lie… Liebste, was machst du denn hier? Du wolltest doch erst …«

»Ja, ich wollte erst heute Abend zurückkommen«, bestätigte Signora Palamà und maß ihn mit eisigem Blick. »Leider hat sich meine Freundin eine Darmgrippe eingefangen und deshalb sind wir etwas früher als vorgesehen zurückgeflogen. Und was habe ich zu Hause vorgefunden? Deinen Sohn, dazu zwei seiner Freunde, die in deinem Arbeitszimmer herumwühlten.«

»Was … ich …« Bürgermeister Palamà versuchte, die Fassung zurückzugewinnen. Er drehte sich zum Polizeichef um. »Sehen Sie!«, rief er. »Ich habe es Ihnen ja gesagt! Diese Jugendlichen sind hartgesottene Kriminelle. Ich zeige sie hiermit an!«

»Aber natürlich haben sie nichts gefunden«, fuhr seine Frau ungerührt fort. »Sie konnten ja nicht wissen, dass du die Beweise deiner finsteren Machenschaften im Safe aufbewahrst. Was wiederum mir bekannt ist, ebenso wie die Kombination.«

Großvater Blasio und seine Begleiter waren näher gekommen, um besser hören zu können, was dort gesprochen wurde.

Die Polizisten, die Carabinieri und alle anderen Erwachsenen lauschten aufmerksam, um ja keine Silbe dieses eigenartigen Ehestreits zu verpassen.

»Aber … Annina …«

»Ich hatte dich gewarnt«, fuhr die Frau in drohendem Ton fort. »Ich habe mit angesehen, wie du Anträge und Bewilligungen genutzt hast, um dir persönliche Vorteile zu verschaffen, und ich weiß, dass du dein Gehalt durch Schmiergelder aufgebessert hast. Aber das hat dir nicht gereicht. War es wirklich nötig, dass diese armen Arbeiter arbeitslos wurden? Musstest du unbedingt gemeinsame Sache mit diesem Schurken Fantini machen? Nur um deine absurden Pläne zu verwirklichen, hier ein Luxushotel entstehen zu lassen …?«

»Signora«, unterbrach sie der Carabinieri-Offizier. »Ist Ihnen bewusst, was Sie da sagen?«

»Ja, ich bin mir darüber vollkommen im Klaren«, erwiderte Signora Palamà. Sie öffnete ihre Handtasche und zog mehrere Papiere heraus.

»Hier sehen Sie die Beweise für all das, was ich soeben gesagt habe. Die Pläne für die Ferienanlage, die Anträge, die Signor Giovanni Rizzo vorschriftsmäßig gestellt hatte, um ein Landhotel zu eröffnen … Anträge, die nie an die zuständigen Stellen weitergeleitet wurden. Und so weiter.«

Paolo grinste, und seine Freunde grinsten ebenfalls. Die Erwachsenen dagegen schienen unter Schock zu stehen. Verständnislos starrten sie einander an.

Paolo nahm den Räuberhut ab. »Was haltet ihr davon, wenn wir alle endlich aus der Sonne gehen und uns einen kühleren Ort suchen? Ich finde, wir sollten in Ruhe über alles reden.«

In der unfertigen Ferienwohnung im Erdgeschoss saßen die Mitglieder der Bande der Bösen, an Hand- und Fußgelenken mit Isolierband gefesselt, und machten einen ziemlich jämmerlichen Eindruck. Sie waren nicht geknebelt, hatten aber offenbar keine Lust, sich miteinander zu unterhalten.

Beaufsichtigt wurden sie von einem Jungen aus der Achten, der vorsichtshalber seine Schleuder in der Hand behielt.

Als Paolo eintrat, nahm er Habachtstellung an. »Die Gefangenen sind ruhig und machen keinen Ärger«, sagte er.

Paolo musste Metzger Presti Platz machen, der wütend herbeigestapft kam.

»Papa …«, wimmerte Mattia.

Signor Presti sah seinen Sohn an, trat näher an ihn heran und packte ihn fest an einem Ohr. Mattia gelang es, trotz seiner Fesseln aufzuspringen.

»Du wolltest also König sein, ja?«, knurrte der Metzger, ohne das Ohr loszulassen.

»Papa …«

»Mein Sohn wollte König sein … Und zur Feier des Tages hat er Polizeiautos ineinanderkrachen lassen. Und meinen Lieferwagen mit Dreck beworfen!«

Mit langen Schritten verließ der Metzger den Raum, Mattia am Ohr hinter sich herziehend.

Auf der Türschwelle blieb Metzger Presti stehen und sagte, zur Bande der Bösen gewandt: »Und ihr rührt euch nicht von hier weg! Eure Eltern sind unterwegs, und sie haben euch einiges zu sagen.«

Die Erwachsenen hielten im Gutshaus eine lebhafte Diskussion ab.

Abschleppwagen hatten die beschädigten Autos abgeholt, und die Kinder waren damit beauftragt worden, die übrigen Fahrzeuge sauber zu machen. Bambino passte auf, dass sie dies mit größtmöglicher Sorgfalt taten.

»Los!«, kommandierte der Geschichtslehrer. »Gebt euch mal ordentlich Mühe. Ihr fandet es lustig, die Bomben zu werfen? Na, dann macht euch das hier sicher auch Spaß.«

Seufzend tauchte Laerte seinen Schwamm in den Eimer mit Seifenwasser ein und wusch die Windschutzscheibe des Carabinieri-Einsatzwagens.

Es war einfach nicht fair. Im Grunde waren Bea und er die Helden des Tages. Ihnen war es zu verdanken, dass die Frau des Bürgermeisters im genau richtigen Moment bei der Casa Vulía eingetroffen war … und jetzt mussten sie Autos waschen! Was aber immer noch besser war, als wie Paolo und Antonio die Straße und die Steine der Mäuerchen sauber schrubben zu müssen.

»Was meinst du, was jetzt passieren wird?«, fragte Nadia, die mit einer Bürste die Felgen reinigte.

»Ich habe keine Ahnung«, gab Laerte zu. »Zum Glück kam sofort raus, dass Mattia für den Angriff verantwortlich war, aber wir sind ja auch keine Unschuldslämmer. Wir sind in das Haus des Bürgermeisters eingedrungen, und wir haben die Schule geschwänzt. Vorhin habe ich mitbekommen, dass die Schuldirektorin mit meiner Mutter gesprochen hat. Offenbar wollen sie uns allen schlechtere Betragensnoten geben.«

»Ist das sehr schlimm?«

Laerte zuckte die Schultern. »Heute ist niemand zur Schule gegangen. Sie können ja nicht sämtliche Schüler durchfallen lassen, oder? Nein, ich glaube nicht, dass es schlimm wird … Mich beunruhigt etwas anderes …« Er drückte den Schwamm gründlich aus und tauchte ihn dann wieder in den Eimer ein. »Ich frage mich, was aus dem Freien Staat der Kinder wird. Am Anfang fand ich ihn toll, es machte alles Spaß, aber dann wurde es auf einmal sehr kompliziert.«

»Daran sind die Erwachsenen schuld«, meinte Nadia. »Sobald sie sich in etwas einmischen, entstehen Probleme.«

Laerte grinste. »Vielleicht, ja. Oder aber wir haben sie immer falsch verstanden: Im Grunde sind sie ja auch Kinder, aber größere. Wir geraten in Schwierigkeiten, aber das passiert ihnen auch …. Nur dass ihre Schwierigkeiten ebenfalls größer sind.«

»Du hörst dich schon genau wie sie an.«

Laerte nickte. Er wusste nicht, ob er das als Kompliment auffassen sollte, aber vielleicht war es ja wirklich eines gewesen.

Bambino kam mit drohender Miene auf sie zu. Ganz offensichtlich war er es nicht gewohnt, sich länger im Freien aufzuhalten, denn sein Gesicht war mittlerweile knallrot geworden.

»Schluss mit Schwätzen!«, donnerte er. »Und arbeitet mal ein bisschen flotter, sonst werdet ihr nie fertig!«

Laerte und Nadia bekamen einen Lachanfall.

Die Königskrone

Schließlich kam Folgendes heraus: Bürgermeister Palamà hatte erfahren, dass eine Gruppe von Unternehmern plante, in der Gegend von Pagliarano einen riesigen Hotelkomplex zu bauen. An die Stelle von Olivenplantagen und Hirtenhütten sollten Bungalows, Restaurants und Swimmingpools treten, in denen es sich reiche Leute aus der ganzen Welt gut gehen lassen konnten.

Pagliarano war der ideale Standort für ein derartiges Projekt, denn es lag in der Nähe berühmter Orte wie Santa Maria di Leuca und war von einer herrlichen Landschaft umgeben. Außerdem besaß es eine wunderschöne Felsenbucht, in der man einen Jachthafen und einen Privatstrand anlegen konnte.

Palamà wollte in großem Stil in das Grundstücksgeschäft einsteigen und hatte die Unternehmer zu einer Besichtigung eingeladen. Nach mehreren Rundfahrten und Gesprächen hatten diese als Standort für das geplante Hotel ausgerechnet Casa Vulía bestimmt.

Nun hatte der Bürgermeister ein Problem, denn diese Grundstücke gehörten ihm nicht. Und wenn er Giovanni Rizzo und den anderen Landbesitzer verriet, was die Unternehmer planten, hätten die Eigentümer direkt an die Unternehmer verkaufen können, und Palamà wäre leer ausgegangen.

Deshalb entwickelte er einen teuflischen Plan. Er weihte den Fabrikbesitzer Fantini ein und überredete ihn, in das Vorhaben zu investieren. So steckte nun auch der Fabrikbesitzer bis zum Hals in der Affäre drin. Und um sein investiertes Geld nicht zu verlieren, musste er auf die Aufforderung des Bürgermeisters hin bestimmte Arbeiter entlassen, damit ihnen keine andere Wahl mehr blieb, als ihre Grundstücke zu günstigen Preisen an Palamà zu verkaufen.

Aus diesem Grund hatte Fantini Unterlagen gefälscht, einen drohenden Bankrott seiner Fabrik vorgetäuscht und einer Anzahl von Arbeitern betriebsbedingt gekündigt.

Bald aber war Giovanni Rizzo für die beiden Spekulanten zum Problem geworden, denn er hatte keinerlei Absicht, Casa Vulía zu verkaufen, sondern wollte das Gutshaus stattdessen zu einem Landhotel umbauen. Der Bürgermeister hatte auf jede erdenkliche Weise versucht, das zu verhindern. Mit der Zeit war die Situation des Bürgermeisters immer brenzliger geworden. Einerseits wollte der sture Giovanni Rizzo sein Anwesen absolut nicht verkaufen, andererseits wurden Fantini und die Unternehmergruppe, die das Luxushotel bauen wollte, immer ungeduldiger und hatten schließlich gedroht, der Polizei von Palamàs Machenschaften zu erzählen.

»Aber beinahe hätte mein Mann es geschafft«, erklärte Annina Palamà in der Küche des Gutshauses und nahm einen Schluck Mineralwasser. »Er wusste, dass ich gegen diese Intrige war, und wollte meine Abwesenheit ausnutzen. Und das hat mich wirklich wütend gemacht.«

Paolos Vater schaute Signora Palamà an. Die Selbstbeherrschung dieser Frau war bewundernswert.

Ihr Mann, der Bürgermeister, war inzwischen festgenommen worden. Er hatte seinen Anwalt angerufen und war dann von den Carabinieri abgeführt worden. Der Polizeichef und seine Leute dagegen waren geblieben, sie saßen in der Küche und nahmen die Aussage Annina Palamàs auf. Diese hatte darauf bestanden, dass Giovanni und Maria Rizzo dabei waren und alles mithörten.

»Was haben Sie jetzt vor?«, fragte der Polizist, der ihre Aussage auf seinem Laptop protokolliert hatte.

»Ich weiß es noch nicht. Ich finde es richtig, dass mein Mann bestraft wird. Es ist auch für unseren Sohn Enzo wichtig. Er muss lernen, dass man für seine Vergehen bezahlen muss.«

»Perfekt«, meinte der Polizeichef daraufhin. »Signor Rizzo, wenn Sie Bürgermeister Palamà anzeigen wollen, kommen Sie bitte mit aufs Polizeirevier. Was den Schaden an unseren Autos betrifft, so hat sich Metzger Presti bereit erklärt, die Reparaturkosten zu übernehmen. Paolo und die anderen Kinder machen gerade alles wieder sauber, und ich denke, wir können die ganze Angelegenheit vorerst als erledigt ansehen.«

»Das ist gut«, sagte Paolos Vater erleichtert.

»Damit bleibt nur noch eine Frage offen. Sie betrifft den Freien Staat der Kinder. Ich hatte schon vor ein paar Tagen davon gehört, habe jedoch nichts unternommen, da ich dachte, es handle sich nur um ein Spiel. Heute aber habe ich selbst erlebt, dass dem nicht so ist. Die jungen Leute haben Grenzen festgelegt, eine Armee aufgestellt, Münzen geprägt … und uns sogar angegriffen.«

»Was hat das für Folgen?«

»Theoretisch müsste ich meine Vorgesetzten von dieser Angelegenheit unterrichten. Ehrlich gesagt habe ich so etwas in meiner ganzen bisherigen Laufbahn noch nicht erlebt, und deshalb weiß ich auch nicht wirklich, wie ich mich verhalten soll. Vielleicht ist der Brief des Räuberhauptmanns ja ein echtes und gültiges Dokument, und ihr Anwesen könnte zu so etwas Ähnlichem wie San Marino oder dem Vatikanstaat werden. Aber …«

Giovanni Rizzo schaute ihn gespannt an.

»Aber wenn Sie meine Meinung hören wollen«, fuhr der Polizeichef fort, »dann würde ich es lieber bleiben lassen. Sie müssten Rechtsanwälte einschalten, Historiker, wer weiß wen noch … Palamà wird mit Sicherheit seines Amtes enthoben, und wenn ein neuer Bürgermeister da ist, werden Sie keinerlei Schwierigkeiten mehr haben, die für den Umbau der Casa Vulía erforderlichen Genehmigungen zu erhalten. Mein Rat wäre also, dass Sie sich mal mit Ihrem Sohn unterhalten und das mit der Staatsgründung bleiben lassen. Es wird für alle einfacher sein.«

Giovanni Rizzo bedankte sich und schüttelte dem Polizeichef die Hand. Dann ging er hinaus und unter das Vordach, wo all die anderen Eltern warteten. Laertes Mutter schien hier regelrecht Hof zu halten: Sie unterhielt sich mit den Leuten, schüttelte viele Hände und machte sich immer wieder auf einem kleinen Block Notizen.

»Was ist denn hier los?«, erkundigte sich Paolos Vater.

Signora Annunziata lächelte ihn an. »Ich habe soeben einen Entschluss gefasst. Da Palamà sein Amt nicht länger ausüben kann, habe ich beschlossen, dafür zu kandidieren. Ich möchte gerne Bürgermeisterin werden!«

»Genau!«, stimmte ihr Signor Pededecornala zu. »Und wir werden Sie wählen.«

Von Paolos Zimmer aus konnte man das Meer nicht sehen. Es war zu weit weg, und außerdem gab es viele Bäume dazwischen. Man sah aber, dass sich der Himmel jenseits der Baumkronen dunkler färbte, zu einem intensiven tiefen Blau.

Doch Paolo wusste, dass dahinter das Meer lag und der Himmel die Farbe des Wassers widerspiegelte. Dort in der Ferne lag die steile weiße Felsküste, gegen die schäumend die Wellen aufschlugen.

»Das alles ist sehr schön, nicht wahr?«, meinte der Großvater. »Die Felder, die Olivenbäume, die Gärten der Häuser da vorne …«

»Eigentlich habe ich das Meer angeschaut«, erwiderte Paolo. »Oder besser, ich habe dorthin geschaut, wo das Meer ist.«

Er drehte sich zu Großvater Blasio um. Immer noch trug Paolo den Räuberhut und die alte Weste, doch zum ersten Mal fühlte er sich durch diese Kleidungsstücke beengt.

Warum hatte der Großvater hier mit ihm sprechen wollen, in seinem Zimmer, und ohne dass seine Freunde dabei waren?

»Ich möchte dir etwas zeigen«, sagte der Großvater. Er klang sehr geheimnisvoll.

Aus seiner Tasche zog er ein in rotes Leder gebundenes Notizbuch. Es dauerte ein paar Sekunden, bevor Paolo es wiedererkannte: Es war das Tagebuch eines Pfarrers, in dem es um den Räuberhauptmann Giovanni ging und das der Großvater im Kirchenarchiv gefunden hatte.

»Ich weiß doch schon, was da drin steht«, erinnerte Paolo ihn. »Unser Vorfahre wurde zum Räuber, weil jemand seinen Adoptivvater Don Tarcisio ermordete und ihm die Schuld dafür zuschob. Später, als Italien geeint wurde, beschloss der Räuberhauptmann Giovanni, für König Franz zu kämpfen, und als er merkte, dass der abdanken musste, verkündete er die Unabhängigkeit von Casa Vulía. Das stimmt doch so, oder?«

»Ja, mehr oder weniger«, bestätigte Großvater Blasio. »Doch gibt es ein paar Einzelheiten, die du noch nicht kennst. Ich habe dir das Tagebuch mitgebracht, damit du alles selbst nachlesen kannst.«

Paolo schaute seinen Großvater an. Er wirkte irgendwie traurig.

»Im Laufe meines Lebens habe ich gelernt, dass die Dinge meist komplizierter sind, als es zunächst den Anschein hat. Und dass es häufig schwer ist, das Richtige vom Falschen zu unterscheiden, und Recht von Unrecht. Oft ist Geschichte ein heilloses Durcheinander von Leuten, Versuchen und Irrtümern. Es gibt einerseits die Staaten und die Regierungen, aber daneben gibt es auch noch die Lebenswege und Entscheidungen der einzelnen Menschen, und das alles ergibt einen unentwirrbaren Knäuel. Kannst du mir noch folgen?«

Paolo nickte, doch in Wahrheit verstand er nicht, warum ihm sein Großvater eine derart wirre Rede hielt. Es war ein langer Tag gewesen, seine Freunde warteten in der Hirtenhütte auf ihn, und er konnte es nicht erwarten, bei ihnen zu sein.

Jetzt setzte sich der Großvater die Lesebrille auf und begann mit gerunzelter Stirn in dem Tagebuch zu blättern. »Ich hatte dir ja bereits erzählt, dass der wahre Mörder von Don Tarcisio ein gewisser Mimmo Prospero war.«

»Dieser Prospero hatte sein Verbrechen dem Pfarrer Don Biasi gebeichtet«, bestätigte Paolo, »und der Pfarrer erzählte es dem Räuber Giovanni, der daraufhin beschloss, seinen Adoptivvater zu rächen.«

»Genau.« Der Großvater nickte ernst. »Aber ich habe dir noch nicht erzählt, wie dieser Teil der Geschichte ausgeht. Ich weiß es erst seit gestern, dank Don Ernesto, und wegen der großen Aufregung, die hier herrschte, wollte ich noch ein bisschen warten, bis ich es dir erzähle. Jetzt aber, denke ich, ist der richtige Moment dafür gekommen.«

Großvater Blasio setzte sich mit dem Tagebuch an Paolos Schreibtisch.

»Hier«, sagte er, als er die betreffende Stelle gefunden hatte. »Don Tarcisios Mörder Mimmo Prospero war ein reicher Großgrundbesitzer, dem zwischen Pagliarano und dem Meer zahlreiche Grundstücke gehörten, darunter Oliven- und Obstplantagen.«

»Zwischen Pagliarano und dem Meer«, wiederholte Paolo verblüfft. »Aber sind das nicht …?«

»Ja. Es ist genau das Land, auf dem unser Gutshaus steht, und das Gut von Signor Ciospola und die Felder von Signor Campana gehörten auch dazu. Paolo, versuche mal, dir eine Szene vorzustellen, die sich vor hundertfünfzig Jahren abgespielt hat: Es ist tiefste Nacht und es gibt weder elektrisches Licht noch Straßenlaternen, also ist es wirklich stockfinster. Der Räuberhauptmann muss sich seit mehreren Tagen vor den Polizeibeamten des Gouverneurs verstecken. Gemeinsam mit ein paar Freunden, die genauso in der Patsche sitzen, findet er bei dem einzigen Freund Unterschlupf, den er noch hat, nämlich bei Don Biasi, dem neuen Dorfpfarrer. Die beiden Männer trinken ein paar Gläser Wein und der Pfarrer verrät dem Räuberhauptmann ein Geheimnis. Giovannis Probleme begannen, als er beschuldigt wurde, der Mörder seines Adoptivvaters zu sein, und jetzt erfährt er, dass dessen Mörder Mimmo Prospero ist, ein mächtiger und gewissenloser Mann, dem der Pfarrer gefährlich geworden war. Wie hättest du dich gefühlt, wenn du an Giovannis Stelle gewesen wärst? Was hättest du getan?«

»Ich wäre brutal wütend geworden«, sagte Paolo leise.

»Und genau das geschah. Und noch einiges mehr. Räuberhauptmann Giovanni weckte seine Gefährten, und gemeinsam gingen sie zum Anwesen von Mimmo Prospero. Noch in der Nacht drangen sie in das Haus ein und töteten alle, die sie darin fanden: Mimmo, seine Frau, seine drei Töchter und sogar einige Landarbeiter, die in einer nahen Hirtenhütte geschlafen hatten. Das reinste Massaker.«

Paolo wollte seinen Ohren nicht trauen. Er hatte sich den Räuberhauptmann als »König der Steine« und »Vernichter der Feinde« vorstellen können, aber doch nicht als grausamen Mörder! Paolo verstand, dass Giovanni sich hatte rächen wollen, doch er konnte nicht begreifen, warum er dann Prosperos Töchter, die Ehefrau und weitere Unschuldige umgebracht hatte.

»Ich verstehe nicht …«

»Warte«, unterbrach der Großvater ihn. »Die Geschichte ist noch nicht zu Ende. Nach jener tragischen Nacht begriff Giovanni, dass seine Räuberkarriere vorbei war. Damals waren die Strafen für Verbrechen härter als heute. Wenn man ihn und seine Männer geschnappt hätte, dann wären sie zum Tode verurteilt worden. Deshalb verschanzte sich der Räuberhauptmann auf den Ländereien von Mimmo Prospero und versammelte die anderen Räuber der Gegend um sich. Er baute sich eine einfache Behausung, aus der viele Jahre später die Casa Vulía werden sollte, und die Männer richteten sich in den Hirtenhütten ein.« Der Großvater schaute Paolo über den Rand seiner Brille hinweg an. »Zunächst kam es zu Zusammenstößen mit der Armee, die in die Gegend entsandt worden war, um die Räuber zu vertreiben. Doch diese Region am Absatz des italienischen Stiefels war damals nur sehr schwer zu erreichen, und es wurde in bedeutend wichtigeren Regionen der Halbinsel gekämpft: in Kampanien, im Gargano und im Molise … Die Truppen, die bis Santa Maria di Leuca gelangten, bestanden nur aus wenigen, schlecht ausgerüsteten Männern. Für Giovanni und seine Gefährten war es leicht, sie in die Flucht zu schlagen. Weil zusammen mit Mimmo Prospero auch dessen ganze Familie getötet worden war, gab es niemanden mehr, der das Land für sich beanspruchte. Deshalb schrieb der Räuberhauptmann eines Tages dem Gouverneur, um das eroberte Gut zu einem unabhängigen Staat zu erklären. Er wusste zwar, dass es diesen Staat niemals geben würde, aber das war ihm egal, denn der eigentliche Zweck des Briefs war ein anderer: Er erklärte sich darin offiziell zum Eigentümer von Casa Vulía und Umgebung.«

»Und der Gouverneur von Otranto?«, fragte Paolo leise. »Was tat der?«

»Der Gouverneur unternahm nichts. Seit sich die Räuber auf diesen Ländereien niedergelassen hatten, machten sie keinen Ärger mehr, und der Gouverneur hatte wichtigere Probleme. Die Zeit verging, und als Giovanni und seine Gefährten begriffen, dass niemand mehr kommen und sie verhaften würde, wurden sie zu Bauern. Sie teilten das Land unter sich auf und nutzten es. Und so kam unsere Familie zu Casa Vulía.«

Paolo wusste nicht mehr, was er sagen sollte. Das Reich, als dessen Erbe er sich betrachtete und das er zu einem Staat gemacht hatte, war durch ein Verbrechen entstanden: durch den Mord an einer Familie und die unrechtmäßige Besetzung ihres Landes.

»Ich ...« Es fiel Paolo schwer, seine Gedanken in Worte zu fassen. »Warum hast du mir das nicht schon früher gesagt?«

Betrübt schüttelte der Großvater den Kopf. »Der Moment ist gekommen, um zu beschließen, was aus dem Freien Staat der Kinder werden soll. Du bist sein König, und deshalb ist es deine Entscheidung. Aber ich wollte, dass du die Wahrheit kennst, bevor du sie triffst.«

Antonio. Elena. Laerte. Bea.

Und auch Luca, Nadia, Annalisa, Giacomo und Franco.

Sie saßen dicht an dicht in der Hirtenhütte, mit müden, aber zufriedenen Gesichtern. Stundenlang hatten sie Autos gewaschen, die Straße geschrubbt oder den Keller aufgeräumt. Jetzt waren sie alle erschöpft und gleichzeitig glücklich.

Die Bösen waren bestraft worden. Zwar erwartete alle in der Schule eine Strafpredigt der Direktorin, doch so schlimm konnte das gar nicht werden.

Paolos Blick wanderte von einem Gesicht zum anderen. Schließlich erhob er sich von seinem Thron, faltete den Brief auf, den er bis dahin fest in der Hand gehalten hatte, und begann zu lesen.

»*Eure Exzellenz,*

mit diesem Schreiben will ich Euch keinesfalls drohen, sondern Euch vielmehr bitten, das Folgende mit höchster Aufmerksamkeit zu lesen …«

»Was tust du da?«, unterbrach ihn Antonio. »Wir wissen doch alle, was in dem Brief steht.«

Ungerührt las Paolo weiter: »… *Aus diesem Grund erkennen wir Eure Autorität und die des neuen Königs nicht mehr an. Wir haben unseren eigenen Staat gegründet, der bereit ist, alle ehrlichen und treuen Untertanen unseres vormaligen Königs aufzunehmen.*«

»Es gibt da etwas, das du uns erzählen musst«, sagte Elena. »Richtig?«

Paolo nickte und legte den Brief beiseite. »Seit wir diesen Brief zum ersten Mal gelesen und beschlossen haben, den Freien Staat der Kinder zu gründen, sind keine fünf Tage vergangen. Nicht mal eine Woche, und doch sind so viele Dinge passiert, dass es für einen Roman reichen würde.«

»Das stimmt!«, sagte Luca ehrfürchtig.

»Ja, wirklich«, bekräftigte Laerte.

»Es fing alles mit diesem Brief an«, sagte Paolo. »Doch muss ich euch leider sagen, dass er nur einen Haufen Lügen enthält. Er ist von vorne bis hinten erlogen.«

Alle begannen durcheinanderzureden, doch mit einer Handbewegung brachte Paolo sie zum Schweigen. Dann erzählte er ihnen die Geschichte, die er vorhin von seinem Großvater gehört hatte.

Während er sprach, ballte er vor Wut die Fäuste. Mord und Totschlag auch an Unschuldigen, Raub und Rache: Das waren die wahren Wurzeln ihres Staats. Und Paolo schämte sich, seinen Freunden dies offenbaren zu müssen.

Als er geendet hatte, herrschte erst einmal Schweigen. Paolo konnte von den Gesichtern der anderen deutlich deren Enttäuschung ablesen.

»Aber das ist doch gar nicht wichtig«, meinte Bea nach einer Weile. »Der Brief des Räuberhauptmanns Giovanni war doch nur der Auslöser. Um einen Staat zu gründen, brauchte es eigentlich weder einen Räuberhauptmann, noch einen Hut. Das einzig Wichtige sind *wir*. Und der Freie Staat der Kinder ist *unser* Staat, es spielt dafür keine Rolle, was vor hundertfünfzig Jahren passiert sein mag.«

»Ja«, erwiderte Paolo, »aber ich möchte, dass ihr die Last der Geschichte ebenfalls spürt. Vielleicht hat jemand vor mehr als einem Jahrhundert Menschen umgebracht, um sich dieses Land anzueignen. Ob es uns gefällt oder nicht, und egal, dass wir es vorher nicht wussten: Wir haben dieses Erbe angenommen, und jetzt müssen wir entscheiden, was wir damit anfangen.«

Endlich hatte Paolo es ausgesprochen. Sofort fühlte er sich besser. Leichter.

»Und jetzt?«, fragte Antonio.

Laerte seufzte. »Vorhin habe ich schon mit Nadia darüber gesprochen. *Du* musst entscheiden, ob unser Staat weiter bestehen soll.«

Paolo nahm den Räuberhut ab und ließ ihn zu Boden fallen. »Das werde nicht ich allein entscheiden, das entscheiden wir gemeinsam. Der Bürgermeister hat Verbrechen begangen. Vielleicht landet er im Gefängnis, zumindest aber muss er eine Geldstrafe zahlen. Möglicherweise kommt er auch ungeschoren davon, denn er hat genügend Geld, um sich gute Anwälte zu leisten, und schlau ist er auch. Wichtig ist für uns eigentlich nur, dass er nicht mehr Bürgermeister von Pagliarano sein kann. Er wird zurücktreten müssen und es wird eine Wahl geben. Jemand anderer wird sein Amt übernehmen …«

»Ja, meine Mutter«, warf Laerte ein und musste das Lachen unterdrücken. »Ich wette, dass sie es schafft.«

»Doch wer auch immer demnächst Bürgermeister oder Bürgermeisterin wird … Ich bin mir sicher, dass mein Vater die Genehmigung erhält, aus Casa Vulía ein Landhotel zu machen, denn ich weiß, dass er alle Anforderungen erfüllt hat. Eine weitere Voraussetzung aber ist, dass Casa Vulía weiterhin zu Italien gehört und kein eigener Staat ist. Und da kommen wir ins Spiel.«

»Was willst du denn tun?«, fragte Elena.

Paolo wusste es nicht. Er hatte den ganzen Nachmittag darüber nachgedacht und war noch zu keinem Entschluss gekommen.

»Keine Ahnung. Wir haben die Schlacht gewonnen und meine Eltern sind glücklich. Bevor ich zu euch gekommen bin, habe ich mir unsere Facebook-Seite angeschaut und gesehen, dass es knapp achthundert neue Kommentare sind. Die Leute wollten wissen, ob es tatsächlich eine Schlacht gab und ob wir gewonnen haben. Aber trotzdem …«

»… trotzdem findest du, dass es sinnlos ist, weiterzumachen«, beendete Bea den Satz für ihn.

Das Mädchen trug ein schmutziges weißes T-Shirt und Jeans, die an den Knien Risse hatten. Schweiß und Staub hatten ihre Locken in eine wilde Rastafrisur verwandelt. Dennoch fand Paolo sie schön, viel schöner als so geschminkt wie neulich.

Er lächelte ihr zu. »Wenn wir uns dafür entscheiden, mit dem Staat weiterzumachen, werden die Erwachsenen früher oder später die Kontrolle übernehmen und Anwälte und Gerichte einschalten. Eines Tages kommt dann die Geschichte des Räuberhauptmanns Giovanni ans Licht und alle werden erfahren, dass unser Staat auf einem grausamen Verbrechen gründet.« Paolo atmete einmal tief durch. »Der Zweck des Staats war doch, uns und den Erwachsenen zu zeigen, wozu wir imstande sind. Ich wollte Bambino eine Lektion erteilen, und ihr … ihr hattet eure eigenen Gründe. Und deshalb habt ihr mitgemacht. Jetzt haben wir gewonnen: Die Erwachsenen haben gemerkt, dass sie auch mal auf uns hören können, oder vielleicht haben wir nur einfach gelernt, besser zu erklären, was wir wollen. Was bleibt uns da eigentlich noch zu tun?«

»Wir könnten groß werden«, schlug der kleine Luca leise vor.

Antonio zog seinen Bruder näher zu sich heran und verwuschelte ihm das Haar. »Aber wir sind doch schon groß, Fröschchen! Wir sind riesengroß!«

Die Blätter der Olivenbäume und die Steine glühten im Licht der untergehenden Sonne, und es sah aus, als stünden sie in Flammen.

Paolo ging gemeinsam mit Laerte und Antonio die Zufahrt zum Gutshaus hinauf. Die beiden Ritter des Freien Staats hatten sich ihre gelben Tücher um den Arm gebunden und trugen ihre Stöcke.

»Seid ihr aufgeregt?«, fragte Paolo leise und rückte den Räuberhut auf seinem Kopf zurecht.

»Ein bisschen«, gab Laerte zu.

»Aber schade ist es schon«, meinte Antonio. »Nach all den Mühen, die wir uns gemacht haben …«

Paolo hätte ihm am liebsten einen scherzhaften Knuff versetzt.

»Keine Scherze«, warnte ihn der Freund, der seinen Gedanken erraten zu haben schien. »Wir dürfen uns jetzt wirklich nicht danebenbenehmen.«

Sie ließen die letzten Bäume hinter sich und blieben vor dem Gutshaus stehen.

Noch vor einigen Tagen wäre es Paolo peinlich gewesen, von so vielen Menschen angeschaut zu werden. Heute aber konnte er seinen Eltern unbefangen zulächeln, die unter dem Vordach zusammen mit dem Großvater, Elisa und dem Polizeichef auf ihn warteten.

Paolo nickte der Schuldirektorin und Signor Bambino zu. Sein Blick wanderte weiter zu Signor Totiri, Signor Pededecornala, Pizzabäcker Carrozzella, zu Signora Annunziata und Antonios Eltern, zu den Eltern von Bea und denen von Elena. Auch die Töchter des Bäckers Pignata und die Enkel des Supermarktbesitzers Duelire waren da. So viele Gesichter von Kindern,

Jugendlichen und Erwachsenen, die ihm nun erwartungsvoll entgegenschauten.

Paolo trat zu dem Polizeichef, der eingewilligt hatte, bei der kleinen Zeremonie anwesend zu sein. Als er unter das Vordach trat, blieben Antonio und Laerte hinter ihm stehen und hielten ihre Stöcke so, als präsentierten sie Gewehre.

Paolo atmete einmal tief durch, um sich zu beruhigen, bevor er dem Polizeichef die Hand reichte.

»Ich grüße Euch, Eure Majestät«, sagte der Polizeichef erstaunlich ernst.

»Guten Tag, Kommandant«, erwiderte Paolo.

Er nahm den Räuberhut vom Kopf und drehte ihn einmal langsam in seinen Händen.

Der Hut hatte oben ein Loch. Er war voller Staub und roch nach Olivenöl und Farbe. Und er stellte die Krone des Freien Staats der Kinder dar.

Paolo übergab den Hut feierlich dem Polizeichef.

»Herr Kommandant«, sagte er. »Ich bitte Sie, in Ihrer Eigenschaft als Staatsbeamter den Anschluss des Freien Staats der Kinder an Italien zu akzeptieren.«

»Du hast also beschlossen, auf die Krone zu verzichten?«, erkundigte sich der Polizeichef.

»Ja. Aber unter einer Bedingung: Auch wenn der Freie Staat der Kinder aufhört, als eigener Staat zu existieren, sollen seine Gesetze auf dem Territorium von Casa Vulía doch weiterhin gelten.«

Paolo hob eine Hand, und Bea eilte mit dem aufgerollten Poster herbei, auf dem die sieben Gesetze standen.

Der Polizeichef las sie sich aufmerksam durch und sagte dann: »Von meiner Seite her spricht nichts dagegen.«

»Dann soll es so sein!«, rief Paolo erleichtert. »Möchten Sie vielleicht heute Abend bei uns essen? Ich habe schon furchtbaren Hunger!«

Die Leute lachten und einige begannen zu klatschen.

Vito Carrozzella beschloss, alle in seine Pizzeria einzuladen.

Das Lokal war winzig, doch auf der Terrasse konnten zwanzig Tische aufgestellt werden. Schnell waren sie alle mit Papiertischtüchern gedeckt.

Paolo hatte seit dem Morgen nichts gegessen, und auf der Fahrt hierher hatte er sich die verschränkten Arme gegen den Bauch gedrückt, damit sein Magen nicht so laut knurrte.

Als sie kamen, standen auf den Tischen schon Teller mit Chips, Blätterteigpastetchen und anderen leckeren kleinen Snacks, Gläser und Wasserkaraffen.

Weil nicht genügend Stühle für alle vorhanden waren, blieben viele Leute stehen und gingen mal an den einen Tisch, mal an den anderen. Paolo musste zuerst den allerschlimmsten Hunger stillen, bevor er sich entspannen und das Fest genießen konnte.

Laerte saß auf dem Boden und unterhielt sich mit Nadia, und man sah schon von Weitem, dass die beiden gewaltig ineinander verknallt waren.

Antonio unterhielt sich mit Annalisa, Franco und ein paar anderen über Fußball und darüber, wie man Mofas am effektivsten frisierte. Bisher hatte Antonio außer Paolo und Laerte keine Freunde an der Schule gehabt, weil er ziemlich schüchtern war. Jetzt aber schien er in seinem Element zu sein.

Sein kleiner Bruder Luca neben ihm beteiligte sich eifrig am Gespräch.

Großvater Blasio saß am Rand, rauchte und schaute versonnen in die Ferne.

Elena vertilgte ein Riesenstück Pizza Margherita und erstickte beinahe daran, als der Junge mit dem Nasenpiercing einen Witz machte und sie lachen musste.

Zu seinem eigenen Erstaunen merkte Paolo, dass er überhaupt nicht eifersüchtig war. Der Typ (Paolo glaubte, dass er Fabrizio hieß) hatte ein sympathisches Gesicht, vielleicht würden sie ihn sogar in ihre Gruppe aufnehmen. Irgendwann wollte Paolo ihn auch fragen, ob das Nasenpiercing eigentlich wehtat und wie seine Eltern darauf reagiert hatten.

Apropos Eltern: Paolos Eltern saßen bei Laertes Mutter, und alle drei lachten. Paolo hatte sie noch nie so glücklich gesehen. Sie hatten sogar gesagt, dass sie ihn für das Schwänzen nicht bestrafen würden und auch nicht dafür, dass er beinahe verhaftet worden wäre und Laerte und Bea dazu gebracht hatte, eine ganze Latte von kriminellen Taten zu begehen.

Bea.

Paolo spürte die Gegenwart der hinter ihm sitzenden Freundin, ohne dass er sich nach ihr umdrehen musste. Es war so ein Kitzeln im Nacken, ein leichter Duft nach Blüten und nach Salz. Paolo legte eine Hand hinter den Rücken und bewegte die Finger, um ihr zuzuwinken, und verblüfft fühlte er, wie Bea seine Hand zwischen ihre Hände nahm. Er drehte sich so schnell um, als hätte er einen elektrischen Schlag abbekommen, und Bea lächelte ihn an. Sie hatte die Brille abgenommen und Paolo fand sie einfach nur wunderschön.

»Ich hatte dich irgendwie aus den Augen verloren«, sagte Paolo leise. Erst jetzt merkte er, dass ihre Finger immer noch ineinander verflochten waren.

»Warum?«, fragte sie belustigt. »Hattest du mich zuvor im Auge behalten?«

Paolo sagte nichts darauf. Tatsächlich hatte er sie die ganze Zeit über beobachtet, er hatte immer wissen wollen, was sie gerade machte und mit wem sie sprach. Aber warum? Das wusste er selbst nicht.

Irgendwann saßen sie beide Seite an Seite am Rand der Terrasse, gegen eine Wand gelehnt, und Paolo wusste gar nicht mehr, wie sie dorthin gekommen waren. Hier war es so dunkel, dass er Bea kaum mehr richtig sehen konnte. Dafür spürte er ihre Schulter, ihren Arm und ihre Hüfte an seiner Seite und roch ihren Duft.

»Ich wollte dich etwas fragen«, flüsterte Bea. »Warum wolltest du, dass ich im Haus von Palamà nach den Unterlagen suchte? Wolltest du mich vielleicht loswerden? Wolltest du mit Elena allein sein?« Sie versuchte zu lachen, um beiläufig zu klingen, doch der Versuch misslang, und Paolo merkte, dass sie diese Fragen sehr ernst meinte.

»Also, eigentlich …« Er suchte nach den richtigen Worten. »Eher stimmt das Gegenteil. Ich brauchte für diese Aufgabe jemanden, auf den ich mich hundertprozentig verlassen konnte.

Mattias Staatsstreich und die Schlacht waren nur Kindereien. Auf die Unterlagen aber kam es wirklich an, und dir ist zu verdanken, dass sie aufgetaucht sind. Danke.«

Bea schwieg eine Weile. Dann meinte sie: »Kann ich dir ein Geheimnis verraten?«

»Sicher.«

»Was würdest du von mir halten, wenn ich dir sagen würde, dass … dass ich … also, wenn ich groß bin, Polizistin werden möchte?«

Paolo zuckte zusammen. Bea war wirklich ein seltsames Mädchen!

Nachdem er ein paar Sekunden lang nachgedacht hatte, sagte er: »Ich glaube, du könntest sehr gut in einer Spezialabteilung arbeiten, wie zum Beispiel bei der Spurensicherung. Weißt du, wie in der Fernsehserie. *CSI Tiger*, oder so ähnlich. Kennst du die?«

Bea umarmte Paolo und er drückte sie vorsichtig. Er war auf eine bis dahin noch nie erfahrene Weise glücklich. Nur noch zwei Tage Schule, und dann fingen die Ferien an. Ihm war, als würden das die schönsten Sommerferien werden, die er jemals gehabt hatte.

Paolo hatte Freunde. Seine Eltern hatten beschlossen, für immer in Casa Vulía zu bleiben, und der Sommer hatte gerade erst angefangen.

Da musste er nicht unbedingt auch noch König sein.

Nachwort

Du hast soeben eine erfundene Geschichte fertig gelesen. Jede Ähnlichkeit mit tatsächlichen Ereignissen und lebenden Personen ist rein zufällig, und die Ortschaft Pagliarano wirst du auf keiner Landkarte finden.

Dennoch ist nicht alles, was in diesem Roman vorkommt, freie Erfindung. Mikronationen gibt es tatsächlich, und es stimmt auch, dass ein Mann seine Farm in Australien für unabhängig erklärte und dass ein Junge in den USA einen Feuerwehrhelm aufsetzte und sein Zimmer zu einem souveränen Staat machen wollte.

Wahr ist auch, dass sich auf der italienischen Halbinsel vor hundertfünfzig Jahren nicht alle über die Einigung des Landes freuten. Im Süden griffen damals viele Männer zu den Waffen und wurden zu Räubern, zu sogenannten Briganten. Manche von ihnen taten es, weil sie furchtbare Not litten. Andere wollten dem alten König treu bleiben, anstatt einem neuen König zu dienen.

Für Italien waren das schwierige Jahre, eine tragische und grausame Periode, die später gerne verdrängt und vergessen wurde. Vielleicht ist es mir gelungen, mit dieser Geschichte dein Interesse an einem Land zu wecken, das du bisher nur als sonniges Urlaubsland kanntest.

Und solltest du eines Tages den Salento bereisen und auf der Straße nach Tricase Porto unterwegs sein, so achte auf eine riesige Eiche. Sie wird die »Eiche der hundert Ritter« genannt, oder auch »Muttereiche«. Steige lieber nicht über das Mäuerchen, das sie umgibt, aber genieße eine Weile den Schatten unter ihren Ästen und grüße sie von mir. Vielleicht treffen wir uns dort mal zufällig.

Morosinotto, Davide:
Die Rebellen von Salento
ISBN 978 3 522 18537 0
Aus dem Italienischen übersetzt von Cornelia Panzacchi
Lektorat: Silvia Bartholl

The translation follows the edition by Edizioni EL,
San Dorligo della Valle 2018:
»Il libero regno dei ragazzi«
Published by arrangement with Book on a Tree and
UnderCover Literary Agents

Das Zitat auf S. 132 aus der Konvention von Montevideo
stammt von Wikipedia:
https://de.wikipedia.org/wiki/Konvention_von_Montevideo

Covergestaltung: Iacopo Bruno
Einbandtypografie: formlabor
Illustrationen: Timo Kümmel
Innentypografie: Tanja Haaf
Reproduktion: DIGIZWO GbR, Stuttgart
Druck und Bindung: GGP Media GmbH, Pößneck

FSC
www.fsc.org
MIX
Papier aus verantwortungsvollen Quellen
FSC® C014496